Un pacte à honorer

*

Des jumeaux pour le Dr Martini

ALISON ROBERTS

Un pacte à honorer

Traduction française de
ÉVELINE CHARLÈS

BLANCHE

HARLEQUIN

Collection : Blanche

Titre original :
THE DOCTOR'S WIFE FOR KEEPS

Ce roman a déjà été publié en 2018

HARPERCOLLINS FRANCE
83-85, boulevard Vincent-Auriol, 75646 PARIS CEDEX 13
Service Lectrices — Tél. : 01 45 82 47 47 - www.harlequin.fr
ISBN 978-2-2804-8625-5 — ISSN 0223-5056

Composé et édité par HarperCollins France.
Imprimé en décembre 2022 par CPI Black Print (Barcelone)
en utilisant 100% d'électricité renouvelable.
Dépôt légal : janvier 2023.

FSC
www.fsc.org
MIXTE
Papier issu de sources responsables
FSC® C159065

Pour limiter l'empreinte environnementale de ses livres, HarperCollins France s'engage à n'utiliser que du papier fabriqué à partir de bois provenant de forêts gérées durablement et de manière responsable.

Prologue

Cette route de montagne au fin fond de la Tchéquie paraissait sans fin. Pour comble, elle devenait de plus en plus étroite à mesure qu'elle s'enfonçait dans la forêt.

Kate Saunders ralentit pour prendre un autre virage en épingle à cheveux et jeta un regard en coin à Georgia, sa coéquipière, colocataire et néanmoins meilleure amie.

— Je crois qu'on est perdues… Qui a eu la brillante idée de nous inscrire à cette compétition entre équipes médicales ? Ah, ça y est ! Je me souviens : toi !

— C'est une aventure, répliqua Georgia avec un sourire. Reconnais-le, tu adores déjà ça.

— Ces expéditions en voiture semblent toujours plus amusantes sur le papier qu'elles ne le sont en réalité. Il y a une sacrée distance entre l'Écosse et ce coin au milieu de nulle part. Je ne connais même pas le nom de la ville où nous allons.

— Rakovi. C'est une station de ski. Et on va participer à la compétition la plus importante au monde. J'en entends parler depuis des années… Depuis que je suis ambulancière, en fait.

— Eh bien, pas moi.

— C'est parce que tu es médecin, et pas très aventureuse.

Ce n'était pas entièrement faux, admit Kate en son for intérieur. Depuis son admission à la faculté de médecine à vingt-deux ans, elle s'était focalisée sur sa carrière. Quelques mois auparavant, elle avait fêté son trente-cinquième anniversaire avec Georgia, et celle-ci n'avait rien trouvé de mieux que de lui offrir en cadeau ce concours. Elle avait déjà retenu des chambres d'hôtel à Londres et en Allemagne pour alléger le trajet.

Sur le coup, sans doute grâce à une excellente bouteille de champagne, elle avait trouvé l'idée formidable.

Maintenant, elle n'en était plus si sûre.

— On a quitté la Pologne ?

— Depuis longtemps ! On n'est plus très loin, maintenant.

— Il ne faut pas qu'on soit en retard pour l'enregistrement.

— Pas de stress. Il y a au moins une centaine d'équipes venues de vingt pays différents. Si on est les dernières, la queue sera moins longue.

Kate ralentit de nouveau pour franchir un pont étroit dominant un torrent bouillonnant.

— Les équipes sont réparties en catégories, poursuivit Georgia. Certaines sont composées d'ambulanciers venus de toute l'Europe dans leur véhicule. J'ai hâte de les voir débarquer dans les villages, toutes sirènes hurlantes ! Il y a aussi des médecins, des étudiants en médecine et plein de combinaisons comme la nôtre.

— Pour ma part, j'espère juste ne pas me couvrir de ridicule. Je suis pédiatre, Georgia. Je travaille dans un hôpital tranquille qui comporte tout l'équipement nécessaire. Tu aurais mieux fait de t'associer à un urgentiste.

— Tu rigoles ! Il t'arrive souvent de traiter des patients en urgence, et tu vis depuis assez longtemps avec moi pour tout savoir de mon boulot. Et d'ailleurs, quelle importance, si on ne gagne pas ? On est là pour s'amuser, d'accord ? On va vivre une grande aventure, rencontrer des tas de gens. On est toutes les deux belles et célibataires. Tu as pensé au nombre de mecs qui vont participer à cette compète ?

Kate secoua la tête.

— Tu ne lâches jamais l'affaire, hein ? Tu viens juste de sortir d'une liaison désastreuse, et tu es prête à recommencer ?

— Qui t'a dit que je voulais tomber amoureuse ? Qu'est-ce qu'on dit, déjà ? « Un de perdu, dix de retrouvés » !

Elle ne put s'empêcher de rire.

D'une certaine façon, elle admirait la résilience de son amie. Quant à elle, elle avait abandonné l'espoir de connaître le grand amour et de fonder une famille.

— Les coups d'un soir ne m'ont jamais intéressée.

— Evidemment… Tu es de la vieille école, et une grande romantique, persifla Georgia. Tu crois vraiment que tu vas reconnaître l'homme de ta vie au milieu d'une foule ? Que ce sera le coup de foudre et que vous vivrez heureux jusqu'à la fin de vos jours au milieu d'un parterre de roses ?

— C'est bon, grommela Kate.

Mais son amie n'était pas loin de la vérité, même si les roses n'entraient pas dans le tableau. Oui, elle croyait vraiment que l'homme de sa vie existait quelque part et que quelques chanceux et chanceuses connaissaient une fin heureuse. Après tout, il y avait peut-être une petite possibilité qu'*il* se trouve parmi tous ces gens qui partageaient le même intérêt pour la médecine ?

Cette idée lui remonta le moral, et elle ressentit du coup une bouffée d'affection pour son amie.

La pauvre Georgia n'avait guère de chance avec les hommes. Il n'y avait rien d'étonnant à ce qu'elle soit légèrement désabusée, ces derniers temps.

— Je te demande juste de faire attention, mon chou. D'accord ?

— Bien sûr.

Kate avait déjà vu cette expression innocente. Cela signifiait que Georgia lui cachait quelque chose.

— Quand ce salaud de Rick t'a quittée, tu parlais de faire un bébé toute seule, dit-elle. J'espère que tu as abandonné cette idée stupide ?

Selon elle, il y avait un ordre bien établi : on tombait amoureux, on se mariait et, ensuite *seulement*, on avait un bébé. Georgia avait un an de plus qu'elle. Elles avaient encore le temps, non ?

— Il est clair que je n'en ai pas terminé avec les hommes, répliqua Georgia. Quant à Rick, c'est de l'histoire ancienne, comme tous les autres. Oh ! regarde le panneau ! On n'est plus qu'à quinze kilomètres.

Malgré elle, Kate sentit son excitation monter.

Elle non plus, elle n'en avait pas terminé avec les hommes. Le destin, sous la forme d'une Georgia très déterminée, l'avait peut-être amenée à participer à cette compétition pour une excellente raison.

— Alléluia ! s'écria-t-elle. On est presque au bout du chemin !

Georgia s'étira lascivement.

— Tu veux dire qu'on est au début. Appuie sur l'accélérateur !

1.

Impossible ! Ça ne pouvait pas être…

Un coup de coude dans les côtes arracha Kate à ses pensées.

— Amène-toi, Kate. Tu flâneras plus tard. Il faut qu'on s'inscrive et qu'on trouve notre chambre.

— Désolée, je croyais avoir reconnu quelqu'un.

— Qui ça ?

— Luke. Luke Anderson. Un vieil ami. On était ensemble à la fac de médecine.

Georgia hocha distraitement la tête.

— Tu vois ce qui est écrit sur ce panneau ?

— Oui. Les bureaux d'inscription sont répartis en sections alphabétiques. Le « E » comme Écosse est par là.

Cette fois, c'était Kate qui guidait son amie.

Cette organisation était de bon augure pour la suite.

Les personnes qui se trouvaient derrière les bureaux paraissaient fatiguées. Combien de centaines de gens avaient-elles déjà accueillies ? se demanda-t-elle en prenant place dans la file d'attente devant le « E ».

Elle balaya d'un regard amusé la foule bariolée.

Certains compétiteurs portaient l'uniforme de leur agence : des combinaisons et des vestes d'ambulancier fluo ou orange vif. Il y avait beaucoup de bruit, et de nombreux participants s'exprimaient dans des langues qu'elle était incapable d'identifier. Beaucoup d'entre eux semblaient se connaître, et leurs retrouvailles bruyantes contribuaient au chaos général.

— Alors, ce Luke, dit Georgia. Il est beau ?

— Tu sais, je ne suis pas sûre que ce soit lui… Il est très grand. Cheveux sombres. Yeux bruns.

— J'adore les yeux bruns !

Kate laissa échapper un soupir.

Elles avaient dépassé toutes les deux la trentaine. Depuis quand se comportaient-elles comme des adolescentes excitées ?

— Je ne l'ai pas vu depuis cinq ans. Depuis son mariage, en fait.

— Oh !

Pour une raison inconnue, l'expression désabusée de Georgia contraria Kate.

— Nous étions vraiment amis, mais nous nous sommes perdus de vue parce que sa femme était jalouse. J'aimerais renouer le contact, mais je ne sais même pas dans quelle partie du monde il vit. En tout cas, en tant que chirurgien pédiatre, ça m'étonnerait beaucoup qu'il participe à ce genre d'événement.

— Je parie qu'il dirait la même chose à ton propos.

Kate n'eut pas le temps de répondre, car elles parvenaient devant le bureau. On leur remit à chacune un dossier comportant des cartes géographiques et des instructions, un badge portant leur numéro d'identification, qu'elles devaient épingler en permanence sur elles, ainsi que des bracelets de couleur.

Leur interlocuteur parlait parfaitement l'anglais, mais avec un fort accent.

— Ces numéros doivent figurer sur votre véhicule. Vous avez des coupons qui vous donnent droit à des repas et voici le numéro de votre chambre. Gagnez votre bâtiment, et on vous dira où aller. N'oubliez pas la cérémonie d'accueil et la réunion d'information à 19 heures. Si vous le souhaitez, vous avez le temps de vous restaurer auparavant.

La station de ski s'étendait sur le flanc de la montagne, une route en zigzag reliait les différents bâtiments. De nombreux véhicules étaient déjà garés sur les bas-côtés. La variété des couleurs était étonnante. Le rouge et le blanc prédominaient, mais il y avait aussi des ambulances jaunes et vertes, aux parois ornées de bandes et de décorations réfléchissantes. Sans oublier les jeeps et les SUV agrémentés de drapeaux et autres accessoires. En comparaison, la voiture de Georgia paraissait petite et banale, et leur logement était si loin du parking que transporter leurs sacs ne serait pas une mince affaire.

— Tu n'as pas oublié le drapeau écossais ?

— Bien sûr que non, répliqua Georgia. Un pour chaque portière, et une cornemuse qu'on pourrait fixer sur le pare-chocs avant. Mais pas maintenant. Pour l'instant, je crève de faim.

— Je vais quand même mettre les autocollants. Il a bien dit un à l'avant et un autre à l'arrière ? Mais dans quelle partie du pare-brise ?

— Il suffit qu'il soit visible. On lira le règlement plus tard.

— Pour l'instant, je vais en poser un sur le tableau de bord. Si on ne le colle pas au bon endroit, on risque d'être pénalisées.

Georgia cessa de sortir leurs bagages du coffre pour lui lancer un regard lourd de sens.

— Quelquefois, j'ai l'impression de sortir avec ma mère.

— Si ça t'empêche d'avoir des ennuis, tant mieux.

— Je suis une grande fille, Kate, je peux veiller sur moi. Mais bon, mieux vaut que tu sois avec moi, ainsi nous ne risquerons pas d'être exclues pour un manquement au règlement. J'ai vu que d'autres équipes comportent un médecin et un ambulancier. Ton ami fait peut-être partie de l'une d'elles ?

Kate entreprit de faire rouler son sac sur la route.

— J'en doute. J'ai vu des dizaines d'autres types grands et bruns.

Eh oui, elle avait cherché Luke des yeux…

Elle s'aperçut qu'elle continuait de scruter l'assistance lorsqu'elles firent la queue pour obtenir un plateau-repas.

Le bar de la salle à manger était gratuit, et beaucoup de gens arrosaient leur dîner avec de la bière ou du vin.

— Il y a de la place à cette table, on dirait, observa Georgia. On peut s'asseoir avec vous, les gars ?

À sa vue, le visage du beau blond s'éclaira.

— Bien sûr ! Je vous présente Ken et Sally. Je m'appelle Dave.

— Vous venez d'Australie ?

Dave laissa échapper un gros soupir.

— Non, de Nouvelle-Zélande. Tout le monde pense qu'on a le même accent, mais c'est faux. Si je ne me trompe pas sur le vôtre, vous êtes écossaise.

— Exact. J'aime bien vos tenues. Vous êtes ambulanciers ?

— Ouais. Et vous ?

— Moi aussi, mais Kate est médecin. C'est la première fois que vous venez ici ?

— Tout à fait. Je n'ai jamais rien vu de pareil.

— Vous travaillez en ville ou à la campagne ?

— À Auckland, la plus grande cité du pays.

La conversation se poursuivit, émaillée de détails sur leurs existences respectives. Kate écoutait l'échange d'une oreille distraite.

Pourquoi était-elle tellement déçue de s'être trompée ? Ce n'était pas comme si Luke avait été pour elle davantage qu'un ami.

Lui, en tout cas, il l'avait toujours considérée comme telle.

De son côté, elle avait éprouvé pour lui un stupide béguin. C'est plutôt humiliant quand vous êtes transparente pour l'homme qui vous plaît. Mais ensuite, ils avaient été liés par une amitié véritable, bien plus durable que n'importe quelle liaison. Ils avaient étudié ensemble, se battant pour avoir les meilleures notes aux examens, tout en se soutenant mutuellement. Après la fac, ils étaient restés en contact, même s'ils travaillaient dans des hôpitaux différents. Lorsque Luke était tombé amoureux de Nadia, une ravissante infirmière, elle s'était persuadé qu'elle était contente pour lui. Il ne l'avait pas choisie, mais elle lui vouait suffisamment d'affection pour lui souhaiter tout le bonheur du monde.

Bien sûr, elle avait eu de la peine qu'ils aient complètement cessé de se voir. Elle espérait juste qu'ils pourraient renouer quand Nadia ne craindrait plus la concurrence. Mais cet espoir s'était évaporé à mesure que les années passaient. Elle n'avait même plus pensé à lui pendant un certain temps… Jusqu'à ce qu'elle croie l'apercevoir tout à l'heure.

Quand Georgia et elle se rendirent à la cérémonie d'ouverture, elle avait complètement oublié Luke Anderson. D'ailleurs, mieux valait rester concentrée si elle ne voulait pas perdre Georgia et ses nouveaux amis dans la foule.

— Pardon…

Elle tenta de contourner un groupe d'hommes vêtus d'un gros manteau orné de bandes fluorescentes et d'insignes de secouriste. Ils ne devaient pas l'avoir entendue, car l'un d'eux la bouscula. Elle sentit des mains l'agripper, et quelqu'un l'empêcha de trébucher.

— Je suis désolée, dit-elle en rougissant.

— Pas de problème. On est plutôt serrés, ici, non ?

En reconnaissant cette voix, elle rejeta vivement la tête en arrière.

— Bon sang ! Kate ?

Incapable d'émettre un son, elle afficha un sourire stupide. Elle n'avait d'ailleurs pas besoin de parler, parce que Luke la serrait si fort dans ses bras qu'elle avait du mal à respirer.

— Kate ? fit la voix de Georgia dans son dos.

Luke la lâcha, et elle se retourna.

— Dieu merci ! s'exclama Georgia. Je croyais t'avoir perdue.

— Georgie… Je te présente mon ami Luke.

Quelqu'un tapotait un micro, déclenchant un sifflement qui fit grincer des dents l'assistance.

— Désolé, dit l'intervenant. Un peu de silence, s'il vous plaît.

Kate se tut immédiatement, mais Luke ne tint aucun compte de la requête.

— Qu'est-ce que tu fiches ici ?

— Chut ! fit quelqu'un, derrière eux. On essaie d'écouter.

— C'est un cadeau d'anniversaire, marmonna-t-elle entre haut et bas. Trop long à raconter.

Luke cligna de l'œil.

— On parlera plus tard, chuchota-t-il avant de se tourner vers l'estrade.

Après les paroles de bienvenue, l'organisateur énuméra la liste des pays participants, puis quelqu'un d'autre prit le relais pour fournir au public des informations cruciales.

— Entre 23 heures et minuit, vous recevrez votre liste d'épreuves. On vous donnera le lieu et l'heure. Soyez là au moins dix minutes avant le début. Si vous êtes en retard, vous ne participerez pas à ce scénario.

Georgia enfonça son coude dans les côtes de Kate.

— Aucune chance que ça nous arrive, souffla-t-elle. Pas quand je suis avec toi.

Mais Kate n'était plus obsédée par le règlement comme quelques heures auparavant. Elle était sur un petit nuage !

Être auprès de Luke, c'était comme rentrer chez soi ou retourner dans un endroit qu'on adore. De temps à autre, ils se jetaient un regard de côté, toujours au même moment !

Chaque fois, elle se sentait plus forte. Et il n'y avait pas que cela : elle se disait soudain qu'aucun des hommes qu'elle avait rencontrés n'avait soutenu la comparaison avec Luke.

Peut-être un regain de son ancien béguin ? Aïe. Elle allait devoir faire très attention.

— La compétition dure vingt-quatre heures, disait l'intervenant. Vous aurez douze tâches à accomplir, avec des pauses pour vous permettre de manger et de vous reposer.

Ce serait peut-être l'occasion de renouer avec son vieil ami ?

Sous l'effet du plaisir anticipé, elle sentit une douce chaleur se répandre en elle.

Maintenant, des images défilaient sur le grand écran. On projeta une carte géographique pendant qu'un organisateur expliquait quelle distance ils devraient parcourir pour se rendre sur le lieu d'un scénario, quels seraient les points de repère et les risques éventuels.

Pour finir, on leur rappela quelques règles :

— Toutes les instructions seront données en anglais. Vos patients le parlent assez bien pour répondre aux questions pertinentes. Le responsable qui notera votre performance s'exprimera dans la même langue. Toute équipe qui dérogerait à cette règle perdra des points.

Il était clair que cette exigence les favorisait.

Elle croisa de nouveau le regard de Luke, et la lueur qu'elle discerna dans ses yeux lui donna le désir de vaincre.

Ils avaient toujours tout fait pour se surpasser mutuellement. Ensuite, ils célébraient la victoire de l'un ou l'autre sans aucune acrimonie ni rancœur.

— Je crois que c'est mon tour de gagner, dit-elle en souriant.

— Je suis sûr du contraire, répliqua Luke. Qui a gagné, la dernière fois ? C'est tellement loin que je ne parviens pas à m'en souvenir.

— C'était l'examen final. Et pas la peine de faire le modeste, tu sais parfaitement que c'est toi qui l'as emporté !

Elle se revoyait avec lui, attendant que les résultats soient affichés. Sachant combien ils avaient travaillé dur tous les deux pour obtenir la meilleure note, leurs camarades lançaient des paris pour savoir lequel des deux arriverait premier.

Luke réprima un sourire.

— C'était il y a longtemps.

— Trop longtemps, répliqua-t-elle en soutenant son regard.

— Pendant que nous évoquons la question de la communication, poursuivait l'intervenant, il est absolument interdit de discuter des scénarios entre équipes jusqu'à la fin de la compétition. Attention ! Tous ceux qui diffuseraient une information seraient éliminés.

— Dans quelle catégorie es-tu ? demanda-t-elle à Luke.

Luke passa un bras autour des épaules de l'homme qui se trouvait près de lui.

— Je te présente Matteo Martini, un extraordinaire ambulancier italien. Nous formons un tandem médecin- ambulancier.

— Ooh ! s'exclama Georgia en se rapprochant. J'*adoore* le Martini ! Surtout avec du citron.

Ils se mirent tous à rire.

— Et voici Georgie, ma partenaire ambulancière, dit Kate.

Maintenant, tout le monde quittait la salle. Apparemment, les candidats se dirigeaient vers le bar pour attendre qu'on leur remette la liste de leurs épreuves et les horaires.

Jetant un coup d'œil par-dessus son épaule, Kate vit que Georgia et Matteo les suivaient.

Il y avait tellement de bruit qu'elle dut élever la voix.

— Alors, comment vas-tu ? Je ne t'ai pas vu depuis ton mariage.

— Je sais. Désolé… Je vais te chercher un verre ?

— Une eau pétillante, s'il te plaît. J'ai besoin de garder les idées claires pour demain.

— Pour moi, ce sera une bière, dit Matteo. Georgie ?

En voyant l'expression malicieuse de son amie, Kate réprima un soupir. Il était clair que Georgia appréciait la compagnie du bel Italien… Mais elle n'allait quand même pas commander un Martini ?

— Un verre de vin blanc, annonça Georgia. Mousseux, s'ils en ont. Je ne déteste pas une pointe d'effervescence.

Matteo haussa les sourcils, l'air amusé.

— On aime le champagne, c'est ça ? Très classe !

Il accompagna Luke jusqu'au bar pendant qu'elles trouvaient une table libre.

— Tu veux que j'éloigne Matteo pour vous laisser seuls, Luke et toi ? demanda Georgia.

— Tu es lourde, répliqua Kate sur un ton plus énervé qu'elle ne l'aurait souhaité. Luke et moi, nous sommes amis ou nous l'avons été. Il y a si longtemps que je ne l'ai vu que nous sommes quasiment des étrangers, maintenant.

Ce n'était pas tout à fait vrai. En disant cela, elle évita de croiser le regard de son amie, dont elle connaissait la perspicacité.

Apparemment, Luke avait choisi lui aussi une boisson non alcoolisée, sans doute pour affronter les épreuves du lendemain en pleine possession de ses moyens.

Elle afficha un sourire lorsqu'ils trinquèrent.

C'était parti !

— À la tienne, dit-elle. Je dois t'avouer que tu es sûrement la dernière personne que je m'attendais à trouver ici. Tu t'es spécialisé dans les urgences ?

— Non. Je suis toujours chirurgien pédiatrique, mais je traite plus particulièrement les victimes de traumas. C'est la faute de Matt si je suis ici.

— On est deux, alors. Georgia m'a offert l'inscription en guise de cadeau d'anniversaire. Elle prétend que j'ai besoin d'aventure.

Les yeux de Luke pétillèrent de malice.

— Et c'est vrai ?

Kate prit le temps de réfléchir. Menait-elle la vie qu'elle avait voulue ? Était-elle heureuse ?

Elle n'eut pas à répondre à la question, car Georgia demandait :

— Comment avez-vous fait connaissance, les gars ?

— J'ai travaillé quelque temps dans un hôpital de Milan, expliqua Luke. J'avais passé toute une journée à chercher un appartement, quand une ambulance s'est arrêtée près de moi. Matteo était au volant.

— Je l'avais vu aux urgences, enchaîna Matteo. J'étais resté auprès d'un gamin qui avait été renversé par une voiture, et Luke l'avait examiné.

— Il m'a raccompagné, dit Luke. Et ensuite, il a promis

de venir me chercher après son service pour me montrer où on servait la meilleure bière de Milan.

— Tu étais en Italie, souffla Kate. Quelle chance ! Nadia s'y plaisait ?

Matteo regarda Luke.

— Qui est Nadia ?

— Mon ex-épouse.

— Ah ! La femelle infidèle ?

— Exactement.

Kate se tourna vivement vers Luke.

— Vous vous êtes séparés, Nadia et toi ?

Luke fixa la chope de bière de Matteo comme s'il regrettait son propre choix de boisson.

— Ouais.

— Mais…

Cette fois, les trois autres la fixèrent, et elle se mordit la lèvre inférieure.

— Désolée, marmonna-t-elle. C'est juste que vous aviez l'air tellement amoureux…

— Ouais ! Eh bien, on ne m'y reprendra plus, crois-moi.

— C'est le genre d'expérience qui vous dégoûte à tout jamais, précisa Matteo. Quand la femme que vous aimez couche avec tout ce qui porte pantalon. Si quelqu'un me trompait ou me mentait comme elle l'a fait, je ne prononcerais plus jamais son prénom.

Kate aurait voulu se retrouver à mille lieues sous terre.

Pauvre Luke… Et il avait fallu qu'elle ouvre sa grande bouche ! Seigneur ! Il n'avait même pas dit à Matteo comment s'appelait son ex-épouse…

Mais autre chose émergeait dans sa conscience : le fait que Luke était de nouveau célibataire.

Bien sûr, elle était bien trop mûre et avisée pour espérer se glisser dans cet espace abandonné depuis longtemps. Autrefois, elle était transparente aux yeux de Luke, du moins sur le plan amoureux. Pourquoi cela aurait-il changé ?

Ce qu'il fallait changer, c'était de sujet, et vite !

— Combien de temps es-tu resté à Milan ?

— Deux ans. Ensuite, on m'a proposé un poste à Édimbourg.

— J'y crois pas !

— En quoi est-ce surprenant ? Tu pensais que je ferais des remplacements toute ma vie ?

— Non, mais moi, je travaille à Glasgow.

Luke éclata de rire.

— Tu veux dire que nous habitons à 70 kilomètres l'un de l'autre et qu'il a fallu que nous traversions la moitié de l'Europe pour nous revoir ?

— En fait, Georgia et moi vivons à Brackenburn, à mi-chemin entre Glasgow et Édimbourg, où elle travaille.

— Vous avez des hélicoptères ? demanda Matteo à Georgia.

— Deux. Mais je n'ai pas souvent l'occasion d'y monter. Seulement quand on est à court de personnel. Et vous ?

— J'ai été ambulancier navigant pendant huit ans. Ça me plaisait.

Kate et Luke écoutaient la conversation de leurs partenaires. Autour d'eux, les gens commençaient à bouger, mais ils restaient assis tous les deux.

Tant de choses s'étaient passées, depuis la dernière fois qu'ils s'étaient vus ! Le ton amer de Luke avait attristé Kate, lorsqu'il avait confirmé que son mariage avait échoué. Comment cela avait-il pu arriver à quelqu'un comme lui ?

Peut-être avait-il suivi le cours de ses pensées, car il demanda :

— Et toi, Katy ? Je parie que tu es heureuse en ménage et que tu as deux enfants qui t'attendent à la maison ! Ça faisait partie de tes projets, non ?

Pas facile d'avouer qu'elle n'avait pas réalisé son rêve le plus important.

Elle baissa les yeux et se contenta de secouer la tête avant de vider son verre.

— On ferait mieux d'y aller, dit Matteo. Il est temps…

Elle se leva, trop contente d'interrompre cette conversation pour le moment. Mais Luke resta où il était, les yeux levés vers elle.

— Tu as fêté ton anniversaire en mars, remarqua-t-il.

— Exact. Deux semaines après le tien, en fait.

— Oui… Et nous avons tous les deux trente-cinq ans.

Elle se hérissa intérieurement.

Faisait-il allusion au fait qu'elle était toujours célibataire, qu'elle n'était pas près d'être mère et que, passé la quarantaine, ce serait de moins en moins probable ?

Finalement, Luke n'était peut-être plus l'homme qu'elle avait connu…

Mais il lui sourit, et il n'eut pas à prononcer un mot de plus pour qu'elle comprenne qu'il n'avait pas voulu remuer le couteau dans la plaie. Il lui rappelait autre chose : un pacte qu'ils avaient conclu lors de la nuit mémorable au cours de laquelle ils avaient dignement célébré leur succès à l'examen qui faisait d'eux des médecins. Un pacte auquel elle n'avait pas pensé depuis des années parce qu'il était devenu caduc dès l'instant où Luke s'était marié.

Il ne s'imaginait tout de même pas qu'il allait être réactualisé sous prétexte qu'il était de nouveau célibataire ?

Elle se détourna en secouant négativement la tête.

Non, le pacte n'existait plus.

2.

Kate se tourna vers la maison de village devant laquelle elles étaient garées.

— Je crois qu'on y est.

Elle avait enregistré sur son GPS toutes les coordonnées correspondant aux épreuves de la journée. Elle était donc certaine de ne pas s'être trompée de lieu. Pourtant, la porte était fermée, et rien n'indiquait que quelqu'un avait besoin d'une assistance médicale.

— On a dix minutes devant nous, dit-elle. À 7 h 45, on frappera à la porte. Tu peux éteindre le gyrophare. Inutile de vider la batterie pendant qu'on entrera en action.

— Compris, répliqua Georgia en ôtant le câble de l'allume-cigare. C'est notre premier scénario… Tu es nerveuse ?

— J'aimerais avoir une idée de ce qui nous attend. « Petit chou », le nom de l'épreuve, n'est pas vraiment un indice.

— C'est peut-être en rapport avec le sucre. Qu'est-ce que tu dirais d'une urgence diabétique ?

— Pas mal.

Georgia haussa comiquement les sourcils.

— Ou alors c'est un couple d'amoureux. Ils faisaient l'amour sous la douche. L'un des deux a glissé et s'est cogné la tête contre le carrelage.

Kate n'avait pas envie de penser à des gens tellement épris qu'ils ne parviendraient pas à se séparer le temps d'une douche. Elle-même n'avait jamais connu ce genre d'expérience.

Elle jeta un coup d'œil à sa montre.

— Plus que cinq minutes.

— Tu crois qu'une autre équipe est sur le coup ? Luke et Matteo, par exemple ?

Elle ne voulait pas non plus penser à Luke, surtout si cela devait la distraire de son but. Car elle avait bien l'intention de le battre dans cette compétition. C'était son tour, après tout, puisqu'il avait eu de meilleures notes qu'elle lors de leur examen de fin d'études !

À cette occasion, Luke s'était comporté en vrai gentleman. Ils avaient trinqué à leur avenir et bu l'excellent champagne qu'il avait apporté. Malheureusement, c'est en vidant la seconde bouteille qu'ils avaient conclu le pacte…

« Je te dois cette réussite, Katy, avait déclaré Luke. Si on n'avait pas travaillé ensemble, ce qui m'a obligé à me mettre au niveau de ton esprit brillant, j'aurais sûrement été le dernier de la classe. »

Evidemment, c'était complètement faux. Luke figurait parmi les étudiants les plus intelligents, et surtout il avait des doigts de fée. Il n'y avait rien d'étonnant à ce qu'il se soit spécialisé en chirurgie.

— Quelle heure est-il ?

— Oups ! 7 h 46.

Apparemment, elle avait complètement perdu la notion du temps ! Penser à Luke l'avait distraite… Mais cela ne se reproduirait jamais plus.

Georgia et elle jaillirent hors de leur véhicule et ouvrirent le coffre pour en sortir le matériel que leur avait fourni l'agence d'ambulances pour laquelle travaillait Georgia.

— On est en avance.

Luke émit un grognement affirmatif.

L'épreuve bizarrement intitulée « petit chou » commençait à 8 h 15, mais il n'avait pas voulu risquer l'élimination en arrivant en retard. D'autant qu'il était très excité à l'idée d'entrer en compétition avec Kate.

Était-ce au tour de celle-ci de gagner ?

Il se surprit en train de sourire. Quels que soient les résultats, l'aventure prenait un tour très amusant.

— Tu es sûr qu'on est au bon endroit ? demanda-t-il à son partenaire. Je m'attendais à quelque chose de spectaculaire, comme un accident de voiture sur la place de ce petit village.

— Pas d'erreur possible, répliqua Matteo. D'ailleurs, il y a un autre véhicule garé un peu plus loin. Il y a un gyrophare sur le toit, un numéro sur le pare-brise, et les drapeaux sont…

— Écossais, compléta Luke.

Il n'y avait qu'une équipe représentant l'Écosse, et ils en connaissaient les participantes !

Cette fois, il ne put s'empêcher de rire à l'idée qu'il lui avait fallu traverser une partie de l'Europe pour revoir Kate.

Ces retrouvailles lui faisaient chaud au cœur. Depuis qu'il avait accepté ce poste à Édimbourg, il se sentait très seul. Matteo lui manquait. À Milan, il l'avait aidé à se remettre de son mariage désastreux. Mais, depuis qu'il s'était installé à Édimbourg, il s'était focalisé sur le travail, ce qui ne l'avait pas aidé à se faire de nouveaux amis. C'était d'ailleurs pour cette raison qu'il avait accepté de participer à cette compétition avec Matteo.

Cela faisait des années qu'il n'avait pas repensé au pacte noué avec Kate la nuit où ils avaient célébré leur succès à l'examen. Cela lui était revenu en mémoire quand il lui avait demandé si elle était mariée et mère de famille. Et qu'elle avait évité de lui répondre.

Pourtant ils avaient tous les deux de grands projets, concernant l'avenir.

— Moi, avait-il déclaré, je compte entamer une brillante carrière et trouver la femme de mes rêves avec laquelle je partagerai ma gloire. Et toi ?

— Oh… Je compte mener une brillante carrière, moi aussi. Je rencontrerai l'homme de ma vie, je me marierai, et j'aurai deux merveilleux enfants.

Ensuite, ils avaient vidé une seconde bouteille, et leurs projets respectifs s'étaient mués en pacte.

— Tu es ma meilleure pote, Katy. Je t'adore.

— Moi de même, mon pote.

— J'ai une idée… Si on n'a pas trouvé le ou la partenaire de nos rêves, quand nous aurons… disons trente-cinq ans… on se mariera ensemble.

— Pourquoi tu voudrais m'épouser ?

— Je serai peut-être au désespoir, à ce moment-là !

— Je suis flattée.

— Je plaisante.

— Ton idée de mariage, c'est une blague !

— Non. Là, je suis sérieux. Faisons un pacte : si nous sommes encore célibataires à trente-cinq ans, on se marie. D'accord ?

Kate avait vidé sa coupe et rejeté ses cheveux en arrière, puis elle lui avait jeté un regard bizarre.

— D'accord.

— C'est un pacte ? Signé et scellé ?

— Oui. Mais maintenant, j'ai besoin d'aller dormir.

C'était un bon souvenir. Oui, il était vraiment ravi de revoir Kate. Mieux encore, il avait découvert qu'ils habitaient tout près l'un de l'autre et qu'ils pourraient se revoir souvent.

Kate était toujours aussi ravissante, avec ses beaux yeux bleus brillants d'intelligence et ses cheveux blonds qui lui frôlaient les épaules. Il ne croyait plus au grand amour, mais… Quoi qu'il advienne entre eux, il ne rajeunissait pas, ce serait dommage de passer le reste de sa vie à ne s'occuper que des enfants des autres.

Il régnait un tel vacarme derrière la porte d'entrée, que Kate et Georgia échangèrent un regard étonné.

Une fête ? Si tôt dans la journée ?

Georgia frappa à la porte.

— Ambulance ! cria-t-elle.

Comme personne ne répondait, elle ouvrit la porte.

Elles se retrouvèrent dans une salle de séjour où une douzaine de personnes hurlaient pour se faire entendre malgré la musique. Une bouteille de vodka passait de main en main, et personne ne sembla remarquer leur présence.

Kate s'approcha d'un jeune homme.

— Bonjour… Quelqu'un a demandé une ambulance ?

— En tout cas, ce n'est pas moi ! On danse ? continua le garçon en tentant de l'attirer dans ses bras.

Kate resta bouche bée.

Elle ne s'attendait absolument pas à cela. Où étaient les organisateurs censés évaluer leur performance ? Et surtout, où était le patient ou la patiente ?

Georgia éleva la voix de façon à se faire entendre :

— Salut, tout le monde !

Des visages surpris se tournèrent vers elle.

— Quelqu'un a demandé une ambulance, dit sévèrement Georgia. Qui est-ce ?

— C'est moi, fit un homme affalé sur le canapé dans un coin de la pièce. Ma copine est en haut. Elle s'est couchée parce qu'elle avait très mal au ventre.

— Vous n'avez rien à nous dire que nous devrions savoir ?

— Non, je ne crois pas, dit l'homme en levant son verre dans leur direction… Ah oui ! Elle est enceinte. C'est important ?

Georgia et Kate gravirent les marches de l'escalier quatre à quatre. Elles parvinrent dans une chambre, et là…

Le scénario les attendait.

Deux jurés se tenaient debout, leur carnet à la main. Une jeune femme était assise sur un lit, tenant dans ses bras un poupon en plastique enveloppé dans un T-shirt.

— Tu t'occupes de la mère et moi du bébé, dit Kate.

La jeune mère refusa qu'on lui prenne son enfant.

— Depuis quand est-il né ?

— Une minute… Peut-être deux.

— Vous l'avez entendu crier ?

— Non. S'il vous plaît, laissez-le-moi !

— Tout va bien, lui dit Georgia. Nous voulons juste vous aider. Kate est pédiatre.

Kate écarta les pans du T-shirt pour voir le visage du bébé. Le cordon était étroitement noué autour de son cou.

— Sa peau est bleue, précisa l'un des jurés.

Kate prit la poupée des mains de la patiente. En se retournant, elle constata que Georgia avait interrompu son examen de la mère pour étendre une serviette sur le sol et ouvrir le kit de réanimation pédiatrique. Il comportait une canule pour aspirer les mucosités, un minuscule masque à ventilation et des sondes d'intubation au cas où ce serait nécessaire.

— La mère ne présente pas de saignement important, dit Georgia. Elle a un pouls radial.

Kate approuva de la tête.

— Merci.

Cela impliquait que la pression artérielle de la mère était normale et qu'elles pouvaient se concentrer sur l'enfant.

Elle étendit le bébé sur la serviette et positionna sa tête pour s'assurer que les voies aériennes étaient dégagées.

— Est-ce que je peux sentir un pouls ? demanda-t-elle en posant deux doigts sur le cou de la poupée.

— Le pouls est à 30, précisa un juré.

— Est-ce que je peux voir ou sentir des mouvements de respiration ?

Kate connaissait déjà la réponse. L'enfant n'avait pas pleuré, et la couleur de sa peau signifiait qu'il ne recevait pas d'oxygène en dehors de ce que le cordon ombilical lui prodiguait heureusement encore.

— Le bébé ne respire plus, confirma le juré.

Elle installa le masque à oxygène et appuya quatre fois sur le ballon, puis elle commença la réanimation cardiaque. C'était nécessaire. Même si on sentait un pouls, le rythme était trop lent, et le bébé ne respirait pas encore de lui-même.

Elle tendit le ballon à Georgia.

— Trois compressions pour une insufflation, lui dit-elle.

Georgia acquiesça d'un signe de tête.

Posant deux doigts sur la poitrine du bébé, Kate effectua rapidement les compressions. Au bout de trois, elle s'arrêta pour permettre à Georgia d'administrer une bouffée d'oxygène au nourrisson. En même temps, elle gardait un œil sur la mère. Il fallait la rassurer tout en guettant le moindre signe d'hémorragie de la délivrance qu'elles devraient endiguer.

Toutes les trente secondes, elle vérifiait le rythme cardiaque du bébé. Il monta à 40, puis à 60.

— La fréquence est passée au-dessus de 80, les informa un juré.

— Le teint ?

— De plus en plus rose.

— La respiration ?

— Oui, elle respire. Et maintenant, elle pleure, dit le juré avec un sourire. Bravo !

Kate posa le bébé dans les bras de sa mère et les enveloppa toutes les deux dans une couverture.

— Gardez-la contre votre peau, dit-elle.

— Elle va aller bien ?

— Tout à fait. Toutes mes félicitations. Vous avez une belle petite fille.

La jeune femme était une très bonne actrice. Kate aurait juré que des larmes de soulagement lui étaient montées aux yeux, tandis qu'elle remerciait ses « sauveuses » et câlinait son enfant. Le scénario avait été si réaliste que Kate elle-même était émue… Comme chaque fois qu'une vie nouvelle venait au monde.

Elle enviait presque cette jeune femme qui serrait ce bébé en plastique contre son cœur ! Par la suite, elle éviterait de s'impliquer à ce point, sinon elle serait trop épuisée pour être une bonne partenaire, et Georgia le lui reprocherait à juste titre.

Dès que la porte se referma sur elles, Georgia s'exclama :

— C'était génial ! *Tu* as été géniale ! Je crois qu'on a été bonnes, sur ce coup.

— En tout cas, on a sauvé le bébé, et les jurés avaient l'air contents. On n'a que dix minutes pour localiser l'épreuve suivante. On ferait bien d'accélérer le mouvement.

Mais Georgia s'était immobilisée pour agiter la main.

— Regarde, il y a Luke et Matteo dans cette voiture ! Ils passent sûrement après nous.

— Je me demande combien de temps il leur faudra pour comprendre que le patient n'est pas au rez-de-chaussée…

Soudain, Kate éprouva le besoin urgent de fournir un indice à Luke.

— Pas étonnant qu'on n'ait pas le droit de parler des scénarios avant la fin, dit Georgia. Je suis sûre que Matteo est autant à cheval sur le règlement que toi, Kate. Vous vous entendriez sûrement très bien.

— Je ne suis pas en quête d'un homme. Qu'est-ce qui t'arrive. Il ne te plaît pas ?

Georgia haussa les épaules.

— Il n'est pas mal, mais l'océan est rempli de poissons, et ce n'est pas le moment de jeter mon filet.

Avant de se glisser derrière le volant, Kate jeta un coup d'œil en direction de la voiture garée un peu plus loin. Obéissant à une impulsion subite, elle leva la main et, quand Luke passa la sienne au-dessus de la vitre, elle sut qu'il la regardait.

Elle frissonna sans savoir pourquoi. Il y avait quelque chose de troublant dans le fait de voir quelqu'un surgir ainsi de son passé…

Comparait-elle Luke à un fantôme ? Ou bien se réjouissait-elle de renouer avec un ancien et très cher ami ?

La seconde hypothèse devait être la bonne, car ce qu'elle éprouvait était trop agréable pour cacher une menace.

— Regarde, elles sortent de la maison.

Luke s'enfonça légèrement dans son siège.

C'était une coïncidence si Kate et lui disputaient la même épreuve, mais il avait bizarrement l'impression de s'imposer dans la vie de Kate, comme s'il la suivait à la trace. Était-elle aussi contente de le revoir qu'il était heureux de la retrouver ? Peut-être que non…

Georgia leur avait adressé un signe de la main, mais Kate semblait pressée de repartir. Il crut un instant qu'elle allait monter dans sa voiture et démarrer sans leur prêter attention, mais elle regarda dans sa direction et agita la main.

Poussant un soupir de soulagement, il en fit autant.

— Ce serait sympa de savoir ce qui nous attend, dit-il, mais elles ne nous ont donné aucun indice.

— Et elles ont bien raison, répliqua Matteo. Ce serait de la triche.

— Tu as raison. Ce serait malhonnête.

— Déshonorant, tu veux dire !

Lorsqu'ils eurent franchi le seuil de la maison, la situation leur parut assez confuse, mais, dès qu'ils eurent compris que la fête du rez-de-chaussée n'avait pas d'autre but que de brouiller les pistes, ils montèrent à l'étage et réussirent leur réanimation pédiatrique.

Le second scénario mettait en scène un homme souffrant de mal de dos et de nausées. Il leur fut facile de diagnostiquer une colique néphrétique, mais il y avait un piège, car l'homme fit un choc anaphylactique après qu'ils lui eurent administré de la morphine pour soulager sa douleur. Heureusement, Matteo repéra presque immédiatement les premiers symptômes. Ils réagirent tous les deux rapidement et mirent en place une perfusion destinée à neutraliser la réaction. Ensuite, les jurés leur demandèrent dans quel hôpital ils allaient faire transporter le patient.

— L'hôpital A, répondit Luke. Ils ont un service de médecine interne, des soins intensifs, et c'est le plus proche.

— Quelle est l'information la plus importante que vous devez transmettre sur votre patient ?

— Qu'il est allergique à la morphine. Nous l'écrirons dans notre rapport et nous nous assurerons que tous ceux auxquels nous nous adresserons l'ont bien compris. Nous dirons aussi au patient qu'il doit toujours avoir sur lui une carte d'allergie à la morphine à partir de maintenant.

En quittant la maison, Matteo le gratifia d'une grande claque dans le dos.

— Ça s'est plutôt bien passé. Je n'aurais jamais pensé à parler de la carte.

— Et, toi, tu as repéré très rapidement la réaction anaphylactoïde. Bravo !

— On fait une très bonne équipe, assura Matteo avec un grand sourire.

— Je crois qu'on a une pause d'une heure, maintenant. On devrait en profiter pour passer l'épreuve de conduite.

— D'accord.

On pouvait se présenter à ce test n'importe quand dans la journée.

Près de la rivière, il y avait un espace gravillonné circonscrit par un cordon de sécurité. Une ligne de cônes de signalisation orange délimitait la zone. Lorsqu'ils arrivèrent, une ambulance zigzaguait parmi ceux-ci à toute vitesse. Elle s'arrêta entre les deux derniers, qui marquaient la fin de la course.

Un autre véhicule attendait son tour… Il arborait les drapeaux écossais.

— Joli ! remarqua Matteo. Je ne m'en étais pas aperçu avant.

— Tu parles de Georgia ou de Kate ?

Matteo éclata de rire.

— Elles sont ravissantes toutes les deux, mais ce n'est pas ce que je regardais. Tu as vu ce qui est fixé sur leur capot ?

Luke, amusé, détailla l'ours en peluche vêtu d'un kilt et tenant une cornemuse.

En fait, il n'avait vu que Kate. Debout près de la voiture, celle-ci discutait avec Georgia, qui était derrière le volant.

En parvenant à leur niveau, Matteo baissa sa vitre.

— Votre ours va prendre la poussière !

— Ça fait partie du jeu, répliqua Georgia. Lequel de vous deux va conduire ? Une seule personne est autorisée à monter dans le véhicule.

Luke jeta un coup d'œil à Matteo avant de défaire sa ceinture de sécurité.

— Fais-le, dit-il. Tu as plus d'expérience que moi.

— Cool…

Matteo se focalisait déjà sur ce que faisait Georgia et qu'il allait devoir faire un instant plus tard.

Luke rejoignit Kate, qui s'était éloignée du nuage de poussière soulevé par les concurrents.

— Comment ça se passe ? lui demanda-t-il.

— C'est super !

Visiblement très excitée, elle ouvrit la bouche pour dire quelque chose… Et la referma aussitôt.

— Mais on n'a pas le droit d'en parler.

— Non.

Il mit un moment à détourner les yeux de son visage. Il avait oublié à quel point elle pouvait changer rapidement d'expression. Il avait oublié combien c'était amusant de la regarder et de discuter avec elle.

Ils suivirent des yeux Georgia, qui évoluait à toute vitesse sur la piste, renversant deux cônes au passage.

— C'est une vraie furie !

— Une passionnée, précisa Kate. Mais elle a droit à un autre essai. L'équipe qui nous précédait en a eu trois.

Ce qui leur donnait quelques minutes d'intimité…

— Où travailles-tu, à Glasgow ? À l'hôpital de l'Ouest ?

— Non, de l'Est. Il dispose d'une maternité et du meilleur service de soins intensifs pédiatriques de la région.

— Oui… Certains de nos patients relevant de la chirurgie y ont été transférés. Tu es aux soins intensifs ?

— Non, juste en pédiatrie. Mais il arrive qu'on m'appelle en cas d'urgence.

— Tu es heureuse ?

Kate écarquilla les yeux.

— Professionnellement ? Bien sûr ! J'ai toujours adoré travailler avec les enfants.

Que signifiait cette brève lueur de panique qu'il avait entrevue dans ses yeux ? Sa vie privée ne la satisfaisait-elle pas ?

— Je m'en souviens, répondit-il. Tu as toujours su t'y prendre avec eux. Comment se fait-il que tu n'en aies pas à toi ?

— À moi, quoi ?

— Des enfants.

L'espace d'un instant, Kate se détourna pour suivre des yeux la performance de Georgia.

— J'en aurai certainement un jour, dit-elle enfin.

Il crut percevoir dans sa voix une nuance de mélancolie. Se souvenait-elle des projets qu'ils avaient partagés lors d'une certaine soirée arrosée au champagne ?

— Pas de père potentiel en vue ? demanda-t-il.

Elle mit sa main en visière pour protéger ses yeux du soleil.

— C'est mieux, Georgia, murmura-t-elle. Mais tu vas trop lentement, maintenant.

— Tu n'as pas de petit ami ? insista Luke.

Kate laissa échapper un soupir exaspéré.

— Non, dit-elle, les yeux fixés sur Georgia, qui faisait demi-tour et roulait en direction des jurés, qui semblaient discuter pour savoir s'ils lui accordaient un nouvel essai.

Donc, Kate était célibataire. Excellente nouvelle ! Du coup, rien ne les empêchait de passer un peu de temps ensemble.

— Et tu as trente-cinq ans…

Bon sang ! Il avait dit cela à voix haute !

— Je m'étonne que tu t'en souviennes, répliqua-t-elle sèchement. Tu étais complètement ivre.

Pour autant qu'il sache, elle avait été tout à fait d'accord pour qu'ils ouvrent la seconde bouteille.

En tout cas, il était clair qu'elle n'avait pas oublié le pacte.

— De toute façon, reprit-elle, le contrat est nul et non avenu, puisque tu t'es marié.

— Eh ! Inutile de me rappeler cette lamentable erreur !

— Désolée, dit-elle avec un sourire. Encore heureux que vous n'ayez pas eu d'enfants… Je me trompe ?

— Non, grâce au ciel. La rupture a été nette et sans conséquence.

Ils se turent un instant.

Georgia se plaçait sur la ligne de départ pour ce qui serait sans doute sa dernière tentative. Matteo avait passé la tête au-dessus de sa vitre pour l'observer avec attention.

Luke ne put s'empêcher de taquiner Kate.

— Notre pacte ne comportait aucune clause restrictive, il me semble. Nous avons solennellement déclaré que, si nous étions encore célibataires à trente-cinq ans, nous nous marierions ensemble.

Kate lui jeta un regard dédaigneux.

— Merci beaucoup, mais j'ai l'intention de me donner encore un peu de temps. Je n'ai pas abandonné l'espoir de trouver le grand amour. Mon âme sœur existe quelque part… Il faut juste que je la trouve.

— Tu ne crois tout de même pas à ce genre de fadaises ? grommela-t-il.

— Peut-être que j'aimerais avoir ce que Nadia et toi avez eu, répliqua-t-elle d'une voix glaciale.

— Non ! s'exclama-t-il avec une véhémence inattendue. Ce n'est pas ce que tu veux.

— C'était bien, au début, non ? Je ne t'avais jamais vu aussi heureux.

De nouveau, cette note de mélancolie dans sa voix.

Jusqu'alors, il avait refoulé les souvenirs de cette époque, mais ils émergèrent de sa mémoire.

Tomber aussi follement amoureux avait été magique…

Il referma immédiatement cette boîte de Pandore.

Aujourd'hui, il savait combien cette magie était trompeuse.

Un écran de fumée. Il avait suffi d'un claquement de doigts pour qu'elle laisse derrière elle un paysage dévasté.

Prenant visiblement conscience qu'elle avait éveillé en lui quelque chose de douloureux, Kate rompit le silence.

— Tu es seulement tombé sur la mauvaise personne, dit-elle gentiment.

— Et, toi, tu crois pouvoir trouver la bonne ?

— Je l'espère.

— Comment en auras-tu la certitude ?

— Je ne le sais pas exactement, admit-elle. Il faut sans doute que je me fie à mon instinct.

À présent, Matteo prenait position sur la ligne de départ tandis que Georgia roulait dans leur direction.

— Je te souhaite bonne chance, dit Luke, soulagé quand cette conversation prit fin. J'espère de tout cœur que tu le trouveras et que vous vivrez heureux.

Kate lui sourit.

— Tu reconnais donc que notre vieux pacte est nul et non avenu ?

Il haussa les épaules.

— De toute façon, j'ai fait un trait sur le mariage. Il n'y a rien de mieux que l'amitié. Ça dure plus longtemps.

Elle le regardait avec ce qui ressemblait à de la sympathie, et peut-être quelque chose de plus… De la chaleur.

— Tu as raison. Je suis vraiment contente de te revoir, Luke.

— Moi pareil. En rentrant chez nous, faisons en sorte de ne plus nous perdre de vue. Pour l'instant, je me sens un peu comme un poisson hors de l'eau en Écosse. Je ne vois personne en dehors de mes collègues. Je ne suis allé nulle part, et je n'ai rien vu.

— Moi non plus, je n'ai pas eu le temps de me rendre sur les sites intéressants, reconnut Kate au moment où Georgia les rejoignait. Je suis sûre qu'il y a des endroits magnifiques à visiter en Écosse.

— Tu plaisantes ! s'exclama Georgia sur un ton offensé.

C'est le plus beau pays au monde ! Nous avons des lacs et des forêts splendides, et plus de châteaux que tu ne peux l'imaginer. D'accord, le temps est parfois un peu gris, admit-elle en souriant, mais pour l'instant c'est l'été : on aura au moins trois jours de beau temps.

— Décidons une chose, dit Kate. Dès qu'on aura une journée de congé en commun, on trouvera quelque chose à aller voir.

— Même si ce n'est pas l'un des trois jours ensoleillés ?

— La pluie ne me gêne pas, répondit Kate en riant. On peut toujours dégoter un pub avec un feu dans la cheminée et prendre un bon déjeuner.

Pour l'instant, le soleil brillait dans le ciel, et Luke se sentait bien. Ce rappel déplaisant de sa vie privée était de nouveau enfoui, et l'avenir lui paraissait plein de promesses. Il allait pouvoir élargir son horizon et explorer son nouveau pays en compagnie d'une amie, ce qui rendrait ces sorties plus intéressantes. Et, s'il pleuvait à verse le jour où Kate et lui se retrouveraient pour cette balade, il ne serait pas mécontent. De cette façon, le déjeuner près de la cheminée se prolongerait…

Quand Georgia et Kate s'éloignèrent pour affronter l'épreuve suivante, il se surprit à sourire largement.

3.

Kate et Georgia déjeunèrent rapidement, après quoi elles profitèrent de leur pause pour s'étendre sur l'herbe à l'ombre d'un arbre, et Georgia ferma aussitôt les yeux.

De son côté, Kate fixa rêveusement les feuilles agitées par une brise légère.

Le pacte avait été rompu.

Elle avait été soulagée de ne pas avoir à discuter davantage pour faire admettre à Luke qu'il n'était plus valide, pourtant elle se sentait bizarrement déçue.

Pourquoi ?

Elle avait dû faire un gros effort pour surmonter le béguin qu'elle avait eu pour Luke. Elle avait supporté qu'il soit attiré par d'autres femmes parce qu'elle préférait occuper une position d'amie dans sa vie plutôt que de ne pas en faire partie. Elle était certaine qu'il ne l'avait jamais considérée autrement. Quand certains de leurs camarades insinuaient qu'ils étaient faits l'un pour l'autre, ils riaient tous les deux de la suggestion. Elle n'avait jamais oublié la première fois que c'était arrivé. Il l'avait fixée d'un air gêné, comme si cette éventualité l'embarrassait au plus haut point.

Le pacte n'avait été que l'expression de l'attachement profond qui les liait l'un à l'autre. Pour elle, il avait constitué une sorte d'assurance sur la vie… Jusqu'à ce que Luke épouse Nadia, évidemment. Et, maintenant qu'ils avaient atteint l'âge critique, le contrat était rompu. Georgia et Luke étaient peut-être désabusés, mais, elle, elle croyait toujours en l'amour.

Un jour, elle rencontrerait son âme sœur, l'homme dont

elle tomberait éperdument amoureuse et qui éprouverait le même sentiment pour elle. Il suffisait d'ignorer la méchante petite voix qui soufflait qu'elle ne rajeunissait pas et que, un de ces jours, elle ne serait plus en âge d'avoir des enfants.

Bien sûr, elle aimait Luke, mais elle avait trop lutté pour s'en tenir à l'amitié qui les unissait autrefois pour tout remettre en cause maintenant. D'ailleurs, la simple idée de faire l'amour avec lui la gênait inexplicablement.

La neuvième épreuve correspondait exactement au genre de scénarios auxquels Matteo et Luke s'étaient attendus en s'inscrivant à cette compétition.

Cela se passait dans un grand parc, et il s'agissait d'un grave accident impliquant un minibus.

Quand tous deux s'approchèrent de l'espace délimité par le cordon de sécurité, il y avait déjà une foule de spectateurs. Le bus avait heurté un arbre énorme, et une personne inconsciente gisait sur le sol. Des gens erraient sans but tout autour, dont une femme qui pressait un linge ensanglanté contre sa tête. On entendait aussi des cris venant de l'intérieur du bus.

— Waouh…

La scène exigeait de gros moyens, d'autant que le même scénario se déroulait de l'autre côté du parc, ce qui permettait à deux équipes de travailler au même moment.

Cette fois, Matteo était aux commandes :

— C'est un exercice de tri, dit-il tranquillement. Nous ne nous arrêtons pour donner des soins que lorsque la vie du patient est immédiatement menacée.

Il sortit des bracelets de couleur de son sac et éleva la voix :

— Que tous ceux qui peuvent marcher s'approchent !

Les gens se mirent à bouger. Un homme descendit du bus. Tous semblaient très choqués, et quelques-uns présentaient des blessures mineures, telles que des éraflures et des bleus.

L'homme qui était descendu du véhicule se tenait le bras comme si le moindre mouvement le faisait souffrir.

— Le chauffeur ne va pas bien, dit quelqu'un.

— Il y a une femme et un petit garçon dans le bus, dit une autre personne.

— Restez là, ordonna Luke au petit groupe. On va revenir.

Matteo était déjà agenouillé près de l'homme étendu par terre. Ce premier patient reprenait conscience, et Luke l'entendit gémir.

— J'ai tellement mal !

Puisqu'il parlait, ses voies aériennes étaient dégagées. Apparemment, il n'y avait pas d'hémorragie visible à stopper, mais il souffrait visiblement beaucoup. Des lésions internes étant possibles, il eut droit à un bracelet vert signifiant qu'il avait besoin d'un traitement urgent, mais que son pronostic vital n'était pas engagé.

— On revient le plus vite possible, lui promit Luke. Dès que nous aurons vu si d'autres personnes ont besoin d'aide.

La femme blessée à la tête semblait confuse. Elle cherchait à s'éloigner et se frottait la nuque comme pour soulager une douleur. Matteo lui passa aussi un bracelet vert au poignet, puis il demanda à un des hommes qui n'avaient pas été blessés de veiller sur elle.

— Faites-la asseoir. Il faut qu'elle garde la tête immobile et qu'elle ne bouge pas le cou. Ne la laissez surtout pas partir avant qu'on revienne.

Ensuite, Luke et Matteo grimpèrent dans le bus.

Le chauffeur était affaissé sur le volant. Un juré était assis non loin de lui.

Luke souleva la tête de l'homme pour dégager ses voies aériennes, puis il chercha le pouls carotidien.

— Il n'y a pas de pouls, précisa le juré.

Luke et Matteo échangèrent un regard. Le bus s'était-il encastré dans l'arbre parce que le chauffeur avait fait un arrêt cardiaque ? Ce n'était pas le moment d'entamer une réanimation qui les empêcherait de s'occuper d'autres personnes susceptibles d'être sauvées.

Ils passèrent au poignet du patient le bracelet blanc indiquant que la personne était décédée.

À l'arrière du véhicule, il y avait une femme qui serrait contre son cœur un petit garçon d'environ six ans.

L'enfant jouait son rôle très consciencieusement.

— Il faut que vous aidiez ma maman, dit-il aux sauveteurs. Elle s'endort tout le temps.

— C'est ce qu'on va faire, promit Luke. Tu as mal quelque part ?

Penché en avant, Matteo parlait à la mère.

— Ma jambe est coincée, chuchota-t-elle. Je ne peux pas sortir.

— On va s'en occuper, assura Matteo.

— J'ai mal au pied, se plaignit le garçon.

— Ma jambe me fait horriblement souffrir, gémit la femme. Aidez-moi, je vous en supplie.

Matteo prit son pouls.

— Le rythme cardiaque est à 120, intervint le juré.

— Le teint ?

— Très pâle, et elle transpire.

Matteo se pencha davantage au-dessus du siège.

— Je vois du sang par terre. La perte est importante ?

— Oui.

— Emmène le gamin dehors, ordonna Matteo à Luke. J'ai besoin d'endiguer l'hémorragie.

Luke souleva le petit garçon, qui noua docilement ses bras autour du cou de son sauveteur.

— Examine une seconde fois tous les porteurs d'un bracelet vert, dit Matteo, et choisis l'hôpital qui devra les accueillir. Mets un collier cervical à la femme qui a mal au cou.

Tout en parlant, il avait sorti un pansement et l'appliquait sur la plaie à la jambe.

— J'ai besoin d'un contact radio avec le centre de communication, dit-il. Il y a un hélicoptère disponible ?

Luke emporta le petit garçon jusqu'à la portière et descendit les marches avec précaution.

— Comment t'appelles-tu ? demanda-t-il.

— Ivan.

— Tu t'amuses bien, aujourd'hui, Ivan ?

— Oui, répliqua l'enfant avec un sourire malicieux.

— Moi aussi, avoua Luke en lui rendant son sourire.

Kate ne s'était pas attendue à marcher autant, chargée d'un sac très lourd. Mais le scénario se déroulait loin de la route, dans un grand parc. En arrivant au bout du chemin arboré, elle retint son souffle à la vue de la scène.

— Seigneur ! Un accident de bus ?

— C'est un exercice de tri, dit Georgia. On va devoir examiner tout le monde et décider quels sont les patients qui ont besoin d'être traités en urgence. Nous n'agirons immédiatement que lorsque le pronostic vital sera engagé, comme des voies aériennes obstruées ou une hémorragie sévère. Ils veulent que nous décidions de quel appui nous avons besoin et dans quels hôpitaux nous enverrons les patients. Il faudra aussi qu'on leur dise si une évacuation aérienne est nécessaire.

— D'accord.

Georgia était déjà concentrée sur la scène, mais Kate tourna un instant la tête. Elle constata que la même scène se déroulait au-delà des arbres. Une équipe travaillait déjà… Elle savait qu'elle ne devait pas tenter de voir ce qui se passait, mais elle aperçut un homme de haute taille portant un gilet de haute visibilité et un casque. Un homme superbe…

Elle éprouva un choc en se rendant compte qu'il s'agissait de Luke. Elle ne l'avait jamais vu dans ce genre de tenue.

Il s'éloignait du bus, serrant contre son cœur un enfant. Celui-ci avait noué ses bras autour du cou de Luke, mais il ne semblait pas gravement blessé. En fait, il souriait, et Luke lui souriait en retour, comme s'ils échangeaient une bonne plaisanterie.

L'espace d'une seconde, juste avant de se mettre elle aussi au travail, elle sentit une douce chaleur se répandre quelque part dans sa poitrine, ou peut-être dans son ventre... Le genre de sensation que l'on éprouve en voyant un père manifester de la tendresse à son enfant.

Luke avait paru soulagé lorsqu'il lui avait dit qu'il n'avait pas eu de bébé avec Nadia, mais il espérait sûrement connaître un jour les joies de la paternité. Il serait un père merveilleux, bienveillant, drôle, intelligent, et tellement, tellement tendre.

Nadia avait-ellc la moindre idée de ce qu'elle avait jeté aux orties ?

Quand Georgia et Kate regagnèrent leur chambre le lendemain à l'aube après une série d'épreuves nocturnes, le brouillard masquait les montagnes et enveloppait la cime des arbres.

Elles avaient dû traiter un jeune homme victime d'un accident vasculaire cérébral causé par un mauvais dosage du médicament qu'il prenait pour soigner son hypertension. Le patient suivant avait fait un arrêt cardiaque. Le mannequin sur lequel elles avaient effectué un massage cardiaque était relié à un ordinateur. Une sortie papier permettait de savoir si l'action était efficace. Et, comme si ce n'était pas suffisant, elles avaient terminé par une fusillade tragique survenue entre adolescents au cours d'une fête d'anniversaire. À cette occasion, elles avaient croisé une équipe de policiers qui participaient eux aussi à une compétition.

— Je n'ai pas été aussi crevée depuis le temps où j'enchaînais des gardes de nuit et travaillais aussi dans la journée, soupira Kate.

Les traits tirés, Georgia hocha la tête.

— Je sais. Prenons notre petit déjeuner, ensuite on aura quelques heures de sommeil avant le bilan.

— Je suis trop fatiguée pour avoir faim.

— Moi aussi. On n'a qu'à aller se coucher.

La portière de la voiture sembla à Kate exagérément lourde lorsqu'elle sortit de la voiture. Grimper l'escalier qui menait à leur chambre équivalait à gravir une montagne, et prendre une douche était carrément au-dessus de ses forces.

Étendue sur son lit étroit, elle laissa échapper un long soupir.

Son corps lui disait que cette compétition était la plus mauvaise idée du siècle. Mais son cœur parlait tout autrement. Elle se réjouissait d'être venue. Non seulement cette expérience avait renforcé son amitié avec Georgia, mais elle pouvait avoir des effets bénéfiques sur son avenir.

L'image de Luke portant ce petit garçon flotta un instant dans son esprit, et elle s'endormit le sourire aux lèvres.

Quoi qu'il en soit, elle se sentait en forme quand son alarme la réveilla quatre heures plus tard.

À l'occasion du bilan, les jurés allaient revenir sur chaque scénario et leur dire comment ils auraient pu améliorer leur score. Beaucoup de compétiteurs préféraient sans doute sauter cette réunion pour dormir davantage avant la remise des prix, mais elle savait que Luke y assisterait. Il voudrait savoir exactement ce qu'il avait bien ou mal fait, surtout s'il avait manqué un diagnostic ou une intervention. Elle était certaine qu'il prendrait les notes nécessaires pour que cela ne se reproduise jamais.

Lorsqu'elle rentra dans la grande salle et qu'elle le vit assis au dernier rang, un carnet sur les genoux, elle réprima un sourire.

Il n'avait pas changé… Sauf qu'il paraissait plus âgé, sans doute parce qu'il était aussi fatigué qu'elle. À moins qu'il n'ait mûri avec le temps. Après tout, il avait vécu des moments difficiles.

Il leva brusquement les yeux vers elle, comme s'il sentait

les ondes d'empathie qu'elle lui envoyait. Son expression demeura neutre jusqu'à ce qu'il l'aperçoive. Aussitôt, il sourit, et de petites rides se creusèrent aux coins de ses yeux.

Une douce chaleur se répandit en elle, le même genre de chaleur qu'elle avait éprouvée la veille en le voyant avec cet enfant dans les bras.

Elle prit place auprès de lui.

— Où est Matteo ?

— Il dort. Je lui ai dit que je prendrais des notes et que je lui dirais pendant le déjeuner ce qu'on a raté.

— Georgia et lui sont faits pour s'entendre, constata-t-elle en riant. Quand l'alarme de mon téléphone a sonné, elle s'est contentée de grogner et de se retourner contre le mur.

— Ce soir, quand on tombera de sommeil pendant la réception, on regrettera peut-être de ne pas les avoir imités…

Leurs regards se retinrent pendant quelques secondes.

Luke et elle avaient aussi beaucoup de points communs. Ils partageaient en particulier l'envie de tirer parti de chaque expérience.

Globalement, il semblait à Kate que Georgia et elle avaient commis peu d'erreurs. Luke paraissait lui aussi plutôt satisfait des performances de son équipe.

— Vous avez demandé une évacuation aérienne pour le patient qui souffrait de lésions internes, après l'accident de bus ?

— Oui. Et vous ?

— Oui, mais à l'école on n'a pas vu que l'enseignant avait de la vodka dans sa bouteille de jus de fruits, regretta Kate.

Luke fit la grimace.

— L'urgence hypoglycémique. J'aurais eu bien besoin d'un alcool fort, moi aussi, pour affronter ce troupeau de sales gosses. Pendant que j'essayais de faire une analyse de glycémie et de perfuser le patient, il y en a un qui est passé par la fenêtre.

— Oh ! Georgia les a réduits au silence en un temps record,

et elle a réquisitionné un surveillant qui les a emmenés avant qu'on ne fasse quoi que ce soit.

Le moral de Kate remonta d'un cran. La gestion des enfants faisait partie de la notation. Peut-être avaient-elles mieux réussi sur ce point que d'autres équipes.

— Tu sais qu'on va participer au cortège de véhicules médicaux ? demanda-t-elle. Il paraît que le vétérinaire local administre des sédatifs aux chevaux pour qu'ils ne soient pas terrorisés par les sirènes des ambulances.

— J'imagine que notre prestation va susciter pas mal d'intérêt dans le coin. À propos… Matteo a suggéré que vous veniez avec nous. De cette façon, vous pourrez jouir du spectacle sans avoir à conduire.

— Je vais en parler à Georgia, mais je suis plutôt pour. Elle exigera sûrement que vous arboriez son drapeau écossais.

— Pas de problème. Je suis plus ou moins écossais, maintenant.

— C'est vrai.

Luke et elle allaient être pratiquement voisins !

Cette perspective emplit Kate d'allégresse. Soudain, elle ne ressentit plus aucune fatigue. La fin de cette compétition promettait d'être joyeuse.

Georgia fut ravie d'accepter la proposition de Matteo. Ils gagnèrent tous les quatre la place publique sur laquelle la remise des prix devait avoir lieu. L'assistance était détendue, généreuse, et les applaudissements éclataient chaque fois que des compétiteurs étaient appelés sur l'estrade.

Les récompenses étaient attribuées selon la composition des équipes, mixtes ou non.

Georgia et Kate échangèrent un coup d'œil ravi quand les Néo-Zélandais arrivèrent seconds de leur catégorie.

— Groupes composés d'un médecin et de deux ambulanciers maximum, annonça le maître de cérémonie.

Kate retint son souffle.

— La victoire revient à… l'Écosse.

Bouche bée, Kate se tourna vers Georgia, qui poussa un cri de joie. Elles s'embrassèrent avant de grimper sur l'estrade pour recevoir leur trophée.

Un instant plus tard, Kate se tenait près de Georgia, qui brandissait la plaque gravée récompensant leur succès.

Elle chercha Luke des yeux, et son cœur battit plus vite lorsqu'elle les aperçut, Matteo et lui.

Matteo paraissait un peu déçu, mais Luke était visiblement ravi. Il était fier d'elle.

— On fête ça au champagne ce soir ! cria-t-il. Comme au bon vieux temps !

Il se trompait… Cela n'avait rien à voir avec le « bon vieux temps ». C'était très différent. C'était nouveau et plutôt excitant.

Maintenant, elle ne se sentait plus invisible.

Les ambulances défilaient dans un bruit infernal, sirènes hurlantes et gyrophares clignotant de tous leurs feux.

Matteo ralentit et klaxonna lorsqu'ils approchèrent d'un nouveau groupe qui les acclamait sur le bord de la route. Des enfants excités tendaient les mains vers eux avec un plaisir anticipé.

Kate se pencha pour distribuer les petits cadeaux que Georgia et elle avaient rapportés d'Écosse : des badges ornés d'un chardon, des porte-clés au bout desquels se balançait un bonhomme vêtu d'un kilt, des caramels aux couleurs de l'Écosse.

— Rentre la tête, Kate, dit Matteo.

— Mais il n'y a pas de danger ! protesta-t-elle.

Georgia l'agrippa par sa chemise quand l'auto accéléra. En proie au fou rire, Kate se rassit lourdement sur son siège.

— C'est ton tour, Georgie. Regarde ! Il y a plein de gens de ton côté de la route. Donne quelques trucs à Luke.

— Je n'ai pas l'intention de me faire fracasser le crâne,

répliqua Luke avec un grand sourire. Je n'arrive pas à croire que tu enfreignes les règles de cette façon, Kate !

— Ouais ! renchérit Georgia. Tu as entendu ? Pas d'alcool, pas de vitesse, et interdit de se pencher par la fenêtre.

Kate rejeta ses cheveux en arrière.

— Oui, mais c'est drôle ! répliqua-t-elle.

Luke était bien d'accord, et il n'aurait su dire ce qui le réjouissait le plus : ce cortège bruyant ou la vue d'une Kate échevelée et enthousiaste.

Peut-être se sentait-il tout simplement heureux parce qu'elle avait remporté le trophée. Ou parce qu'ils s'étaient retrouvés et que, dorénavant, il n'y avait aucune raison pour qu'elle ne fasse pas partie de sa vie.

Certes, l'amitié était moins excitante que la passion amoureuse, mais ce n'était pas si mal. Avec Kate, il pouvait se détendre et être lui-même sans craindre de perdre la tête… Ou le cœur. Finalement, peut-être valait-il mieux qu'elle ait décidé que leur pacte n'était plus d'actualité.

Georgia se conduisait aussi mal que Kate. Penchée au-dessus de la vitre, elle distribuait ses petits présents aux enfants qui couraient à côté de la voiture. Luke jetait les siens dans les mains tendues, souriant chaque fois qu'un gamin en attrapait un.

Il aimait les enfants. Pour lui, le meilleur moment de la compétition avait été cette complicité avec le petit garçon qu'il transportait hors du bus.

Le cœur soudain serré, il se rembrunit.

La connexion avec son propre enfant, s'il en avait un un jour, serait encore plus intense. Il ne croyait plus au grand amour, mais il n'avait pas abandonné l'espoir d'être père. Il était tout à fait possible de construire une union solide, si on rencontrait quelqu'un qu'on pouvait respecter et aimer.

Jetant un coup d'œil au rétroviseur, il entrevit le profil de Kate.

Celle-ci avait de nouveau passé la tête au-dessus de la vitre, et elle regardait ce qui se passait derrière eux. Les cheveux rejetés en arrière, les joues rosies par le vent, elle se rassit, les yeux brillants de plaisir.

Waouh… Comment n'avait-il pas remarqué autrefois combien elle était jolie ? Elle était sous ses yeux, et pourtant il n'avait vu en elle que sa meilleure pote.

Reportant son attention sur la route, il vit un père portant un petit enfant sur ses épaules. Plus loin, une mère tenait son bébé dans ses bras.

Il jeta de nouveau un coup d'œil dans le rétroviseur.

Finalement, le pacte qu'ils avaient conclu autrefois, Kate et lui, n'était pas aussi absurde qu'on pouvait le penser au premier abord.

La réception réunissant les équipes et les organisateurs termina l'aventure en beauté. Tous ces gens qui avaient maintenant tant de choses en commun voulaient profiter de leurs nouveaux amis ou renouer avec ceux qu'ils s'étaient faits auparavant. La plupart participaient en effet à l'événement depuis plusieurs années.

Kate s'était assise avec Luke, Matteo et Georgia à une longue tablée qui comptait des Néo-Zélandais, des Croates et des Allemands.

— Alors ? demanda Luke. Qui pense recommencer l'an prochain ?

— Moi ! déclarèrent Georgia et Matteo avec un bel ensemble.

Se souriant mutuellement, ils levèrent leurs verres pour trinquer.

— Moi aussi, affirma Dave, le Néo-Zélandais. Malheureusement, le voyage est long et horriblement cher. Il ne me reste plus qu'à faire des économies, ajouta-t-il en adressant un clin d'œil à Georgia.

— Nous venons tous les ans, précisa un ambulancier croate, et c'est encore mieux chaque fois.

Haussant les sourcils, Luke regarda Kate.

— Posez-moi la question la semaine prochaine, dit-elle en souriant, quand j'aurai assez dormi pour aligner deux pensées sensées.

— On pourrait le faire ensemble en tant qu'équipe de médecins, suggéra Luke.

— Minute ! gronda Georgia. Tu ne vas pas me piquer ma partenaire ! Si quelqu'un doit revenir avec Kate, ce sera moi.

Mais Kate sourit à Luke, heureuse qu'il envisage un avenir dont elle ferait partie.

— Je ne suis pas certaine d'avoir envie de recommencer, dit-elle, mais je suis très contente de l'avoir fait.

— Et, moi, renchérit Luke en souriant largement, je suis très, très content que tu l'aies fait justement cette année.

À la nuit tombée, la musique commença à résonner.

La salle à manger avait été débarrassée de ses tables et de ses chaises. Le DJ avait manifestement décidé de ne passer que des airs de danse. Traînant Matteo derrière elle, Georgia fut la première sur la piste, qui fut très vite bondée.

Au cours de multiples échanges de partenaires, Kate se retrouva en train de danser avec des hommes dont elle ne comprenait pas la langue, ce qui n'avait d'ailleurs aucune importance.

Enfin, épuisée, elle chercha Georgia du regard pour lui dire qu'elle avait besoin de rentrer dormir avant le long trajet en voiture qui les attendait le lendemain.

Celle-ci n'était ni sur la piste ni assise à une table.

Kate sortit de la salle et la chercha dehors parmi les groupes qui discutaient, pressés autour des braseros qui leur prodiguaient une chaleur suffisante pour les inciter à s'attarder.

De retour à l'intérieur, elle balaya de nouveau du regard la piste de danse.

Luke dansait au milieu d'un cercle de jeunes femmes, et elle aperçut Matteo qui revenait de l'extérieur.

— Tu ne sais pas où est Georgia ? lui demanda-t-elle.

— Aucune idée. Tu veux boire un verre ?

— Non merci. Si tu la vois, tu peux lui dire que je rentre me coucher ?

— D'accord. À demain, Kate. Dors bien, dit Matteo en s'éloignant en direction du bar.

Elle le suivit des yeux, déconcertée.

Bizarrement, elle avait l'impression d'avoir dit quelque chose qui l'avait contrarié…

Mais elle n'eut pas le temps de s'interroger longtemps, car Luke surgit derrière elle.

— Au secours ! dit-il. Arrache-moi d'ici avant que je ne tombe. J'ai besoin de repos.

— Tu n'es pas le seul. Je vais me coucher. Je crois n'avoir jamais été aussi crevée de ma vie.

— Je te raccompagne.

— Tu n'as pas besoin de faire ça.

— J'en ai envie.

Ce ne fut que lorsqu'ils se furent un peu éloignés du bâtiment où se tenait la réception qu'elle mesura combien celle-ci était bruyante. Les échos de la musique, des cris et des éclats de rire les accompagnèrent un moment, puis, à mesure que le silence s'imposait, elle eut de plus en plus conscience de la présence de Luke.

Ils s'arrêtèrent en bas de l'immeuble pour contempler la lune qui se levait derrière le sommet déchiqueté des montagnes.

Laissant échapper un soupir de plaisir, elle se tourna finalement vers Luke.

— À demain, Luke. Ou, si on se manque, on se reverra en Écosse.

— J'ai hâte, répliqua-t-il avec un sourire. Bonne nuit, Katy.

Il était tout naturel de serrer dans ses bras un si bon ami avant de le quitter, mais l'étreinte dura un peu plus longtemps que nécessaire. Elle sentit quelque chose de bizarre vibrer au niveau de son ventre… Quelque chose qu'une simple amitié n'aurait pas dû susciter.

Surprise, elle voulut s'écarter, mais Luke ne la libéra pas. Levant vers lui un regard interrogateur, elle sentit son haleine lui caresser le visage.

Jamais il ne l'avait regardée de cette façon… Comme s'il brûlait d'envie de l'embrasser.

D'instinct, elle entrouvrit les lèvres, se moquant bien qu'il puisse interpréter cela comme une invitation.

Leur baiser ne fut pas passionné, juste un effleurement doux et tendre de leurs bouches, mais qui lui procura un bouleversement intense mêlé de plaisir.

Elle se coucha, l'esprit bouillonnant de pensées incohérentes.

Elle n'en revenait pas ! La douceur de ce baiser lui avait rappelé ce qu'elle avait éprouvé en voyant Luke avec cet enfant dans les bras. Des souvenirs précieux de leur amitié passée lui revenaient en mémoire. Elle se rappelait aussi ce qu'elle ressentait pour Luke au début de leur relation. Cette attirance qu'elle avait eu tant de mal à réprimer.

Plus surprenant encore, l'idée de coucher avec lui ne lui paraissait plus du tout embarrassante. La seule chose bizarre, c'était que ce ne soit pas arrivé depuis bien longtemps.

Ce qu'elle ressentait n'était plus un béguin d'adolescente, mais quelque chose de réel, comme s'il était possible qu'elle tombe amoureuse de son vieil ami.

4.

— Je n'arrive pas à croire qu'on est rentrées depuis presque un mois !

Kate prit la casserole que Georgia venait de laver pour l'essuyer.

— Je sais... Le temps file. Mais j'ai eu du mal à reprendre la routine après cette expédition épique.

Était-ce parce que Luke occupait si souvent ses pensées ?

Elle n'avait que trop conscience de ce qui manquait à sa vie. Elle adorait son métier et avait des amis géniaux, mais il y avait un vide qu'elle n'avait jamais comblé.

— Je suis encore crevée, grommela Georgia. À moins que je ne m'ennuie. J'aimerais qu'on m'appelle pour un truc grave, comme un accident de bus ou une fusillade.

— Ne dis pas ça ! Il ne faut pas tenter le sort. Ce serait horrible si ce que tu dis arrivait demain.

— Exact. Je devrais me réjouir de n'avoir à traiter que des douleurs de poitrine ou d'estomac et des overdoses. Bon ! On a terminé. Merci pour ce délicieux dîner, à propos.

— J'adore cuisiner. Tu bosses demain... Ah non ! Tu es de garde la nuit prochaine, c'est ça ?

— Ouais. Tu devrais en profiter pour aller au resto. Il est grand temps que vous sortiez ensemble, Luke et toi.

— On essaie, mais nos emplois du temps ne sont jamais compatibles, répondit Kate en soupirant. On n'a même pas pu prendre un café depuis notre retour.

— Arrange-toi pour que ça arrive, rétorqua Georgia. On ne sait jamais, ça pourrait changer votre vie.

— Tu sais quoi ? Ça pourrait bien être vrai.

— Ah, j'en étais sûre ! Je te trouvais tellement silencieuse, ces derniers temps. Tu en pinces pour lui, hein ?

— Autrefois, on était vraiment de très bons amis, mais j'ai peut-être été un peu amoureuse de lui.

— Ah bon ?

Kate se mordit la lèvre.

— Pas longtemps. J'ai vite fait une croix là-dessus quand j'ai compris que je ne l'intéressais pas de cette façon.

Oui, elle avait fini par se résigner, mais il était toujours resté ce petit quelque chose… Cette certitude que leur amitié comportait quelque chose d'unique.

— Je ne sais pas si on pourrait passer à l'étape suivante, mais…

— Mais ça te plairait bien.

Elle hocha lentement la tête.

— Alors, envoie-lui un SMS ! Fais-le ! Maintenant !

Pressée par Georgia, elle sortit en riant son téléphone de sa poche.

— Oh ! j'ai un message.

— De Luke ?

Des papillons s'agitaient follement dans son ventre tandis qu'elle ouvrait le texto. Bon sang ! Elle avait tout d'une adolescente à l'appel d'un garçon.

— Qu'est-ce qu'il dit ?

— Qu'il a eu une semaine très chargée, mais qu'il est libre samedi prochain. Il me demande si j'aimerais visiter un château, chercher le monstre du Loch Ness ou autre chose.

— On dirait que l'affaire est dans la poche, commenta Georgia en riant.

— Sauf que, moi, je travaille, ce jour-là

— Ne sois pas idiote ! Quelles étaient les chances que vous vous rencontriez en République tchèque ?

Kate ne put s'empêcher de sourire.

Elle pourrait peut-être s'arranger avec une collègue qui lui devait une faveur. Il y en avait plus d'une, en fait…

— Quand je pense que c'est toi qui envisageais de te trouver un mec là-bas ! Moi, je n'y pensais même pas.

La façon dont Georgia se détourna en haussant les épaules éveilla soudain ses soupçons.

— Eh, dit-elle, cessant de sourire, je ne suis pas la seule à me taire, depuis notre retour. Tu veux en parler ?

— Il n'y a rien à dire.

Elle fixa le dos de son amie.

— Tu ne m'as jamais dit où tu étais passée, quand tu as disparu assez longtemps, pendant la réception.

Le silence se fit pesant.

— Seigneur ! souffla Kate. Tu as vraiment branché un type, et tu ne me l'as jamais dit ?

— Je préfère oublier cet épisode.

— Ce n'était pas Matteo, tout de même ? Je lui ai demandé où tu étais, et il m'a répondu qu'il n'en savait rien.

Georgia regarda Kate comme si elle arrivait tout droit d'une autre planète.

— Pourquoi ce serait Matteo ?

— Je ne sais pas. Peut-être parce qu'il est canon ? Et parce que vous aviez l'air de très bien vous entendre tous les deux ?

— Certaines personnes ne sont pas d'accord pour un coup d'un soir, répliqua Georgia, le visage fermé. D'ailleurs, je ne crois pas l'être non plus, finalement. Si on regardait la télé ? ajouta-t-elle en prenant la télécommande.

Apparemment, il était temps de changer de sujet.

Pourtant, ce n'était pas le genre de Georgia de garder ses problèmes pour elle. Et l'expérience semblait avoir été plus déplaisante qu'elle ne le laissait transparaître.

En s'asseyant près de Georgia, Kate la serra rapidement contre elle.

— Tu me jures que tout va bien ?

— Absolument.

C'était une de leurs séries préférées qui passait, mais elle ne parvint pas à se concentrer sur l'intrigue. Elle s'inquiétait pour son amie. Et pour elle aussi, pour être honnête.

Elle non plus, elle n'était pas intéressée par une relation sexuelle occasionnelle. Et il était probable que Luke lui proposerait seulement d'être sa « sex-friend ».

Finalement, mieux valait peut-être ne pas solliciter cette collègue pour libérer son samedi. Elle avait besoin d'un peu de temps pour réfléchir.

Son téléphone toujours à la main, elle appuya sur l'onglet « répondre ».

Désolée, Luke. Je travaille samedi. On essaie la semaine prochaine ?

Parfois, Luke souhaitait désespérément que la vie lui offre davantage que ce travail qu'il aimait passionnément.

Comme maintenant, par exemple.

Par ce beau samedi après-midi, il aurait pu être n'importe où et faire n'importe quoi qui n'ait aucun rapport avec la gestion d'un service de chirurgie pédiatrique. Mais il était dans son bureau, aux soins intensifs pédiatriques de l'Hôpital royal pour enfants d'Édimbourg.

C'était la faute de Kate.

Celle-ci n'avait pas émis la possibilité de s'arranger avec un collègue pour libérer sa journée. Elle n'avait même pas fait une autre suggestion pour qu'ils se revoient.

Il avait repris le travail après un bref séjour à Milan avec Matteo, et depuis trois semaines il s'efforçait sans succès d'organiser un rendez-vous. La « semaine prochaine », c'était une expression suffisamment vague pour qu'il y voie un refus poli.

Il se focalisa en soupirant sur son écran d'ordinateur.

À l'occasion du déjeuner de travail hebdomadaire du vendredi suivant, il avait l'intention de présenter un dossier médical. La petite fille qu'il avait opérée pour une rupture du diaphragme et de la rate était un bon exemple du danger présenté par une ceinture de sécurité, même dans un accident relativement mineur. Il décrivait aussi les signes précoces et les symptômes importants que les secouristes devaient relever.

Il avait juste commencé son introduction, quand la porte s'ouvrit à la volée.

— Ah ! vous êtes là ! s'exclama avec soulagement Elise, une des infirmières des soins intensifs.

— Que se passe-t-il ?

— Une urgence, dans dix minutes. Il s'agit d'un petit garçon de dix-huit mois. Il a grimpé sur une table qui s'est retournée sur lui.

— Qu'est-ce qu'on sait pour l'instant ?

— La mère a juste entendu le vacarme. Il était inconscient et convulsait quand l'ambulance est arrivée.

Immédiatement, le cerveau de Luke entra en action.

L'enfant souffrait-il de lésions abdominales ? À moins que ce ne soit la tête ou la poitrine qui ait été touchée ?

Il se leva d'un bloc. Même s'il n'était pas officiellement de garde, il était clair pour tous les deux qu'il prenait le cas en charge.

Elise le précéda dans le couloir en direction des ascenseurs.

— Il a été admis aux urgences de l'hôpital de l'Est à Glasgow. Ils nous l'envoient. Il a été intubé, et son GCS est à 5, ajouta-t-elle en appuyant sur le bouton d'appel.

Peu importait pour l'instant que Kate travaille dans cet hôpital. Le score trop bas sur l'échelle de Glasgow indiquait un état de conscience inquiétant et suggérait des lésions importantes.

Ils entrèrent dans la cabine, dont les portes se refermèrent rapidement.

— Résultats de l'examen ?

— Pas de blessures externes évidentes, mais ils ont noté une légère cyanose de la partie supérieure du corps. L'échographie a révélé un épanchement péricardique.

Donc, il s'agissait d'un traumatisme thoracique, et il y avait sans doute du sang autour du cœur de l'enfant. Il était clair qu'une intervention chirurgicale serait nécessaire.

— On a un bloc disponible ?

— Oui. On l'a préparé dès qu'on a reçu l'appel concernant le transfert. Apparemment, personne ne pouvait se charger d'une opération thoracique à Glasgow. On allait biper Colin, quand quelqu'un a dit vous avoir vu un peu plus tôt. C'est pour ça que je suis passée à votre bureau. Si c'était mon enfant, j'aurais voulu que vous vous en occupiez, conclut Elise avec un sourire.

Ce compliment eut un petit goût amer pour Luke.

Il mettait toute son énergie dans son travail et cherchait sans cesse à s'améliorer, mais était-ce aux dépens de ce que la vie pouvait lui offrir d'autre ?

Parvenus au rez-de-chaussée, ils traversèrent le hall et gagnèrent les urgences avant de franchir les portes coulissantes donnant sur l'espace réservé aux ambulances. Une minute plus tard, ils entendirent une sirène, et l'ambulance qui amenait le petit patient ne tarda pas à s'arrêter devant eux.

Aussitôt, Luke sentit son niveau d'adrénaline grimper. Il était de nouveau en première ligne, comme il l'avait été pendant la compétition avec Matteo.

Si cet enfant présentait une contusion myocardique, ce serait un miracle qu'il survive, mais il ferait tout ce qui était en son pouvoir pour le sauver.

L'arrière de l'ambulance était bondé, mais il put voir le minuscule petit garçon, vêtu uniquement d'une couche, étendu sur le brancard et entouré de tout un équipement, dont un moniteur cardiaque et un enchevêtrement de tubulures à perfusion.

Un ambulancier détacha la canule de l'obus à oxygène fixé à la paroi pour la brancher sur une bouteille. Une femme ravagée par l'inquiétude, sans doute la mère de l'enfant, se tenait la tête dans les mains. Une autre, vêtue d'une tenue d'hôpital, auscultait le petit garçon avec un stéthoscope. Ses cheveux blonds étaient réunis en queue-de-cheval.

Kate !

La distraction ne dura qu'une fraction de seconde, mais il en éprouva les effets dans tout son corps. Et c'était étonnamment bon.

— Pression systolique à 80, annonça Kate.

Ses yeux brillants disaient qu'elle aussi était contente de le voir, mais le moment n'était pas au plaisir des retrouvailles.

— Tachycardie sinusale, continua-t-elle. La fréquence cardiaque dépasse les 180 battements par minute, et la cyanose de la partie supérieure du torse augmente.

Le chauffeur était en train de détacher le brancard.

Luke s'écarta quand on le fit rouler à l'extérieur, maintenant entièrement focalisé sur son patient.

Il était encore en vie…

— Nous n'aurons pas à traverser les urgences, dit-il. Un ascenseur nous attend, nous nous rendons directement au bloc.

La mère trébucha en sortant du véhicule.

— Mon Dieu ! souffla-t-elle. Il va au bloc ?

Il la prit par l'épaule pour la stabiliser.

— Je m'appelle Luke Anderson, lui dit-il. Je suis chirurgien traumatologue et spécialiste des blessures à la poitrine.

— Il ne va pas mourir ? sanglota la mère alors qu'ils suivaient les ambulanciers qui poussaient le brancard. Tout est ma faute ! J'aurais dû le surveiller davantage…

Kate, qui tenait une tubulure de perfusion, se retourna.

— Jacob est au bon endroit, Jennie. Il va être opéré par le meilleur des chirurgiens.

Le brancard entra dans l'ascenseur, et il y eut une pause pendant qu'ils se serraient pour entrer tous.

— Je peux venir avec vous ? supplia Jennie.

— Bien sûr, répondit Elise en lui prenant le bras. Venez

avec moi, nous allons prendre l'ascenseur suivant. Je m'appelle Elise, je suis infirmière aux soins intensifs. C'est là qu'on emmènera Jacob après l'intervention. Quelqu'un restera avec vous pendant que vous attendrez…

Luke quêtait le plus d'informations possible en consultant les résultats qui apparaissaient sur les écrans des moniteurs, ajoutés à ce qu'il pouvait constater visuellement.

Kate se tenait face à lui de l'autre côté du brancard. Elle lui lança un regard inquiet, auquel il répondit d'un hochement de tête : à la lumière puissante qui éclairait le petit espace, il était visible que la peau de Jacob bleuissait de plus en plus. La capacité du cœur à fonctionner se détériorait rapidement.

En sortant de l'ascenseur, ils durent encore franchir des portes battantes permettant l'accès aux salles d'opération. Une équipe les attendait autour d'un lit recouvert d'un drap blanc. Le minuscule patient fut très vite installé, et les ambulanciers rassemblèrent leur matériel avant de s'en aller avec leur brancard.

De nouveau, Luke croisa le regard de Kate alors que le lit était poussé dans la salle d'induction où l'anesthésiste attendait le patient.

— Tu restes ? demanda-t-il.

— Tu serais d'accord pour que je t'observe ?

— Bien sûr. Quelqu'un peut te donner une tenue, ou bien tu peux t'installer en haut, tu auras une meilleure vue grâce au zoom de la caméra. Il faut que j'aille me préparer.

Avant de s'éloigner, il lui adressa un sourire bref.

— Je suis content de te revoir, Kate.

Kate vit Luke rentrer dans le bloc, ses mains gantées levées devant lui pour éviter de toucher un objet non stérile. Derrière lui, une infirmière nouait les cordons de sa tenue.

Avec cette coiffe et ce masque qui le dissimulaient, cela

aurait pu être n'importe quel autre médecin, mais elle savait exactement qui c'était.

Elle ressentit un léger picotement dû à l'anticipation… ou à l'attirance qu'il exerçait sur elle. Il lui sembla même qu'un courant électrique parti du milieu de son être irriguait chacune des cellules de son corps.

Une alarme retentit, la faisant sursauter.

— Fibrillation ventriculaire.

L'infirmière qui passait un désinfectant sur la poitrine de Jacob s'immobilisa, et Kate elle-même retint son souffle.

Cela signifiait que le petit cœur avait cessé de pomper, sans doute à cause de la pression exercée par le liquide qui l'entourait. Si c'était le cas, un choc externe ne suffirait pas pour ramener le petit garçon à la vie.

Le temps semblait s'être suspendu, mais cela ne dura pas. Il était clair que Luke gérait parfaitement la situation.

— Scalpel, s'il vous plaît, ordonna-t-il avec un calme qui la stupéfia. Et j'aurai besoin d'une pince hémostatique. Il me faudra aussi la scie dans une seconde.

Se rapprochant de la table, il effectua une incision au centre de la poitrine de son petit patient. Quelques minutes plus tard, le cœur était visible. Au moyen de pinces, il souleva le tissu qui entourait le cœur et fit une autre incision.

— Aspiration, s'il vous plaît.

Il sortit des caillots de sang pendant que son assistante plaçait le tube d'aspiration.

— Je vois d'où ça vient, annonça-t-il. Déchirure de l'oreillette droite. Clamp, je vous prie.

Le saignement fut endigué en quelques secondes, mais le cœur ne battait toujours pas. Les doigts de Luke continuaient de se déplacer avec une habileté stupéfiante. Lorsque Kate le vit prendre le cœur minuscule dans sa main et effectuer des compressions rapides, elle se mordit la lèvre si fort qu'elle en eut mal.

— Chargez le défibrillateur interne… Non, ça va peut-être suffire, ajouta-t-il en levant la main.

Elle se pencha en avant pour tenter de voir comment le cœur réagissait.

S'était-il définitivement arrêté, ou… ?

Le bip venant de l'ampli à côté d'elle était très différent de l'alarme précédente. Il y en eut un, puis un autre après un intervalle. Et puis, les bips se succédèrent de plus en plus régulièrement.

— Rétablissement du rythme sinusal, annonça Luke. Merci à tous. On referme.

Environ une heure plus tard, cette fois aux soins intensifs, Kate regardait Luke examiner le cœur du petit garçon au moyen d'une sonde d'échocardiographie transœsophagienne.

— Je suis très content, dit-il en ôtant ses gants après avoir retiré la sonde de la gorge de l'enfant. Il n'y a aucun signe de blessure résiduelle, et son cœur fonctionne à la perfection.

Ces mots s'adressaient aux parents : Jennie, assise sur le bord d'une chaise, qui tenait la main de son fils dans la sienne, et son mari qui serrait la main libre de sa femme.

— Nous allons garder Jacob ici un jour ou deux, ajouta Luke. Quand il se réveillera, il sera transféré en cardiologie.

— Il est… Est-ce qu'il…

Le père de Jacob dut s'interrompre pour s'éclaircir la voix, mais il ne put continuer.

— Je suis très content, répéta Luke avec un sourire. D'ici peu de temps, votre fils galopera partout et se remettra à vous procurer tous les soucis que des bambins de cet âge peuvent créer.

Les parents de Jacob pleuraient et riaient en même temps.

Kate sentit les larmes lui monter aux yeux.

Quand cet enfant était arrivé aux urgences de son hôpital, quelques heures auparavant, elle avait peu d'espoir. Si l'issue était aussi heureuse, c'était grâce à Luke. Les parents n'avaient pas besoin de savoir quel drame aurait pu se jouer au bloc, mais, elle, elle le savait. Et Luke aussi.

Tandis que les parents s'étreignaient mutuellement, elle croisa le regard de Luke.

Il semblait épuisé, ce qui n'était pas surprenant. Elle-même avait l'impression d'avoir participé à un marathon, alors qu'elle n'avait fait qu'observer ! Au moins, il allait pouvoir se reposer, maintenant. Jacob était confié à une équipe experte qui ne rappellerait le chirurgien qu'en cas de nécessité pressante.

Ils quittèrent ensemble les soins intensifs et se dirigèrent en silence vers l'ascenseur.

— Une urgence cardiaque vitale, c'est ce qu'il fallait pour avoir l'honneur de te revoir ? demanda Luke en appuyant sur le bouton d'appel. Tu ne te trouves pas un peu exigeante ?

Elle ne put s'empêcher de sourire.

— J'avoue que la performance était impressionnante, mais, non, ce n'est pas une expérience que j'ai envie de renouveler très souvent.

— Au moins, elle a fait sauter une barrière.

— Une barrière ?

Luke s'écarta pour la laisser entrer dans l'ascenseur devant lui.

— Je commençais à penser que tu ne voulais plus me revoir.

Honteuse de l'avoir éconduit de façon expéditive dans son dernier SMS, elle rougit, et une chaleur venue du fond de son ventre se répandit en elle.

Ça recommençait ! Le feu produit par cette nouvelle attirance.

Elle leva les yeux vers Luke.

— C'est faux, dit-elle doucement. Je suis ravie de te retrouver.

Elle ne parvint pas à se détourner, et apparemment il en était incapable aussi. Quand l'ascenseur stoppa au rez-de-chaussée, ils réussirent enfin à rompre ce contact visuel.

— Comment rentres-tu chez toi ? demanda Luke pendant

qu'ils traversaient le hall d'accueil. Ou alors tu retournes au boulot ?

— Je rentre, j'ai fini mon service depuis deux heures. Je peux appeler un taxi. L'hôpital me remboursera parce que je suis venue ici pour escorter un patient.

— Tu es pressée ?

De nouveau, leurs regards se retinrent.

Non, elle n'était pas pressée de le quitter. C'était plutôt le contraire.

— Parce que je meurs de faim, continua Luke. Et je connais un resto italien vraiment sympa pas loin d'ici, s'il te venait l'envie de dîner avec moi.

Sauver une vie aurait suffi à rendre ce jour exceptionnel, mais là, il venait brusquement de s'éclaircir encore plus.

Ou peut-être pas.

— Je ne peux pas aller au restaurant dans cette tenue.

— C'est l'endroit préféré du personnel, alors tout le monde est habitué à voir des gens habillés comme toi. Tu as emporté un manteau ?

— Non. Tout s'est passé très vite.

— Tu prendras le mien. Je n'en aurai pas besoin puisque je vais me changer. D'accord ? conclut Luke en la fixant avec intensité.

Elle n'avait pas vraiment besoin d'être convaincue.

— D'accord.

5.

Le restaurant plut tout de suite à Kate. Il aurait pu être situé dans une ruelle de Florence ou de Rome avec ses grosses poutres auxquelles étaient suspendus des paniers débordants d'ampélopsis. Des nappes rouges recouvraient les tables rustiques sur lesquelles étaient disposées des bougies blanches plantées dans des bouteilles.

Luke commanda un verre de prosecco pour elle et une carafe d'eau pour lui.

— C'est au cas où on m'appellerait, expliqua-t-il. Même si ce n'est pas le cas, je passerai voir Jacob avant de rentrer chez moi.

— Il va se remettre, affirma Kate avec un sourire. Tu as fait un boulot incroyable, Luke. Ce petit bonhomme a de la chance.

Elle savait que son admiration était imprimée sur son visage, mais peu lui importait. Luke pouvait être fier de lui. *Elle* était fière de lui.

— J'ai pu le faire parce que tu l'as amené au bon endroit au bon moment, répliqua-t-il. Si quelqu'un de moins compétent l'avait accueilli aux urgences et n'avait pas reconnu les symptômes, l'histoire aurait pu se terminer autrement.

C'était peut-être à cause de la lumière diffusée par la chandelle, mais le regard de Luke semblait tout aussi admiratif. Comme pour dissiper le moindre doute à ce sujet, il heurta doucement son verre contre celui de Kate.

— Bien joué !

— Je te retourne le compliment.

Il eut un petit sourire.

— On a toujours formé une bonne équipe. Tu te rappelles notre premier arrêt cardiaque ?

— Je ne vois pas comment je pourrais l'oublier. Mes mains tremblaient comme des castagnettes. C'est toi qui avais tenu les palettes du défibrillateur.

Elle pouvait sourire aujourd'hui de sa nervosité d'étudiante en médecine, mais ses souvenirs ne se limitaient pas à cela. Elle se rappelait aussi la façon dont Luke avait retenu son regard effrayé, de façon qu'elle sache exactement ce qu'elle devait faire.

— C'était vraiment super, quand il est revenu à lui.

Elle avala une gorgée de vin.

— Je ne te le fais pas dire. Et tu te souviens de ce gosse qui t'avait mordu le doigt ?

— Je crois que j'ai encore la cicatrice, répliqua Luke en riant.

— Ton expression valait son pesant de cacahuètes, je peux te l'assurer !

— C'est une leçon que je n'ai jamais oubliée. Je protège toujours mes doigts, maintenant.

— Mais ça ne t'a pas empêché de devenir pédiatre.

— Ah… Dans la mesure où ils sont inconscients quand on intervient, on ne risque pas grand-chose.

Les souvenirs et les rires se succédèrent pendant qu'ils partageaient un hors-d'œuvre composé de calamars et d'olives. Ils dégustèrent ensuite la spécialité de la maison : des lasagnes accompagnées d'une salade verte et de pain croustillant. Alors que Kate dégustait sa première cuillerée de tiramisu en soupirant de plaisir, elle remarqua quelque chose d'inhabituel.

— Tu sais que c'est la première fois que quelqu'un commande exactement la même chose que moi dans un restaurant ?

— C'est dommage, non ? Du coup, tu ne peux pas goûter quelque chose de différent.

— C'est mieux, au contraire. De cette façon, je ne regrette rien !

— Tu veux dire que les plats des autres te semblent souvent meilleurs que les tiens ? demanda Luke sur un ton amusé.

— Exactement.

— Nous avons toujours apprécié les mêmes choses, non ? La même musique, les mêmes films.

— Les mêmes amis, la même carrière !

Elle adorait le sourire de Luke, les petites rides qui se creusaient aux coins de ses yeux. Elle savait combien il était intelligent, compatissant, à quel point il pouvait être drôle, et cette certitude lui faisait chaud au cœur... Puis elle se souvint du baiser qu'ils avaient échangé le dernier soir en République tchèque, et la chaleur se mua en feu ardent.

Tellement ardent qu'elle cessa un instant de respirer.

Leurs amis avaient eu raison de penser qu'ils étaient faits l'un pour l'autre. Pourquoi Luke ne s'en était-il pas aperçu avant de rencontrer Nadia, avant qu'il ne soit trop tard ?

Celui-ci leva de nouveau son verre.

— À l'amitié, dit-il.

Elle leva aussi son verre, souriante.

Mais l'amitié n'était pas ce qui faisait chanter son sang pour l'instant. Pas plus qu'elle n'était à l'origine du désir qui irradiait au creux de son ventre et accélérait son rythme cardiaque.

Cela s'appelait... Cela s'appelait tomber amoureuse.

Était-ce arrivé pendant la compétition ou pendant ces dernières semaines, quand elle pensait si souvent à Luke ? À moins que ce ne soit là depuis toutes ces années et qu'elle ait simplement fait semblant de croire qu'elle n'avait éprouvé pour lui qu'un béguin d'adolescente.

Luke sentait-il lui aussi que quelque chose d'énorme était en train de se passer ?

Mais il était trop occupé à terminer son dessert.

En levant les yeux, il s'aperçut qu'elle le fixait.

— C'est bien mieux que de tomber amoureux, tu ne crois pas ? lança-t-il.

L'espace de quelques secondes, elle crut qu'il avait lu en elle.

— Quoi ?

— L'amitié, précisa-t-il.

— Oh !

Il n'avait donc rien remarqué de différent. Sans doute n'avait-il jamais rien ressenti de tel à son égard et cela n'arriverait-il jamais.

— Surtout ce genre d'amitié, continua-t-il. Le genre qui dure toujours. C'est ce qu'on espère quand on tombe amoureux, mais ensuite toute cette folie disparaît.

— Je ne vois rien de mal dans la passion, murmura-t-elle.

Était-ce à cause des chandelles, de la bonne nourriture ou de ce lieu magique ? Elle n'arrivait pas à détacher les yeux de Luke, qui portait la dernière cuillerée de tiramisu à ses lèvres.

Elle ne pouvait s'empêcher d'imaginer ces mains sur sa peau, cette bouche sur la sienne. Et, en se passant la langue sur les lèvres, il suscita en elle un désir quasi incontrôlable.

Il secoua la tête.

— Ça ne dure pas, décréta-t-il.

Son ton tranchant la ramena à la réalité.

Pourtant, elle était certaine qu'il se trompait. Bien sûr, il avait été échaudé avec Nadia. Elle-même, elle avait eu quelques liaisons qui n'avaient pas été concluantes. Mais elle était certaine que, lorsque l'on rencontre la bonne personne, l'amour peut durer très longtemps. Et même toujours, si on a de la chance…

— Donc, c'est ce qu'il y a de plus raisonnable à faire, non ?

— Pardon ?

Plongée dans ses réflexions, avait-elle manqué une réplique de Luke ?

— Se marier avec quelqu'un avec qui on est lié par une très grande amitié.

Elle le fixa, les yeux écarquillés.

— Ne me dis pas que tu penses encore à cette histoire de pacte !

— Tu trouves ça tellement fou ?

— Absolument.

— Pourquoi ?

— Parce qu'on n'épouse pas quelqu'un sous prétexte que c'est un ou une amie !

Le concept en lui-même était choquant. Pourquoi abandonnerait-on l'espoir de trouver le véritable amour au profit de quelque chose d'aussi insipide ?

Mais Luke semblait déterminé à défendre cette idée.

— Pourquoi pas ? C'est plutôt un très bon début, à mon avis. Beaucoup de gens considèrent leur conjoint comme leur meilleur ami, en tout cas.

— Oui, mais…

— Mais quoi ?

— Mais il leur a fallu davantage que cela, au début.

— Comme ?

— Eh bien… De l'attirance, dit-elle en rougissant.

Luke se pencha vers elle, une lueur espiègle dans les yeux.

— Tu ne me trouves pas attirant ? Tu es en train de me dire que je suis repoussant ?

— Non…

Elle avait les joues en feu maintenant, et son corps lui disait combien sa réponse embarrassée était parfaitement inadéquate. Était-ce à cause de cette malice dans les yeux de Luke, de son sourire ? Non seulement il était incroyablement séduisant, mais elle devinait qu'il devait être aussi très performant au lit.

Seigneur ! Elle éprouvait de nouveau cette sensation incontrôlable !

— Et je te trouve ravissante, dit-il très bas. Quel homme au sang chaud ne te trouverait pas enivrante ?

Cette fois, elle fut prise de vertige.

Il la trouvait attirante ? Il la désirait ?

Au prix d'un effort désespéré, elle retrouva un peu de raison dans un coin de son cerveau.

— Il n'y a pas que l'apparence. Il faut… euh… des atomes crochus sur un certain plan.

Luke s'appuya au dossier de sa chaise en hochant la tête.

— Je vois… Tu fais certainement allusion à la compatibilité sexuelle.

Elle sentit ses joues virer au cramoisi à l'idée que quelqu'un, à une table voisine, pouvait suivre cette intéressante conversation. Elle ferma un instant les yeux pour se concentrer sur sa respiration. Elle manquait d'air !

— On peut y aller ? demanda-t-elle en rouvrant les yeux.

— Bien sûr, dit Luke en faisant signe au serveur d'apporter l'addition.

— Je t'attends dehors. J'ai besoin de me rafraîchir un peu les idées.

Il faisait plus froid qu'elle ne s'y attendait. Elle resserra autour d'elle les pans de l'anorak prêté par Luke et enfouit le nez dans le col de laine.

Il était trop grand pour elle, mais il était chaud et… il sentait Luke. Macho, masculin… absolument délicieux.

Elle était tellement absorbée qu'elle n'entendit pas Luke arriver derrière elle.

— Je suis persuadé que nous serions tout à fait compatibles, lui murmura-t-il à l'oreille.

Seigneur ! Elle avait toujours pensé que les héroïnes de livres dont les jambes ne les soutenaient plus étaient de véritables cruches, mais c'était exactement ce qui lui arrivait !

Elle se tourna instinctivement vers Luke, dont les doigts lui capturèrent le menton. Lorsqu'il se pencha vers elle, elle comprit qu'il allait l'embrasser, et toute pensée sensée fuya son esprit. Même si sa vie en avait dépendu, elle n'aurait pas pu empêcher ce qui allait se passer.

Le doux baiser échangé à la lueur de la lune en République tchèque avait été teinté de plaisir et de surprise. Celui-ci fut une révélation. Il suscita en elle une flambée de désir dont elle ne se serait pas cru capable. Elle n'avait jamais rien ressenti de semblable auparavant. En même temps, elle n'était jamais tombée amoureuse de quelqu'un qu'elle connaissait si bien. Quelqu'un qu'elle avait toujours considéré comme un ami.

La combinaison de leur histoire passée et de cette nouvelle attirance d'une force incroyable, c'était ahurissant.

C'était à la fois familier, totalement nouveau et incroyablement excitant. La douceur de la bouche de Luke, la caresse de sa langue, la façon dont il tenait son visage comme s'il était précieux et fragile…

Elle avait les yeux fermés lorsqu'il finit par se redresser.

— Tu vois ? fit-il d'une voix légèrement enrouée. Ce n'était pas si mal, non ?

Elle ouvrit les yeux, incapable d'émettre un mot.

— Et c'était seulement un baiser, précisa-t-il.

Elle battit des paupières.

Seulement un baiser ?

Les yeux de Luke pétillaient de malice.

— Alors, poursuivit-il, tout ce qu'on a besoin de savoir, c'est si le reste marchera.

— Le reste ? répéta-t-elle d'une voix étranglée.

Luke leva comiquement les sourcils.

— Je te parle de sexe, Kate.

Comment un simple mot pouvait vous bouleverser à ce point ? Elle eut l'impression qu'elle allait tomber, alors qu'elle était parfaitement immobile.

Luke devait avoir senti que son équilibre était compromis, car il lui passa un bras autour de la taille et la maintint fermement. Il souriait avec assurance, comme s'il venait de trouver la solution parfaite pour résoudre un problème qu'elle avait.

Peut-être avait-il raison.

Elle inspira profondément.

— Et… Quand penses-tu que nous devrions commencer… nos investigations ?

Le sourire de Luke s'élargit.

— Tout de suite serait le mieux. Mon appartement est à deux pas.

Elle s'était déjà découvert de la faiblesse dans les genoux, maintenant il lui semblait aussi que sa vue se brouillait.

Luke cessa de sourire pour la fixer avec intensité.

— Si nous réfléchissons trop, nous trouverons toutes sortes de raisons pour ne pas le faire, et ce sera encore plus dur… N'y vois surtout pas d'allusion grivoise, précisa-t-il, pince-sans-rire.

Elle ne put s'empêcher de rire.

C'était bien l'ami dont elle se souvenait : incorrigible, certes, mais tellement charmant !

— C'est un peu bizarre pour moi aussi, dit-il plus doucement, mais je crois que c'est une bonne idée. Nous avons trente-cinq ans, nous attendons davantage de la vie que notre métier, et nous nous aimons bien. Je me trompe ?

Elle hocha la tête.

Dans la bouche de Luke, la proposition semblait tellement raisonnable… À moins que le désir ne lui fasse admettre n'importe quel argument pour obtenir plus rapidement ce qu'elle souhaitait plus que tout au monde.

— Plus important encore, poursuivait Luke, je crois que nous nous soucions vraiment l'un de l'autre et que notre confiance mutuelle est totale.

— C'est vrai, dit-elle faiblement.

— Alors, crois-moi sur parole, ça va marcher.

Bien sûr que oui ! Après ce baiser, elle n'avait aucun doute à ce sujet. Faire l'amour avec Luke serait sans doute l'expérience physique la plus extraordinaire qu'elle connaîtrait jamais.

Mais ensuite ?

On ne peut pas décider de ne plus jamais tomber amoureux. N'était-il pas possible que Luke connaisse un jour la même révélation qu'elle ? À moins qu'il ne soit déjà amoureux d'elle sans le savoir ?

En ce cas, ce qu'ils s'apprêtaient à faire était peut-être… comment dire… nécessaire ?

Luke lui prit la main et la serra légèrement, puis il commença à marcher, l'entraînant à sa suite.

Elle le suivit sans la moindre hésitation.

6.

Luke était étendu sur son canapé, une bouteille de bière blonde à moitié vide dans une main. Le visage de Matteo remplissait en partie l'écran de l'ordinateur portable posé sur ses genoux. Matt aussi avait une bouteille à la main.

Ces séances sur Skype étaient presque aussi agréables que leurs soirées à Milan. Quelques verres, de la bonne nourriture et de la compagnie, il ne fallait rien de plus pour vous donner l'envie de refaire le monde pendant une nuit entière.

La technologie occupait une place importante dans sa vie, surtout quand elle lui permettait d'exercer encore mieux son métier.

— L'imagerie en quatre dimensions, C'est hallucinant, Matt. Incroyable ! Avec ça, tu peux modéliser le cœur humain à l'aide d'ultrasons. Tu disposes de données fournies à différents moments du cycle cardiaque. Cela ne te permet pas seulement de visualiser l'organe, tu peux mesurer et voir le flux sanguin dans chaque artère.

— Waouh ! Ça a l'air génial !

— Plus que génial. On peut programmer une procédure chirurgicale et savoir si ça va marcher avant même d'avoir pris le scalpel.

— Tu plaisantes !

— Pas du tout. Aujourd'hui, j'en ai eu un avant-goût avec l'équipe de cardiologie. Tu prends le modèle en 3D, tu planifies la chirurgie correctrice, ensuite tu fais une simulation du flux sanguin pour voir la différence que cela fera après l'intervention. Pour l'instant, une telle technologie n'est pas disponible, mais quand ce sera le cas, mon pote, la donne va changer ! Je voudrais pouvoir l'utiliser sur le gamin que j'ai aux soins intensifs en ce moment.

— Qu'est-cc qu'il a ?

— Traumatisme thoracique à cause d'un accident de voiture. On a drainé l'hémothorax, et on soigne la lésion pulmonaire, mais je commence à me demander si l'aorte n'a pas été touchée.

C'était l'idée de Kate, quand il lui avait confié son inquiétude pour cet enfant pendant le dîner, un peu plus tôt dans la soirée.

— On a fait un scan et une échographie transœsophagienne, mais je crois qu'il faudra effectuer une aortographie demain.

— Tu veux dire aujourd'hui.

— Ouais. Il se fait tard. Excuse-moi, mon pote, je t'ai parlé boutique un bout de temps. Quoi de neuf, de ton côté ?

— Rien que du vieux, répliqua Matteo en haussant les épaules.

— Où tu en es avec ce rancard, la semaine dernière ? Comment s'appelle-t-elle déjà, cette infirmière ?

— Marcella. C'était pas mal, mais je crois qu'elle n'en veut qu'à mon corps.

— Plains-toi ! fit Luke en riant.

— Et toi ? Tu vois toujours Kate ?

— Ouais. Elle est rentrée chez elle juste avant que je ne t'appelle, en fait.

Quand il se glisserait entre les draps, il y retrouverait le parfum de Kate. Il se rappellerait l'incroyable douceur de sa peau, la chaleur et le goût de sa bouche…

Jamais il n'avait rien savouré d'aussi délicieux, d'aussi addictif. Quant à ses réactions chaque fois qu'il la touchait de la main ou de la langue… Eh bien, il n'avait pas de mots pour décrire l'effet que cela lui faisait. Il avait l'impression d'être le meilleur amant jamais…

La voix de Matteo l'arracha à sa rêverie.

— Je ne m'étonne plus que tu souries comme un chat

repu. Moi qui m'imaginais que tu ne la reverrais jamais de retour en Écosse !

Luke tenta d'effacer le sourire de son visage, sans y parvenir.

— On ne peut pas lutter contre le destin : il nous a réunis.

Il pouvait comprendre l'étonnement de Matteo, car il n'y croyait pas lui-même peu de temps auparavant.

Pourquoi avaient-ils eu tant de mal à se rapprocher, tous les deux ? Il suffisait d'un peu d'effort des deux côtés pour prendre le temps de s'envoyer des messages et d'effectuer un minimum de changements dans leurs emplois du temps respectifs afin que leurs jours de congé coïncident. De cette façon, ils saisissaient toutes les occasions de dîner ensemble et de passer quelques heures au lit.

— Dans quelles nouvelles aventures vous êtes-vous lancés ? Un autre fantôme dans cet affreux abri souterrain ?

— Non. Une fois a suffi.

— Une promenade à vélo ?

Une fois, ils avaient loué des bicyclettes pour explorer une voie ferrée abandonnée qui longeait des canaux ou s'enfonçait dans des forêts ou des tunnels. C'était une expérience à renouveler.

— Non. La semaine dernière, nous sommes allés dans un bar qui organise un *ceilidh* tous les vendredis. On s'est bien amusés.

— Un cé-quoi ?

— Un truc écossais. On danse en suivant des instructions formulées par quelqu'un, expliqua-t-il. Très convivial.

— Georgia était avec vous ? Vous sortez à quatre avec elle et son petit ami ?

Matteo s'exprimait d'une voix neutre. Trop neutre. Cherchait-il à savoir si Georgia était célibataire ?

— Non. En fait, je n'ai pas revu Georgia depuis que Kate et moi sommes ensemble. On se rencontre quelque part, ou bien elle vient chez moi.

— Jamais chez elle ?

— Non, répliqua Luke en fronçant les sourcils. Elle ne me l'a jamais proposé.

— Georgia est peut-être contre votre liaison.

— Je ne vois pas pourquoi ellc le serait.

— Je n'en sais rien. C'est le genre de fille à avoir des idées bizarres.

— Je croyais qu'elle te plaisait ?

— Je le croyais aussi. J'imagine que ça prouve qu'on peut se tromper sur certaines personnes. Dis donc, mon pote, je vais devoir te quitter. Je commence tôt demain matin.

Il avait l'impression que son ami lui cachait quelque chose, ce qui ne lui ressemblait pas. Mais il ne pouvait pas le forcer à parler.

— Pas de souci. Remettons ça la semaine prochaine.

Le large sourire de Matteo dissipa ses soupçons.

— On ferait mieux de se revoir pour de bon un de ces jours. N'oublie pas que tu ne peux pas te marier à moins que je ne sois ton témoin !

En interrompant la communication, Luke secoua la tête. Après avoir rabattu l'écran de son ordinateur portable, il appuya sa tête au bras du canapé.

Le mariage n'était pas d'actualité, malgré le pacte conclu avec Kate lorsqu'ils étaient étudiants. Durant ces dernières semaines, ils avaient testé leur amitié afin de vérifier qu'elle constituait une base suffisamment solide pour construire un avenir commun, mais le mot « mariage » suscitait aujourd'hui encore en lui des souvenirs déplaisants. Et un morceau de papier ne ferait aucune différence. Il était certain que Kate partageait cet avis.

Sauf qu'elle était légèrement à cheval sur les règles. Elle souhaiterait peut-être un engagement légal…

D'accord. Pourquoi pas, après tout ? Un passage rapide à la mairie était envisageable, tant que ça n'impliquait pas tout le tralala qui accompagne ce genre d'événements. L'important, c'était que cette union tienne la route. Cela nécessitait des affinités susceptibles de fournir la « glu » qui permet à un couple de rester ensemble pour le meilleur et pour le pire. Et il était de plus en plus clair que Kate et lui avaient une provision infinie de cette glu.

Avait-il suggéré à Kate que, entre eux, le sexe « pourrait marcher » ? C'était vraiment l'euphémisme du siècle ! S'il avait su que ce serait aussi bien, rien au monde n'aurait pu l'empêcher de coucher avec Kate quand ils étaient étudiants en médecine.

Désormais, il savait qu'il n'était pas nécessaire de tomber amoureux de la personne qui partagerait votre vie. Il connaissait la solution : il suffisait de passer d'une solide amitié au niveau suivant. Il suffisait d'être avec quelqu'un qu'on appréciait vraiment. Quelqu'un qu'on n'avait pas besoin de traiter comme une précieuse porcelaine de Chine susceptible de se briser à chaque instant. Quelqu'un qui serait honnête avec vous, qui vous connaîtrait assez bien pour passer sur quelques défauts, voire en rire avec vous.

Mieux encore, il était certain que Kate était sur la même longueur d'onde. Elle n'avait pas besoin de grandes déclarations ou de fadaises romantiques. Ils étaient à la fois les meilleurs amis du monde et des amants passionnés dès qu'ils étaient au lit.

Son téléphone vibra, l'avertissant qu'il avait reçu un message d'elle.

C'était plutôt étonnant, elle n'avait pas l'habitude de lui envoyer de SMS à une heure aussi tardive !

> Merci pour le dîner, Luke. J'estime qu'il est temps pour toi de découvrir à quel point je suis une mauvaise cuisinière. Mercredi soir, Georgia travaille la nuit, alors rendez-vous chez moi si tu es libre.

Les réserves de Matteo à propos de l'ambulancière lui revinrent en mémoire.

Kate avait-elle attendu une absence de Georgia pour l'inviter ? La meilleure amie de Kate désapprouvait-elle une liaison fondée sur un pacte totalement dépourvu de romantisme ? Ou bien Kate souhaitait-elle le retrouver dans un endroit bien à eux, si bien que le dîner serait suivi par les jeux sexuels dont ils étaient friands tous les deux ?

Vu l'enthousiasme que Kate mettait à y jouer, ce devait être cela.

Inclinant la bouteille pour avaler une dernière gorgée de bière, il ferma les yeux pour mieux goûter cet instant délicieux.

— Waouh ! Si je m'attendais à ça !

Le charme de leur long baiser fut brisé par la voix de Georgia, mais Kate eut le temps d'échanger avec Luke un regard brûlant avant de s'écarter de lui.

— Si vous voulez, je peux sortir et rentrer plus tard, dit Georgia.

Luke éclata de rire.

— C'est inutile, j'allais partir, dit-il. Toutes mes excuses, Georgie, je croyais que je serais parti avant ton retour.

— Pour une fois, on n'a pas eu d'urgence de dernière minute, et la circulation était fluide, expliqua Georgia en posant son sac par terre. Tu peux rester tant que tu veux, Luke. Je suis au courant depuis des semaines pour vous deux.

— Kate et moi sommes juste de bons amis, répliqua Luke avec un sourire.

— C'est ça ! Prends-moi pour une quiche !

Kate s'efforça de sourire, mais elle avait du mal à accepter que Luke traite leur relation avec autant de légèreté. C'était plus que difficile, c'était presque… insupportable.

Elle se reprocha aussitôt cette pensée ridicule. Elle venait de vivre une nuit fantastique dans un environnement parfait. Une mignonne maisonnette, un dîner aux chandelles, et pour finir elle avait partagé son propre lit avec son amant.

C'était bien là le problème ! Luke n'était pas son amant. Il était l'ami avec lequel elle venait de coucher. Comme chaque fois qu'ils faisaient l'amour, cela avait été extraordinaire, passionné et même tendre. Mais, pour que Luke Anderson soit son amant, il aurait fallu qu'il soit amoureux d'elle.

Luke partit en lui adressant un signe amical de la main et en promettant de lui envoyer un SMS dans la journée.

— Il y a du thé ? demanda Georgia.

— Non, mais le café est encore chaud.

Georgia s'cffondra sur une chaise.

— Non. Ça m'empêcherait de dormir, et j'ai absolument besoin de sommeil.

— Tu ne m'as pas dit que le café ne te faisait aucun effet ?

Georgia bâilla largement avant de défaire sa queue-de-cheval.

— Peut-être que je vieillis, dit-elle en passant les doigts dans ses cheveux, ou alors je n'aime plus le café. Mais je peux faire du thé avant que tu ne partes travailler.

— Je commence plus tard aujourd'hui. Reste assise, je m'en occupe.

Tout en remplissant la bouilloire, Kate regarda par la fenêtre la voiture de Luke parvenir au bout de l'allée et s'engager sur la route.

Pensait-il à elle ? À leur nuit exceptionnelle ? Ou se focalisait-il déjà sur une intervention chirurgicale délicate ?

L'eau qui débordait de la bouilloire la ramena à la réalité.

— Oups !

Georgia haussa les sourcils.

— Ça ne te ressemble pas d'être distraite à ce point. Tu n'as pas beaucoup dormi, c'est ça ?

— Peut-être.

— Raconte ! J'ai presque oublié à quoi ressemble une bonne partie de jambes en l'air.

Sans répondre, Kate alluma le gaz sous la bouilloire puis sortit les sachets de thé de leur placard.

— C'était génial, non ? insista Georgia. C'était un sacré baiser que j'ai interrompu.

— Oui, répondit Kate avec un soupir. C'était fantastique. Il est fantastique, et je suis…

Elle s'interrompit, incapable de continuer.

— Bon sang ! Tu es amoureuse, c'est ça ?

— Oui, murmura-t-elle dans un souffle.

— Luke le sait ? Est-ce que c'est réciproque ? C'est pour ça que vous vous embrassiez aussi passionnément ? Seigneur ! J'ai vraiment cassé l'ambiance !

Kate secoua la tête.

— Non, non, non et non.

— Ça fait beaucoup de non.

Elle versa l'eau dans la théière.

— Je ne peux pas lui en parler.

— Pourquoi ?

— Je ne veux pas le perdre, et c'est ce qui arriverait.

— C'est absurde. Il t'adore.

Elle posa la théière sur la table et s'assit.

— En tant qu'amie, oui. Il y a quelque chose que je ne t'ai jamais dit. Tu sais que, Luke et moi, nous étions amis en fac de médecine ?

— Bien sûr. Il était ton meilleur pote jusqu'à ce qu'il se marie et que sa femme ne supporte pas ton existence… Elle n'avait peut-être pas tort de voir en toi une menace !

— À l'époque, Luke n'était pas du tout attiré par moi. Et c'était réciproque, du moins après que j'ai surmonté mon béguin initial pour lui. L'idée d'une relation sexuelle entre nous aurait été choquante. Un peu comme… je ne sais pas, un inceste. Je le considérais un peu comme mon frère.

— Qu'est-ce qui a fait basculer cela ?

— Le soir de la réception, en Tchéquie, il m'a embrassée.

— Et maintenant, il passe chaque seconde de son temps libre avec toi et t'offre les meilleures parties de jambes en l'air que tu aies jamais connues. Et lui aussi, apparemment.

— Exact. Mais, en ce qui le concerne, nous sommes juste des amis, parce qu'il a tiré un trait sur l'amour. Et tu ne sais pas le pire : le soir de la remise des diplômes, alors que nous avions bu trop de champagne, nous avons conclu un pacte : si nous étions toujours célibataires à trente-cinq ans, nous nous marierions ensemble.

— Incroyable ! Tu es en train de me dire que les bans sont publiés ?

Elle secoua la tête avec lassitude.

— Pour l'instant, on n'en a pas reparlé. Je lui ai dit que, pour se marier, être de bons amis ne suffisait pas. Je voulais dire qu'il fallait être amoureux, mais Luke y a vu une allusion sexuelle. Alors, il m'a proposé de vérifier si nous nous entendions bien sur ce plan-là. Pour l'instant, nous poursuivons l'expérimentation.

— Mais il serait sûrement ravi de savoir que tu es prête à honorer le pacte, non ?

— C'est justement le problème. Je te rappelle que son mariage avec Nadia s'est soldé par un désastre. S'il savait que je suis amoureuse de lui, il prendrait ses jambes à son cou.

Georgia resta silencieuse un instant.

— Il a peut-être raison, conclut-elle.

— Quoi ?

— Contrairement à ce que tu crois, un mariage de raison est peut-être la solution idéale pour qu'un couple fonctionne. Admettons que Luke ne soit pas amoureux de toi. Il tient beaucoup à toi, non ?

— Oui… en tant qu'amie.

— Et quand vous faites l'amour, c'est super ?

Kate se sentit rougir.

— Oui ! Je n'aurais jamais cru que ça puisse être aussi bon.

Et il n'y avait pas que le sexe. La nuit précédente, ils avaient dormi pour la première fois ensemble. Ou plutôt Luke s'était endormi, et elle était restée longtemps éveillée, jouissant de sa solide présence corporelle auprès d'elle.

Elle s'était sentie en sécurité, protégée.

— Est-ce qu'il veut la même chose que toi ? demanda Georgia. Comme des enfants, par exemple ?

— Je crois que oui. Il dit qu'il espère davantage de la vie qu'une carrière réussie.

— Et vous faites le même métier ! Vous pourriez vous soutenir mutuellement et partager l'éducation des enfants. Tu vois où je veux en venir ?

— Non.

Georgia étouffa un bâillement.

— Ça me semble tout simplement parfait. Et maintenant, il faut que je dorme, dit-elle en se levant pour déposer son mug dans l'évier.

Peut-être avait-elle raison, songea Kate. Combien de femmes rêveraient d'avoir à leur côté un homme aussi canon que Luke Anderson ? Un homme avec qui elles pourraient vivre, s'amuser, faire l'amour et fonder une famille ? Tout le monde sait que la passion ne dure pas, et les plus chanceux ont finalement… eh bien, quelque chose qui ressemble beaucoup à ce que Luke et elle avaient maintenant.

Georgia se tenait debout devant l'évier, les yeux fixés sur l'assiette contenant le reste des œufs à la gelée.

— Je vais faire la vaisselle dans une minute, dit Kate.

Mais Georgia n'avait pas l'air de l'avoir entendue. La main pressée contre sa bouche, son amie tourna vers elle un visage livide avant de se précipiter hors de la cuisine et de gagner la salle de bains.

Stupéfaite, Kate l'entendit vomir. Quelques minutes plus tard, elle tendait un linge humide à Georgia, qui s'assit sur les talons et lâcha ses cheveux qu'elle avait écartés de son visage.

— Je ne mangerai plus jamais d'œufs de ma vie, grommela-t-elle.

— Je te ferai remarquer que tu n'en as pas mangé. Tu les as juste regardés.

Georgia s'adossa au mur en pressant la serviette sur ses yeux.

— Je sais.

— Tu es malade ? Tu as de la fièvre ? demanda Kate en lui prenant le pouls.

— Je ne pense pas.

— Tu as mangé un truc louche comme un kebab pendant ton service de nuit ?

— Non.

Quelque chose trottait dans la tête de Kate, sans qu'elle puisse le formuler exactement.

En rentrant, Georgia avait l'air fatiguée mais pas malade. Elle n'avait pas voulu de café sous prétexte qu'elle n'aimait plus cela, et elle avait eu la nausée en regardant les œufs...

— Mon Dieu ! Tu es enceinte, Georgie ?

Kate s'accroupit près de son amie et manœuvra pour s'asseoir contre le même mur qu'elle.

Comme Georgia ne répondait pas, elle insista :

— Quand comptais-tu me le dire ?

— Quand ce serait trop tard pour que tu me persuades que c'était une mauvaise idée.

Kate manqua de s'étouffer.

— Tu crois que j'aurais essayé de te convaincre d'avorter ?

Georgia abaissa le linge. Ses boucles mouillées tombaient sur ses yeux noisette qui semblaient plus grands que d'habitude.

— Pourquoi pas ? Tu n'as jamais approuvé mon projet de faire un enfant toute seule. Tu m'as dit que j'étais complètement folle.

Kate sentit des larmes lui picoter les yeux.

— Ça ne voulait pas dire que je ne te soutiendrais pas, quoi que tu choisisses de faire ! Je n'arrive pas à croire que tu m'aies caché ça ! Tu es enceinte de combien ?

— Environ dix semaines.

— Ça date de la compétition, alors. Qui est le père ?

— Ce n'est pas important.

— Bien sûr que si ! Il faut que tu connaisses le patrimoine génétique de ton enfant, et tu as besoin d'un soutien financier.

— Non ! C'est justement pour cette raison que je m'y

suis prise de cette façon. Je ne veux rien savoir de la famille du père, et je n'ai pas la moindre envie qu'il me donne de l'argent. Personne ne se mêlera de mes affaires, et c'est *mon* bébé. Ne me pose plus la question, Kate, parce que je ne te le dirai jamais, pas plus que je ne mettrai le géniteur au courant. De toute façon, je ne connais pas son adresse, et c'est à peine si je me souviens de son nom. Et… Ooh, voilà que ça recommence !

Plus tard, quand les nausées se calmèrent, Georgia prit une seconde tasse de thé et une tartine grillée.

— Je vais dormir comme une bûche, déclara-t-elle.

— Tu travailles encore, la nuit prochaine ?

— Oui.

— Il n'y a pas un règlement concernant les femmes enceintes ?

Georgia soupira.

— Oui, et je vais devoir m'en occuper. Mais je n'ai pas tellement envie de me retrouver coincée derrière un bureau. Je vais bien, crois-moi, et je fais très attention quand je dois soulever un patient. Ce n'est pas comme si je montais à cheval ou un truc de ce genre.

— Il n'empêche, les règlements n'existent pas pour rien.

Georgia leva les yeux au ciel.

— Laisse tomber, Kate ! Je suis une grande fille et je prends moi-même mes décisions, dit-elle en se levant. Et, pour l'instant, je décide qu'il est l'heure de me coucher. Inutile de te souhaiter une bonne journée, elle le sera forcément après une aussi bonne nuit.

Une heure ou deux plus tard, Kate roulait en direction de l'hôpital, encore choquée par ce qu'elle venait d'apprendre.

Finalement, son amie avait réalisé son projet absurde parce qu'elle craignait de ne jamais être mère !

D'une certaine façon, elle admirait son courage et sa

détermination, sachant qu'elle-même n'aurait jamais pu en faire autant.

Rien d'étonnant à ce que Georgia estime que sa relation avec Luke constitue un compromis parfait. Une sorte de partenariat fondé sur l'amitié et la confiance. En théorie, Kate ne pouvait qu'être d'accord.

En ce cas, pourquoi cette solution ne l'emballait-elle pas ?

Elle devrait peut-être emprunter à Georgia un peu de ce courage et de cette détermination, et abandonner ce que son amie trouvait ridicule, ce côté « fleur bleue ».

Elle prit brusquement conscience de la réalité : Georgia allait avoir un enfant. Elle choisissait d'être mère, de créer sa propre famille et de s'offrir l'avenir qu'elle souhaitait.

Cet avenir, Kate le désirait aussi, et il était à sa portée. Et avec un bonus, puisqu'elle le partagerait avec un homme qui avait de l'affection pour elle, qui la soutiendrait et qui serait un père exceptionnel !

Georgia avait raison, Luke avait raison. L'amitié importait plus que tout.

7.

— Je ne vois aucun monstre.

— Moi non plus.

Kate se blottit contre Luke, qui entourait ses épaules de son bras.

— C'est beau, murmura-t-elle. Un peu froid quand même, ajouta-t-elle en levant les yeux vers le ciel de plomb. Je crois qu'il ne va pas tarder à pleuvoir.

Luke ne parut pas l'avoir entendue.

— Regarde… Tu as vu ça ?

— Quoi ?

— Là… Non, là… J'ai aperçu quelque chose.

— Quelque chose de long et de lisse ? Comme un serpent géant, peut-être ?

— Exactement. Tu l'as remarqué aussi ?

— Non. Et toi non plus !

— Ah, Katy ! s'exclama Luke avec emphase. Tu me connais trop bien.

La lueur de malice dans ses yeux la fit sourire. Soudain, elle se sentit inexplicablement au comble du bonheur.

L'espace de quelques secondes, leurs regards se retinrent, et elle perçut comme un léger changement. Peut-être parce que Luke la serrait contre lui, ou tout simplement à cause de la façon dont il la regardait. Il y avait plus que de l'amusement dans ses yeux. Une connexion qui, à cet instant précis, semblait indestructible.

Avait-il senti que, désormais, elle était prête à renoncer

aux contes de fées pour renouer leur pacte ? Y avait-il entre eux autre chose que le sexe ? Allait-il l'embrasser ?

Elle cessa un instant de respirer.

S'il l'embrassait maintenant, elle pourrait espérer qu'ils soient davantage que des *sex-friends.*

Elle détourna les yeux, au cas où Luke devinerait ce qu'elle éprouvait pour lui au plus profond d'elle-même.

La sentant frissonner contre lui, il la prit par la main et l'entraîna vers l'endroit où ils s'étaient garés.

— Tu as froid, déclara-t-il. On va trouver un pub où tu pourras te nourrir.

Quelques instants plus tard, elle plongeait sa cuillère dans son bol de soupe bien chaude. Ils étaient assis près d'une cheminée où crépitait un beau feu. Elle se sentait bien, protégée.

Aurait-elle préféré rester au bord d'un lac environné de brume, embrassée passionnément par un homme qui ne se serait pas aperçu qu'elle était gelée ?

Elle sentit presque le coude de Georgia s'enfoncer dans ses côtes.

Non, bien sûr ! C'étaient des divagations d'adolescente, pas la vraie vie.

— Tu n'aimes pas ça ? s'inquiéta Luke. Tu veux qu'on commande autre chose ?

— Non, c'est délicieux. Je réfléchissais.

Il fit la grimace.

— Ça fait mal ?

— Est-ce qu'on ne t'a jamais dit que, parfois, tu manques un peu de maturité ?

— Assez souvent, répliqua-t-il en hochant solennellement la tête. À quoi pensais-tu ?

— À Georgia.

— Oh… Elle était contrariée de me trouver chez vous lorsqu'elle est rentrée du boulot, l'autre jour ?

— Pas du tout. Pour le moment, elle a autre chose à penser que ma vie amoureuse.

— Comme quoi ?

— Elle est… euh… enceinte.

— Elle a vraiment un petit ami, alors ?

Elle se mordilla la lèvre.

La grossesse de son amie n'était pas vraiment un secret, vu que tout le monde le saurait un jour ou l'autre. Mais la décision de faire un bébé seule ne regardait qu'elle.

— Pas exactement. Qu'est-ce qui te fait penser ça ?

— Quelque chose que Matt m'a dit. Sans doute lui a-t-elle confié qu'il y avait quelqu'un d'autre dans sa vie. Il avait l'air un peu déçu. J'avais pourtant l'impression qu'ils s'appréciaient, tous les deux.

— Moi aussi.

Elle se concentra sur sa soupe.

Georgia avait-elle déjà repéré sa cible parmi les compétiteurs, quand elle avait dit à Matteo qu'il y avait un homme dans sa vie ? D'une certaine façon, il valait mieux qu'elle n'ait pas choisi l'ami de Luke comme donneur de sperme. La situation aurait été vraiment très compliquée.

— Elle est contente ? demanda Luke.

— À quel propos ?

Il la gratifia d'un coup d'œil un peu surpris.

— D'attendre un bébé. D'être une mère célibataire.

— Ah… Oui, je crois. Son horloge biologique la taraudait depuis quelque temps.

Luke prit un petit pain croustillant dans le panier.

— Et toi ? Que dit ton horloge ?

— Aucune alerte pour l'instant.

— Mais tu veux des enfants ?

— Bien sûr !

— Moi aussi. Combien ?

— Au moins deux.

— Filles ou garçons ?

— Un de chaque.

— Parfait ! Quand comptes-tu t'y mettre ?

— Euh… Je n'y ai pas vraiment réfléchi.

— Tu sais que, après quarante ans, des complications peuvent survenir, remarqua Luke d'une voix neutre. Sans compter la baisse de fertilité de part et d'autre.

Elle absorba une cuillerée de soupe, admirant qu'ils puissent avoir cette conversation pendant le déjeuner, comme si cela n'avait rien d'extraordinaire.

— Exact.

— Je suppose donc que tu veux avoir ces bébés avant le cap de la quarantaine ?

— Sans doute.

— Et aucune femme n'est enceinte dès le premier coup.

— C'est pourtant le cas de Georgia.

— Tu sais parfaitement que c'est rare. Beaucoup de couples mettent un an pour concevoir un enfant.

Ils mangèrent en silence durant quelques minutes. Dès qu'il eut terminé, Luke se carra confortablement dans son fauteuil.

— J'ai fait le calcul, annonça-t-il.

— De quoi parles-tu ?

— Deux enfants, avec un intervalle de deux ans entre eux, nés de préférence avant tes quarante ans et en admettant un délai d'un an avant la conception. Ça nous amène à… Voyons voir… Exactement maintenant !

La cuillère de Kate claqua dans son bol presque vide.

— Tu veux essayer de faire un bébé ?

— Pourquoi pas ? dit-il en tendant la main pour prendre la sienne. On a prouvé que ça marchait entre nous, non ? Nous nous apprécions énormément. Et, sur le plan sexuel, c'est fantastique, en tout cas pour moi.

— Pour moi aussi, murmura-t-elle.

Ce simple contact suffisait à susciter en elle des picotements qui lui gagnaient tout le corps.

— Tu te rappelles ce que je t'ai dit, la nuit où nous avons conclu le pacte ?

— J'avoue qu'une grande partie de cette soirée est un peu

confuse dans ma mémoire. C'était il y a longtemps, Luke, et nous avions bu pas mal tous les deux.

— Exact. C'est bizarre, parce que je suis certain de t'avoir dit que tu étais ma meilleure pote et que je t'aimais beaucoup, dit très bas Luke. Apparemment, ça n'a pas changé. Dès que je t'ai revue, j'ai retrouvé notre amitié et notre entente intactes. Nous attendons tous les deux la même chose de la vie. Alors, pourquoi pas ?

Au secours !

Ce discours qui avait l'air si raisonnable ne la mettait pas moins mal à l'aise. Elle avait rêvé d'entendre Luke lui dire qu'il l'aimait, mais pas de cette façon !

Il la fixa, les sourcils froncés.

— C'est parce que nous contournons les règles, Katy ? Tes règles ?

L'espace d'un instant, elle crut qu'elle allait pleurer. Elle déglutit péniblement.

— Tu parles du reste de notre vie, Luke. De… de fonder une famille.

Il hocha solennellement la tête.

— Je vois. Tu penses que je mets la charrue avant les bœufs en te parlant d'avoir des enfants sans être mariés. Je suis d'accord. Quand je t'ai dit que le mariage n'était pas pour moi, je pensais à toutes ces fadaises au sujet du grand amour. Je serai ravi de t'épouser. Ce n'est qu'un passage à la mairie pour signer de la paperasse, après tout.

Elle en eut le souffle coupé. Son cœur se serra à lui faire mal. Cette demande en mariage était si éloignée de la déclaration romantique qu'elle avait espéré entendre un jour !

— Vous avez terminé, les amis ?

La voix chaleureuse de la serveuse lui rappela que l'endroit était peu propice à une conversation de ce genre.

Sauf que sa relation avec Luke était effectivement fondée sur le sens commun, la franchise et la confiance. Alors, ce n'était sans doute pas ainsi qu'elle aurait voulu qu'il la demande en mariage, mais n'était-ce pas ce qu'elle désirait finalement ? Un avenir avec cet homme qu'elle aimait de tout son cœur, une famille peut-être plus tôt qu'elle ne s'y attendait ?

— Merci beaucoup, dit-elle en souriant faiblement à la serveuse. Je crois que nous avons terminé, en effet.

Quand la table fut débarrassée, elle croisa le regard de Luke, prête à admettre qu'une simple signature sur le registre de la mairie lui suffirait, mais elle n'y parvint pas.

L'idée que deux amis envisagent de fonder une famille était acceptable. Mais un mariage ?

À ses yeux, cela impliquait de célébrer l'amour entre deux êtres devant leurs proches réunis. D'accord, c'était peut-être immature et même stupide, mais il y avait aussi la robe blanche, le moment où la mariée remonte l'allée pour rejoindre l'homme qui compte pour elle plus que tout au monde… Celui qui l'aime autant qu'elle l'aime.

D'un autre côté, ce « passage à la mairie » était sans doute tout ce qu'elle aurait. Mais si elle était patiente, peut-être que Luke verrait un jour en elle davantage qu'une amie ou la mère potentielle de ses enfants. Peut-être aussi que la naissance d'un enfant modifierait ses sentiments pour elle. Comme il l'avait souligné, il fallait parfois du temps avant de concevoir un bébé. Interrompre la contraception serait éventuellement un premier pas dans cette direction.

— Nous n'avons pas besoin de nous marier, après tout, dit-elle en haussant les épaules. Ce n'est pas comme si nous avions besoin de la version écrite de notre pacte pour que ça marche.

Luke lui lança un coup d'œil surpris.

— C'est vrai. Si tu es prête à enfreindre les règles, tu peux compter sur moi, mais…

— Mais ?

— Je ne sais pas. Tu pourrais changer d'avis. J'aurais cru que tu voudrais respecter les traditions.

— Je deviens peut-être plus sage avec l'âge.

— Et le bébé ? Tu es prête à essayer ?

Était-il totalement irresponsable de prendre ce risque dans l'espoir que Luke aurait une révélation en devenant père ?

Elle réussit à hausser de nouveau les épaules.

— Pourquoi pas ?

— J'ai du retard.

— Moi aussi, et je ne vais pas pouvoir enfiler ce pantalon, grommela Georgia en tentant de le boutonner. Qu'est-ce que je vais faire ? D'habitude, je suis toujours à l'heure.

— Non, je veux dire que j'ai du retard…

Georgia cessa de s'acharner sur son bouton pour la fixer, les yeux écarquillés.

— De combien ?

— Une semaine.

— C'est peut-être le stress.

— Je suis réglée comme du papier à musique, et ça correspond.

— Ça correspond à quoi ?

— Au moment où nous avons arrêté la contraception.

Cette fois, Georgia la fixa, bouche bée.

— C'était planifié ?

— Pas exactement. Nous pensions que ça pourrait prendre du temps. Ça ne marche jamais du premier coup.

— Dans mon cas, si.

— Je sais.

Kate fixa le ventre de Georgia.

Le sien allait-il gonfler ainsi en l'espace de quelques mois ? Un bébé grandissait-il déjà en elle ?

Cette idée était terrifiante et exaltante à la fois.

— Bon, dit Georgia, la première chose à faire, c'est d'en être sûre. Il me reste un test de grossesse dans ma chambre. Pour tout dire, j'en avais fait une provision.

— Je pourrai le faire à l'hôpital.

— Tu n'as pas envie de savoir tout de suite ?

— Tu as besoin d'une épingle à nourrice.

— Ne change pas de sujet, s'il te plaît. Tu en as parlé à Luke ?

— Non, mais je le vois ce soir.

— Vous devriez peut-être faire le test ensemble.

— C'est parfait, pour passer une bonne soirée.

Luke serait-il aussi secoué qu'elle à l'idée que leur vie allait changer aussi radicalement dans un avenir proche ?

— Mais ce n'est pas une mauvaise idée, reprit-elle. Qu'est-ce que tu dirais d'aller chercher ton test pendant que je te trouve une épingle à nourrice ?

Les larmes aux yeux, submergé par l'émotion, Luke ne trouva rien à dire lorsqu'il cessa de fixer le test pour regarder Kate.

Impossible… Ça ne pouvait pas être aussi facile ! Juste après avoir trouvé la partenaire idéale puis avoir décidé avec elle de fonder une famille, il apprenait qu'il allait être père !

Elle semblait tout aussi émue que lui, mais il perçut en elle autre chose.

De l'inquiétude ? Avait-elle craint que cette nouvelle ne le comble pas de bonheur ou même qu'elle l'effraie ?

Le test toujours dans la main, il l'attira contre lui et déposa un baiser sur son front.

— J'aurais dû m'en douter, dit-il en souriant. Si on te lance un défi, tu surpasses toutes les espérances.

— Je croyais que nous l'avions relevé ensemble, dit-elle en levant les yeux. Tu es vraiment heureux ?

— Je suis fou de joie. Pas toi ?

— Pour être franche, je suis un peu… secouée. Je pensais avoir des mois devant moi pour m'habituer à cette idée. Et aussi pour planifier mon congé de maternité et décider avec toi de l'endroit où nous allions vivre. Nous travaillons dans des villes différentes, cet appartement est trop petit, et je ne peux pas demander à Georgia de déménager.

— Tu aimes beaucoup Glasgow ?

— J'adore surtout mon travail.

— Moi aussi, mais peu m'importe où je l'exerce.

— Tu accepterais de postuler ailleurs ?

— Tout est possible. On peut aller n'importe où, Kate. N'importe où dans le monde ! On va être parents, tu te rends compte ? C'est fou !

— Tu penses à un endroit en particulier ?

— J'aimerais qu'on s'installe quelque part où il y a du soleil, des plages, de bonnes écoles et d'excellents hôpitaux. En Australie, par exemple.

Kate le fixa un instant, bouche bée.

— Tu es sérieux ?

— Pas vraiment, mais les possibilités qui s'ouvrent à nous sont très excitantes. Je pense que ce serait encore mieux en Nouvelle-Zélande. J'ai un copain qui y habite depuis plusieurs années. Il prétend que c'est le seul endroit au monde où il voudrait élever ses enfants.

— Tu es complètement fou ! s'exclama Kate en secouant la tête.

— Ce qu'il nous arrive est fou, mais c'est un fait, répliqua-t-il en l'attirant contre lui pour esquisser un pas de danse. Nous nous sommes choisis mutuellement, nous avons décidé de fonder une famille. Alors, pourquoi ne pas entamer une vie complètement nouvelle ?

Son excitation se muait en pur bonheur. L'avenir se présentait sous un jour meilleur que tout ce qu'il aurait pu prévoir. Kate ne lui briserait jamais le cœur. Leur union était fondée sur l'amitié, la seule base fiable pour construire une relation. Elle voyait les choses exactement comme lui, et elle était prête à s'engager, la preuve en était dans ce petit objet en plastique qu'il tenait à la main.

Lâchant le test, il cessa de danser pour prendre le visage de Kate entre ses mains et l'embrasser.

Ce fut un long baiser auquel, comme chaque fois, elle répondit comme si elle fondait littéralement dans ses bras.

Il avait eu bien raison de vouloir ressusciter leur pacte !

Il avait mesuré à quel point il aimait les enfants lorsqu'il les avait vus jouer des pieds et des mains pour attraper les petits cadeaux et les friandises que les compétiteurs leur lançaient pendant ce cortège marquant la fin de la compétition. Auparavant, il y avait eu ce moment de complicité avec le petit garçon qui jouait un rôle dans le faux accident de bus.

Et soudain, tout se mettait en place plus facilement qu'il ne l'aurait cru possible. Tout cela grâce à Kate !

Se détachant d'elle au prix d'un énorme effort, il murmura :

— Merci.

Ouvrant les yeux, Kate battit des paupières comme si elle avait du mal à ajuster sa vision.

— Tu me remercies de quoi ? D'être enceinte ?

Il lui sourit.

— Merci d'être toi, d'être ma meilleure amie et de ne pas…

Il s'interrompit, ne sachant comment formuler sa pensée, et il sentit Kate se raidir, contre lui.

Elle le transperça de son regard bleu.

— Tu me remercies de ne pas être amoureuse de toi ?

Il laissa échapper un soupir de soulagement.

— Exactement ! Ce qu'il y a entre nous, ce n'est pas ce truc dingue auquel on ne peut pas se fier. C'est ce que nous voulons, donc nous savons que ça va marcher.

Elle s'écarta lentement de lui.

— Eh bien, c'était bien ce qui était écrit en petits caractères, non ?

Il fronça les sourcils, désarçonné.

Il y avait dans le ton de Kate quelque chose qu'il ne parvenait pas à identifier. Quelque chose qui le troublait, même si elle souriait.

Elle se pencha pour ramasser le test de grossesse qu'il avait laissé tomber.

— Nous avons conclu ce pacte parce que nous étions amis, précisa-t-elle. Si cela changeait, le contrat serait invalidé, non ?

Elle paraissait contrariée, mais pourquoi ?

Il la regarda jeter le test à la poubelle.

— Il est trop tôt pour que j'aie des envies bizarres, tu ne crois pas ? lança-t-elle.

Il ne voyait pas son visage, mais sa voix paraissait tout à fait normale.

— Tout dépend de ce que tu désires, dit-il.

Quant à lui, il savait ce qu'il voulait : l'embrasser, l'embrasser encore, l'entraîner vers son lit et oublier tout le reste jusqu'au lendemain latin.

— Des nachos, dit Kate. Le restaurant mexicain qui se trouve au coin de la rue fait les meilleurs que j'aie jamais goûtés.

— Tu veux sortir, ou on prend des plats à emporter ?

— On va les chercher. Comme ça, tu me montreras sur ton ordinateur tout ce que je ne sais pas à propos de la Nouvelle-Zélande.

— Waouh ! Tu es prête à envisager un tel bouleversement ?

Décidément, chaque fois qu'il croyait la connaître, Kate avait une nouvelle surprise en magasin pour lui.

— Eh bien… Jusque-là, tu as réussi à me convaincre de renouer le pacte et d'abandonner mon rêve d'un grand amour qui me soulèverait de terre. Et maintenant, nous allons avoir un bébé…

Les yeux brillants de Kate suggéraient que les larmes n'étaient pas loin, mais elle souriait toujours.

— Alors, continua-t-elle, je dirai qu'il y a de fortes chances pour que tu me persuades de commencer une nouvelle vie à l'autre bout du monde.

Qu'est-ce qui pouvait bien la contrarier ? Avait-elle écarté l'éventualité du mariage parce qu'elle pensait le satisfaire ? Peut-être était-ce plus important pour elle qu'il ne l'avait cru, surtout avec un bébé en route.

— À propos, dit-il, j'ai téléchargé les formulaires de la mairie concernant les demandes de mariage. J'ai pensé qu'on pourrait les remplir, au cas où.

Kate enfilait son manteau, prête à sortir pour aller chercher leurs plats.

— Au cas où quoi ? demanda-t-elle.

— Au cas où… Je ne sais pas… On déciderait que ce serait mieux pour notre enfant d'avoir des parents mariés. Et si nous envisageons vraiment d'émigrer, nous nous apercevrons peut-être que c'est plus facile pour un couple légal. Nous n'avons pas à fixer une date ou quoi que ce soit de ce genre. On fera exactement ce que tu souhaites.

— D'accord, merci, dit-elle en souriant de nouveau. Et maintenant, si on allait chercher à manger ?

Voyant l'expression de Kate se modifier fugacement, il eut l'impression qu'il ne s'était pas trompé : elle lui cachait quelque chose qui l'inquiétait. Il n'en était pas tout à fait sûr, mais elle semblait plus détendue. Il avait bien fait de lui proposer plusieurs options.

En ce milieu de matinée, toutes les lumières du service de pédiatrie étaient allumées.

Kate jeta un coup d'œil au ciel gris à travers une vitre embrumée.

— Il pleut encore.

— Eh oui, on est en Écosse, répliqua son interne en se dirigeant vers le patient suivant.

— Depuis combien de temps êtes-vous ici ?

— Deux ans. Mais j'ai présenté ma candidature pour un poste chez moi. On manque de pédiatres en Nouvelle-Zélande.

— C'est ce qu'on m'a dit.

Kate sourit à la jeune mère assise sur le lit, son bébé sur les genoux.

— Bonjour, Janet. Seigneur ! Tu as l'air contente, ce matin, Muriel !

Ce nom de grande personne appartenait à un bébé de trois mois aux cheveux roux et bouclés et au mignon petit nez. Après un combat terrible contre la pneumonie, Muriel avait quitté les soins intensifs depuis quelques jours.

Dès que Kate frôla son nez, le bébé lui adressa un sourire qui sembla aller d'une oreille à l'autre.

— Sa respiration est encore un peu sifflante, je vais l'ausculter soigneusement. Elle mange bien ?

— Elle est encore un peu fatiguée, si bien que je dois la nourrir peu et souvent. Je suis si contente de pouvoir l'allaiter de nouveau !

— C'est bien mieux pour vous deux.

Kate agita le pavillon du stéthoscope pour que Muriel puisse l'attraper. L'espace d'un instant, elle fut fascinée par les petits doigts qui exploraient ce nouveau jouet.

Les mains des bébés étaient tout simplement adorables !

Ces petites distractions lui étaient devenues familières. Elle avait eu près de trois semaines pour s'habituer à l'idée qu'elle était enceinte. Dans un avenir relativement proche, elle aurait un de ces êtres minuscules dans sa propre vie. Elle pourrait s'émerveiller à la vue de ces membres délicats, elle tiendrait dans ses bras son bébé, dont les sourires feraient du monde environnant un paradis.

Elle adorait déjà le bébé qui grandissait dans son ventre, bien qu'elle ne parvienne pas à lui attribuer un prénom d'adulte. Ses préférés étaient Emily ou Amy pour une fille, et James pour un garçon. Evidemment, James faisait très grand garçon, mais pour commencer ce serait Jamie.

Absorbée dans ses pensées, elle n'avait pas entendu une question de Janet.

— Pardon ?

— Je me demandais ce que je devais faire pour la protéger, une fois que nous serons rentrées à la maison. Je suis terrorisée à l'idée qu'elle puisse tomber de nouveau malade et que je la voie encore reliée à ce respirateur. Je… Je ne savais pas si je pourrais de nouveau la tenir dans mes bras, conclut la jeune mère d'une voix brisée.

— Le mieux que vous puissiez faire, c'est l'écarter le plus possible des personnes qui présentent des symptômes de maladie respiratoire, même si ce n'est qu'un rhume. Ne les laissez pas la prendre ou l'embrasser. Personne ne doit fumer près d'elle. Bientôt, elle sera en âge d'être vaccinée, c'est la meilleure protection. Assurez-vous que les personnes qui s'occupent d'elle sont bien vaccinées contre la coqueluche ou la grippe.

Après avoir récupéré son stéthoscope, Kate se tut, promenant le pavillon d'un poumon à l'autre pendant que Muriel la fixait de ses grands yeux bleus, l'une de ses petites mains agrippée au tube de l'appareil.

— C'est beaucoup mieux. Je pense que tu pourras bientôt rentrer chez toi, mon petit bout. Peut-être demain.

Le patient suivant était un petit garçon qui avait présenté à la suite d'une chute de trampoline une fracture sérieuse de la jambe nécessitant une intervention chirurgicale. Sean était un enfant brun extrêmement timide, qui cachait son visage contre sa mère chaque fois qu'un inconnu lui adressait la parole. Mais il était hospitalisé depuis assez longtemps pour que Kate lui soit devenue familière.

— Tu peux bouger les orteils pour moi, Sean ? lui demanda-t-elle. Ce petit cochon est allé au marché, celui-ci est resté à la maison, dit-elle en effleurant les doigts de pied de l'enfant. Oui ! J'ai vu celui-là bouger. Bravo !

Elle échangea un sourire avec la maman.

— Il fait de gros progrès.

— Quand sera-t-il plâtré ? Et quand pourra-t-il rentrer ? Mon mari est au bout du rouleau, avec nos aînés. Ma mère est super, mais elle ne peut pas rester en congé plus longtemps.

— Les chirurgiens vont le réexaminer après sa radio,

aujourd'hui. On devrait en savoir davantage dans l'après-midi. Je repasserai vous voir dès que possible.

Lorsqu'elles s'éloignèrent, l'interne secoua la tête.

— Je ne sais pas comment les parents de famille nombreuse tiennent le coup. Vous savez que Sean est le plus jeune de cinq enfants et que le plus âgé n'a que dix ans ? Ça doit être plutôt difficile.

— J'imagine, oui.

Un seul enfant suffisait à donner du souci. À mesure que les semaines passaient, Kate s'inquiétait davantage pour Georgia, qui allait devoir se débrouiller seule. D'autant que Luke était de plus en plus excité à l'idée d'entamer une nouvelle vie en Nouvelle-Zélande. Il avait déjà trouvé plusieurs postes disponibles, un à Auckland, la plus grande ville située dans l'île du Nord, et deux autres dans une agglomération plus petite, à l'extrémité de l'île du Sud. Cette région, du nom de Nelson, disposait d'un hôpital suffisamment important pour avoir besoin de deux pédiatres.

La veille au soir, Luke lui avait montré des photos, et elle avait pu voir le genre de paysages qu'ils pourraient contempler à deux pas de chez eux. Des plages d'une beauté spectaculaire, des forêts et des montagnes, le tout jouissant d'un ensoleillement exceptionnel.

— Vous êtes allée à Nelson ? demanda-t-elle à l'interne.

— Seulement en vacances.

— Il y a beaucoup de soleil ?

L'interne se mit à rire.

— C'est le moins qu'on puisse dire.

— C'est un endroit agréable, pour y travailler ?

— L'endroit rêvé, vous voulez dire. Il y a un grand hôpital et suffisamment de patients pour que ce soit intéressant. Mais je n'ai aucune chance d'y aller avant d'avoir accumulé un tas de diplômes ! Il y a tellement de demandes qu'ils peuvent se permettre de prendre les meilleurs.

Lorsque Kate ouvrit son parapluie en sortant de l'hôpital, elle repensa à cette conversation.

Elle devait retrouver Luke dans un pub tout proche, de l'autre côté de la grand-rue. Ils allaient manger rapidement avant d'aller voir une exposition.

Elle décida de lui répéter les propos de son interne, qui affirmait que Nelson était l'endroit idéal pour y vivre et y travailler. La perspective de la concurrence ne l'effraierait pas, bien au contraire. D'ailleurs, il n'avait aucune raison de s'inquiéter à ce sujet, puisqu'il était le meilleur dans son domaine. De son côté, elle avait travaillé dur pour se spécialiser. Que faudrait-il en déduire s'ils obtenaient facilement ces postes ? Que tout irait bien pour eux ?

Elle se hâta vers le passage pour piétons au carrefour des deux rues.

À l'idée qu'elle allait éventuellement émigrer, son estomac se noua.

Bon sang, comment pouvait-elle envisager d'abandonner Georgia ? Parce que le climat écossais ne lui convenait pas ? Parce que son rêve de la famille idéale méritait un environnement parfait ?

Peut-être son amie accepterait-elle de les suivre ? Après tout, elle n'avait aucune famille pour l'aider, ici. Et ce serait génial si leurs deux enfants pouvaient grandir ensemble comme des cousins.

À moins, évidemment, que le père inconnu ne soit l'un de ces ambulanciers néo-zélandais qui participaient à la compétition. Ce grand blond assis à leur table le premier soir, comment s'appelait-il ? Ken… Non, Dave.

Il s'était montré très amical. Georgia lui plaisait, et il était très loin de chez lui. Pourquoi n'aurait-il pas ajouté un zeste de sexe à l'engouement suscité par cette nouvelle rencontre ?

Bon sang ! Comment n'y avait-elle pas pensé plus tôt ?

Légèrement hébétée, elle s'aperçut que les feux étaient passés au vert depuis un certain temps et que les piétons qui attendaient pour traverser étaient presque parvenus de l'autre côté de la rue.

N'était-ce pas Luke là-bas, qui se tenait devant le pub ?

Souriante, elle leva la main pour lui adresser un signe, tout au plaisir de le voir.

Mais pourquoi n'était-il pas à l'intérieur, au chaud ? Il n'avait même pas de parapluie !

Les feux clignotaient, maintenant. Mais si elle patientait jusqu'à ce que les feux passent de nouveau au vert, il serait encore plus mouillé…

Elle se mit à courir.

La pluie tombait à verse, brouillant les projecteurs des phares. Quelqu'un klaxonna, et l'espace de quelques secondes elle tourna la tête, consciente qu'elle méritait vraisemblablement cet avertissement.

C'est pourquoi elle ne vit pas la voiture, sur la file suivante, dissimulée par le SUV qui donnait des coups de klaxon.

À cet instant, le feu passa au rouge pour les piétons, et elle ne vit plus que la lumière floue des phares qui s'approchaient d'elle.

Et ensuite, plus rien.

8.

Luke avait beau attendre Kate sur le trottoir, il n'avait pas froid. Quand il avait aperçu Kate au loin, une sorte de chaleur s'était répandue en lui. Il avait vu Kate attendre que les feux passent au vert. Il s'était demandé pourquoi elle mettait si longtemps à imiter les autres piétons.

Elle était visiblement plongée dans ses pensées. Sa réaction lorsqu'elle l'avait aperçu était révélatrice. Même à cette distance, il avait pu constater à quel point elle était heureuse de le voir.

Ce sourire…

Il avait l'impression d'être spécial, puisqu'il pouvait donner du plaisir à quelqu'un simplement en existant.

Il souriait à cette idée, lorsqu'il la vit se mettre à courir.

Les feux clignotaient, ce qui signifiait qu'il ne fallait plus tenter de traverser. Sauf que Kate enfreignait les règles parce qu'elle voulait être avec lui !

Jamais personne n'avait fait cela pour lui.

Il entendit le coup de klaxon du SUV, et il vit la voiture qui se trouvait sur la file suivante démarrer si vite que ses roues dérapèrent sur la chaussée mouillée.

Kate courait. L'espace d'un instant, il crut qu'elle allait parvenir de l'autre côté indemne. Mais ce ne fut pas le cas. Il la vit tomber tandis que son parapluie s'envolait gracieusement et tournait sur lui-même avant de heurter le sol.

Oh non !

Pendant une fraction de seconde, il demeura figé.

Plusieurs conducteurs se mirent à klaxonner, ne comprenant

pas pourquoi la circulation s'était brusquement interrompue. Cette cacophonie correspondait bien à la panique qui s'était emparée de lui.

Katy…

Il s'arracha à cette immobilité temporaire. Pendant qu'il gagnait en courant le milieu de la chaussée, des gens sortaient de leurs voitures.

— Qu'est-ce qui se passe, bon sang ? cria un homme.

— Appelez une ambulance, fit un autre.

— L'hôpital est en bas de la rue, répliqua un troisième.

— Alors, appelez la police.

Quelqu'un ramassa le parapluie de Kate et le tint au-dessus d'elle.

Luke dut se frayer un chemin parmi la foule qui commençait à s'amasser.

— Laissez-moi passer, je suis médecin !

Il s'agenouilla près de Kate, ignorant la flaque sous ses genoux et la pluie qui dégoulinait le long de son visage.

Ses yeux étaient fermés. Respirait-elle ?

Il posa la main sur son crâne, pas seulement pour prévenir tout mouvement au cas où elle souffrirait d'un traumatisme cervical, mais parce qu'il avait besoin de la toucher. Il plaça doucement son autre main sur son ventre pour vérifier qu'il était soulevé par la respiration.

— Kate ? Tu m'entends ?

Il sentit les muscles de Kate se contracter sous sa paume, puis elle battit des paupières.

— Reste tranquille, chérie. Ne bouge pas.

Il entendit le hurlement tout proche d'une sirène.

— Écartez-vous ! cria quelqu'un.

Un véhicule de police zigzaguait parmi les voitures qui avaient stoppé maintenant dans les deux sens. Un peu plus loin, le gyrophare d'une ambulance clignotait.

Kate émit un petit gémissement de détresse.

— Tout va bien se passer, Katy.

Mais était-ce vrai ? N'était-elle pas gravement blessée ?

Il était paralysé par une panique qui n'avait rien de professionnel. Bien sûr, Kate était consciente, ses voies aériennes étaient dégagées, puisqu'elle respirait, mais il avait besoin de vérifier si elle ne souffrait d'aucune lésion majeure. Une hémorragie, par exemple.

C'était aussi bien que les ambulanciers soient là, maintenant. Il avait simplement à maintenir la tête de Kate immobile.

— Tout va bien se passer, ne cessait-il de répéter.

— Quelqu'un a vu ce qui s'est passé ? demanda un ambulancier. La voiture allait vite ? Cette jeune femme s'est-elle évanouie ?

— Oui, dit Luke. Elle était inconsciente quand je suis arrivé près d'elle.

— On lui met un collier cervical, et on l'emmène.

— Non, dit Kate en tentant de se redresser. Je vais bien.

— Je crois qu'elle est tombée, dit l'un des badauds. Je ne suis pas certain que la voiture l'ait vraiment touchée à cause de la pluie qui brouillait ma vision. Tout s'est passé très vite.

— Reste tranquille, Kate, dit Luke. On va t'emmener aux urgences pour que tu sois examinée.

Pour l'instant, peu importait qu'elle soit tombée ou qu'elle ait été renversée. Sa tête avait heurté le sol suffisamment fort pour qu'elle perde connaissance, ce qui pouvait indiquer un traumatisme crânien.

Un collier cervical fut fixé autour du cou de Kate, et la civière de relevage séparée en deux parties, de façon à être placée de chaque côté du corps sans modifier l'alignement de la colonne vertébrale. On posa sur elle des couvertures chaudes.

L'hôpital était tout proche, mais l'ambulance fut ralentie par l'embouteillage. Quand ils parvinrent devant les portes des urgences, Kate et Luke frissonnaient tous les deux.

— Tu es trempé, dit Kate. Je suis tel… tellement désolée, Luke. C'est ma faute.

— Chut ! On s'en fout. Tu n'as pas mal ?

Un médecin les attendait dans la salle de réanimation.

— On la met sur un lit, dit-il. Un, deux, trois…

Les yeux du praticien s'écarquillèrent.

— Kate ?

— Elle a perdu connaissance après avoir été heurtée par une voiture, déclara un ambulancier.

— C'est ma faute, souffla Kate. Les feux passaient au rouge, et j'ai couru.

La civière de relevage fut déclipsée et retirée. Le médecin maintenait immobile la tête de Kate.

— Aucune difficulté pour respirer ?

— Non.

— Pas de douleur ?

Des membres de l'équipe médicale déshabillèrent Kate. Quelqu'un plaça des électrodes sur sa poitrine pour un électrocardiogramme.

— Non, je ne crois pas. J'ai peut-être un peu mal à la tête.

Ses cheveux mouillés formaient une masse sombre contre l'oreiller. Horrifié, il vit une tache rose apparaître.

— Elle saigne ! cria-t-il.

Le médecin leva les yeux vers lui.

— Vous êtes… ?

— Luke Anderson. Je suis…

Il hésita.

Que pouvait-il dire ? « L'ami de Kate », « le père du bébé de Kate » ? Il était bien plus que ces deux étiquettes !

Il était celui qui aimait assez Kate pour vouloir passer le reste de sa vie avec elle. Celui qui l'aimait tellement que, pendant cet instant atroce où il était resté figé sur le trottoir, il avait su qu'il ne pourrait pas vivre sans elle.

Seigneur ! Il était amoureux d'elle !

Il lui semblait à présent qu'il l'avait toujours été. Cette vérité était restée cachée jusqu'à ce choc affreux.

— Luke est chirurgien, précisa Kate. Il travaille à l'Hôpital royal pour enfants d'Édimbourg, et il est... Il est mon fiancé.

Son fiancé ?

Pourtant, elle avait écarté l'idée d'un mariage à la mairie !

L'infirmière qui passait le brassard du tensiomètre au bras de Kate ordonna :

— Restez tranquille, Kate !

— On célébrera ces fiançailles plus tard, dit le médecin en souriant. Pour l'instant, je veux savoir si tu présentes des lésions internes. Tension ?

— 9,5/6.

— J'ai toujours eu une tension assez basse, dit Kate d'une voix plus ferme. Regardez... Je peux bouger mes doigts et mes orteils sans douleur.

— On va te faire une radio de la colonne vertébrale avant d'enlever ce collier. Tu as heurté le sol assez fort pour perdre connaissance, même si ça n'a pas duré longtemps. Et je n'aime pas l'aspect de ce bleu, sur ta hanche. C'est peut-être l'endroit où la voiture t'est rentrée dedans. On va vérifier si tu ne souffres pas d'une fracture du bassin.

— Non, pas de radio.

Il y eut un bref silence.

Kate leva vers Luke des yeux assombris par l'inquiétude.

— Je suis enceinte.

Comme il lui prenait la main pour la serrer légèrement, elle s'agrippa à la sienne.

Cela tombait bien, parce qu'il ne voulait pas la lâcher. Leurs doigts entrelacés constituaient une ancre qui le maintenait sur ses pieds, dans un espace où il avait l'impression de perdre totalement le contrôle de lui-même.

Il était tombé amoureux de Kate, la seule chose qu'il s'était juré de ne pas faire. On ne pouvait pas s'y fier, et Kate était du même avis. Quelques jours auparavant, elle lui avait dit qu'elle n'était pas amoureuse de lui et que c'était la seule raison pour laquelle leur pacte pouvait fonctionner.

Il entendait clairement sa voix :

« Si cela changeait, le contrat serait invalidé, non ? »

« Tu as réussi à me convaincre de renouer le pacte et d'abandonner mon rêve d'un grand amour qui me soulèverait de terre. »

— Bien, dit le médecin. Tu vas rester en observation, alors. Nous ne ferons pas de radio jusqu'à ce que nous sachions à quoi nous avons affaire. Maintenant, je vais examiner ta tête. Quel jour est-on, Kate ?

— Mercredi.

— Quelle heure ?

— Euh… J'ai quitté l'hôpital un peu après 17 heures. J'étais en retard à mon rendez-vous avec Luke. Ouille !

— Je t'ai fait mal ? Tu as une belle bosse, et tu es un peu écorchée, mais je ne crois pas que tu nous fasses une fracture du crâne.

— La plaie est superficielle, confirma un interne. L'abdomen est souple, le bassin stable.

— Je crois que j'ai glissé, dit Kate. Je me rappelle avoir vu les phares tout proches, et j'ai pensé que je devais m'écarter.

Le médecin défit les courroies du collier cervical et palpa la nuque de Kate.

— Pas de douleur ?

— Non.

— Essaie de bouger doucement le cou. Baisse le menton, lève-le. À droite, à gauche. Ça va ?

— Très bien. J'ai juste un peu mal à la tête, mais rien qu'un peu de paracétamol ne puisse soulager. Je peux m'asseoir ?

On glissa un oreiller derrière elle, mais elle ne lâcha pas la main de Luke quand on l'aida à se redresser.

C'est à cet instant qu'il la vit grimacer.

— Qu'est-ce qu'il y a ? Où as-tu mal ?

— Ce n'est rien, répondit-elle en posant la main sur son ventre. Juste une crampe.

Luke, alarmé, échangea un regard avec le médecin.

Levant les yeux, Kate surprit cet échange.

— Quoi ? Le choc n'a pas été assez violent pour faire du mal au bébé.

— On va faire une échographie. Tu es enceinte de combien, Kate ?

— Environ sept semaines, je crois.

— Tâche de ne pas t'inquiéter. On va t'emmener hors des urgences et t'installer dans un endroit un peu plus calme. De toute façon, tu dois rester en observation. Tu sais que tu as eu de la chance ? ajouta le médecin quand un infirmier commença à pousser le lit.

Kate ne prenait pas la peine d'essuyer les larmes qui ruisselaient le long de ses joues, pas plus que d'ouvrir les yeux.

De la chance ?

— Ça aurait pu être pire, fit la voix enrouée de Luke. Tu aurais pu mourir, Kate.

Elle voulut hocher la tête, mais cela ne fit qu'aggraver sa migraine. Posant la main sur son visage, elle laissa échapper un long soupir.

— Tu n'es pas obligé de rester là toute la nuit, Luke.

— Je n'irai nulle part.

Elle fit l'effort d'ouvrir les yeux.

— Ne sois pas bête ! Tes vêtements sont encore mouillés. Ma mère te dirait que tu risques d'attraper la mort en ne te changeant pas.

— C'est un mythe urbain, comme le principe que le petit déjeuner est le repas le plus important de la journée.

— Depuis quand as-tu mangé, justement ?

— Je n'en sais rien. Sans doute à la même heure que toi.

Le petit sourire en coin de Luke montrait qu'il appréciait sa sollicitude. Mais elle avait besoin d'être seule pour affronter la réalité qui lui brisait le cœur.

— Je vais bien, Luke.

Il fallait qu'il la croie, tout comme elle avait besoin de croire qu'elle n'était pas amoureuse de lui.

S'il savait combien elle désirait qu'il continue de lui tenir la main en lui répétant que tout allait bien se passer, comme il l'avait fait quand elle gisait sur la chaussée !

Mais il risquait de deviner ce qu'elle ressentait : sa peur de le perdre en même temps que leur bébé.

Le pacte parfait commençait-il à s'effilocher ?

— Ce n'est pas comme si c'était… réel, dit-elle en refermant les yeux.

— Qu'est-ce que tu veux dire ? Bien sûr, que c'était réel !

Il avait raison. Le bébé l'avait été, tout comme de savoir qu'ils allaient être parents. Ils avaient même cherché le meilleur endroit du monde pour l'élever.

Peut-être était-elle en train de dire qu'il y avait quelque chose d'artificiel, dans leur pacte… Ou bien que Luke ne souffrait pas autant qu'elle de la perte de cet enfant.

Comme le silence se prolongeait, elle ouvrit les yeux.

Ce qu'elle vit dans ceux de Luke était troublant. Il semblait tellement fatigué ! Triste.

Ce n'était pas juste de penser qu'elle était la seule à éprouver du chagrin. Luke avait été vraiment heureux en apprenant qu'elle était enceinte. Comme si cette grossesse le confirmait dans l'idée qu'un mariage de raison était ce qu'il y avait de mieux pour eux.

À moins qu'autre chose ne l'inquiète…

Le cœur serré dans un étau, elle se demanda s'il ne remettait pas leur pacte en cause.

— Je voulais juste dire que c'est arrivé si vite que nous avons à peine eu le temps de nous habituer à l'idée d'être parents, dit-elle doucement.

Visiblement peu convaincu, Luke hocha la tête.

— Tu es sûre que ça va, Kate ?

Au prix d'un énorme effort, elle parvint à sourire.

— En tout cas, ça ira, affirma-t-elle. Pour l'instant, j'ai un mal de tête lancinant, et tout ce que je veux, c'est dormir.

— Tu resteras ici jusqu'à ce qu'ils soient d'accord pour te laisser partir ?

— Oui.

— Mais tu ne peux pas rester toute seule chez toi. Il te faut auprès de toi quelqu'un capable de reconnaître les symptômes d'un traumatisme crânien.

— Georgia est tout à fait compétente. Elle doit m'apporter des vêtements propres, et elle m'a dit qu'elle s'était arrangée pour rester à la maison demain.

Ce n'était pas un problème, car son amie avait prévenu sa direction qu'elle était enceinte. Dorénavant, elle ne parcourrait plus les routes dans son ambulance. Depuis quelques semaines, son ventre s'était bien arrondi…

Mais Kate refusa d'y penser.

C'était le genre d'expérience qu'elle ne ferait pas elle-même dans un futur proche.

— Vas-y, Luke. J'ai juste envie de dormir, alors il est inutile que tu restes ici.

— Mais…

Il se tut, comme s'il hésitait à dire quelque chose qu'elle ne voulait pas entendre.

Elle ferma les yeux pour lui faire comprendre que la conversation était close.

— Pars, s'il te plaît. Je t'appelle demain.

— Tu es certaine de pouvoir le faire ?

Kate continua de gravir la pente raide.

— Cesse de me dorloter, Luke, je ne suis pas en verre.

— Pas de migraine, aujourd'hui ?

— Je n'en ai pas eu depuis une semaine. Je vais bien, et ma

chute date de deux semaines, maintenant. J'ai repris le boulot, et j'avais besoin de ces deux jours de congé. Maintenant, j'ai hâte de visiter l'intérieur du château d'Édimbourg.

— Moi aussi.

Les sourcils froncés, Luke secoua la tête.

Kate avait beau avoir « repris le boulot », comme elle disait, rien n'était plus pareil depuis qu'elle avait perdu le bébé. Il avait essayé de lui en parler, mais elle avait balayé la question comme si ça n'avait aucune importance :

« Tout s'est passé trop vite et trop facilement », lui avait-elle dit, « nous savons tous les deux que les contes de fées n'existent pas dans la vraie vie. »

Dès qu'on lui avait donné le feu vert, elle s'était noyée dans le travail, et elle semblait avoir repris le cours de sa vie sans aucun problème.

Trop bien, peut-être ?

Lorsqu'il lui avait proposé de visiter le château d'Édimbourg, elle avait accueilli la proposition avec enthousiasme, comme si elle n'attendait que cela. En le retrouvant au pied de la colline, elle arborait un sourire éclatant, et le baiser rapide qu'elle avait déposé sur sa joue lui avait dit combien elle était contente de le revoir.

C'était elle qui relançait la conversation chaque fois qu'il y avait un silence, comme c'était le cas depuis deux minutes.

— Regarde ! Une autre distillerie de whisky.

— C'est une étape très populaire, par ici. On peut la visiter. Il y a aussi un vendeur de kilts. Tu veux en essayer un ?

— Non merci ! répondit Kate en riant. Et toi ?

— J'aurais trop peur d'en porter un par un jour de grand vent.

Il réprima l'envie de lui prendre la main tandis qu'ils montaient vers le château emblématique situé au sommet de la colline.

Il ne lui avait pas tenu la main depuis cette affreuse nuit aux urgences. Ils n'avaient pas non plus fait l'amour, et ça le tuait que Kate n'ait pas l'air de s'en soucier. On aurait dit que la perte de cet enfant avait détruit toute intimité entre eux.

Il aurait voulu lui dire qu'ils feraient un autre essai et que tout irait bien, cette fois…

Mais comment faire une telle promesse ? Elle avait raison, les contes de fées arrivaient rarement dans la vraie vie, son mariage désastreux en était la preuve. C'était même la raison pour laquelle il avait voulu ressusciter le « pacte », dans l'idée qu'une union fondée sur l'amitié aurait plus de chance de fonctionner. Et il ne s'était pas trompé…

Du moins jusqu'au moment où il s'était enfin rendu compte qu'il était amoureux de Kate.

Désormais, il voulait le conte de fées, bon sang ! Il voulait toutes ces « fadaises », ainsi qu'il les avait appelées lorsqu'il tentait de persuader Kate que leur amitié constituait une base solide pour une relation durable.

Quelle ironie du sort ! Il avait réussi à la convaincre, à lui faire abandonner ses rêves de petite fille et, maintenant, c'était lui qui aspirait à davantage !

Comme de plonger dans les yeux de l'autre et ne plus pouvoir se détourner. Comme de connaître ce genre de télépathie qui permet de se dire plus par un seul regard que par un long discours…

Est-ce que cela leur arriverait un jour ? S'ils restaient ensemble, pourraient-ils construire sur ce qu'ils avaient déjà ?

Et, si c'était impossible, serait-il capable de le supporter ? Supporterait-il d'être amoureux sans exiger de réciprocité ?

En réalité, il n'avait pas vraiment le choix s'il voulait la garder.

Jetant un coup d'œil à Kate, il comprit qu'il était resté silencieux un peu trop longtemps.

— Je ne t'ai même pas demandé comment ça allait, à l'hôpital, s'excusa-t-elle.

— On est débordés. Hier, j'ai eu un cas difficile : un gamin de dix ans qui tenait un DVD à la main au moment de l'accident de voiture. Le disque lui a tranché le cou et a entaillé la carotide.

— Mon Dieu ! Il aurait pu perdre tout son sang en un rien de temps !

— Les ambulanciers ont été extraordinaires. Georgia ne t'en a pas parlé ? Elle faisait partie de l'équipe.

— Je l'ai à peine vue ces deux derniers jours. Parfois, nos horaires sont tels que nous ressemblons à des bateaux qui se croisent dans la nuit. Hier elle était couchée quand je suis rentrée, et ce matin j'ai fait la grasse matinée parce que c'était mon premier jour de congé depuis un bout de temps. Elle était partie quand je me suis levée.

Mais je pensais que son service avait été allégé en raison de sa grossesse ?

— Je lui ai posé la question. Apparemment, on lui a confié un de ces véhicules qui arrivent en renfort quand il s'agit d'un accident grave. Elle peut évaluer les besoins et effectuer un traitement en urgence, mais elle doit demander de l'aide s'il faut soulever ou transférer un patient.

— Tant mieux ! Elle détestait l'éventualité de se retrouver coincée derrière un bureau.

— Eh bien, cette fois, elle a eu une bonne dose d'excitation. Elle est repartie en hélicoptère avec le gosse, et quelqu'un d'autre a dû ramener sa voiture. Elle maintenait une pression sur la source de l'hémorragie et ne pouvait pas lâcher les compresses avant l'arrivée au bloc. Le gamin faisait un choc hypovolémique. Il n'était pas question qu'il perde davantage de sang avant que nous puissions le stabiliser. Nous l'avons perfusé dès qu'il est arrivé aux urgences, et ensuite j'ai pu clamper l'artère à l'instant même où Georgia a lâché prise. Ensuite, on s'est précipités au bloc. C'était très spectaculaire. On se serait cru dans un épisode de série médicale.

Il n'avait pas vraiment envie de parler boutique, mais, au moins, Kate semblait intéressée par son récit.

— Georgia voulait voir l'intervention, ajouta-t-il, alors

je lui ai permis d'enfiler une tenue et d'entrer dans la salle d'opération avec nous.

— Elle devait être surexcitée. Je suis sûre qu'elle va me raconter tout ça quand je rentrerai à la maison ce soir.

Il sentit sa gorge se serrer.

Cela voulait-il dire que Kate n'avait pas l'intention de passer la nuit avec lui ? Elle ne voulait pas partager son lit, même pour une heure ou deux ?

9.

Ça ne marchait pas. Kate avait beau déployer tous ses efforts pour que les choses redeviennent comme avant, rien n'y faisait.

Cette visite au château d'Édimbourg n'avait rien à voir avec leurs expéditions précédentes, comme le jour mémorable où ils avaient entrepris de trouver le monstre du Loch Ness. Il ne restait plus rien de ce compagnonnage facile et amical. Désormais, leur relation était gauche et embarrassée.

La visite de ce monument emblématique aurait pourtant dû être plaisante. Dès l'instant où elle était entrée par la Portcullis Gate, la porte à herse massive datant de 1570, elle avait été fascinée. Il y avait des musées à visiter, des marches à grimper et des ruelles pavées à parcourir. L'ancienne chapelle Sainte-Marguerite était belle, et le cimetière des chiens où les soldats enterraient leurs compagnons bien-aimés lui avait arraché quelques larmes.

Entre Luke et elle, un silence gênant s'était installé.

Ils avaient tenté de le rompre au même moment, afin de dissiper cette ambiance de plus en plus lourde. C'était le moment d'échanger un sourire, de se demander ce qui créait entre eux cette distance et ce qu'il fallait faire pour la réduire…

Mais elle avait hésité, et l'occasion était passée.

En réalité, elle se demandait si Luke souhaitait vraiment arranger les choses entre eux.

Lorsqu'ils avaient parlé de cet enfant victime d'un accident de voiture, elle avait cru qu'ils se retrouvaient sur un terrain solide, mais elle avait songé ensuite que c'était le genre de conversation qu'on pouvait avoir entre collègues.

Luke avait certainement été très impliqué quand on lui avait amené ce petit patient, mais, en lui rapportant l'événement, il paraissait très calme, presque las, comme s'il n'avait pas envie d'en discuter avec elle mais qu'il faisait un effort pour être poli.

— Qu'est-ce que le guide a dit, à propos des canons ?

Luke consulta le dépliant qu'il avait pris au guichet central.

— Euh… C'est une batterie de six pièces qui date des guerres napoléoniennes avec la France.

— Waouh !

Elle observa les armes impressionnantes.

Elle s'efforçait d'être gaie, pour convaincre Luke qu'elle s'était remise de sa fausse couche et que leurs projets d'avenir tenaient toujours, du moins en ce qui la concernait, mais quelque chose lui disait que Luke avait changé d'avis.

Il ne l'avait même pas embrassée, depuis le soir de l'accident… En tout cas, pas comme un amant.

L'idée de le perdre était effrayante. Sa vie ne serait plus jamais la même sans l'homme qu'elle considérait comme son âme sœur.

À un moment, ils se retrouvèrent légèrement à l'écart du flux de touristes sur les remparts. Ils contemplèrent longuement la vue spectaculaire.

Au-delà de la ville d'Édimbourg elle-même, il y avait des collines, des montagnes aux cimes enneigées, la mer…

Ce fut Luke qui rompit le silence :

— Je me demande combien de gens se sont tenus ici pour admirer ce panorama, dit-il en se tournant vers elle. Ils essayaient peut-être de trouver un sens à leur vie.

Elle sentit son cœur cesser de battre pendant une fraction de seconde.

Si elle hésitait, elle n'aurait peut-être pas d'autre occasion.

— Et, toi, Luke, qu'est-ce que tu veux vraiment ?

Malgré sa détermination, sa voix lui sembla faible et basse, dans ce décor majestueux.

Luke demeura silencieux si longtemps qu'elle pensa qu'il ne répondrait pas. Lorsqu'il le fit, il s'exprima lentement, d'une voix presque morne.

— Je pense que je veux saisir la vie à pleines mains et en tirer le meilleur. Je veux la partager avec quelqu'un qui ait les mêmes valeurs que moi.

La gorge de Kate se serra.

— Nous pouvons le faire.

Il lui jeta un coup d'œil de côté.

— Quoi ?

— Saisir la vie ensemble. Une nouvelle vie…

— Tu veux dire, en Nouvelle-Zélande ?

— Pourquoi pas ? Tu as envoyé ta candidature à Nelson ?

— Non. Je ne l'aurais pas fait sans t'en parler. Je n'étais pas certain que tu en avais envie.

La bouche sèche, elle comprit qu'il avait réfléchi de son côté. Peut-être avait-il fait des hypothèses sur ce qu'elle pouvait ressentir.

— Je ne vois pas pourquoi.

— Nous parlions d'y élever nos enfants. Tu aurais pu changer d'avis après…

— Après avoir perdu le bébé ? Je t'ai dit que ce n'était pas réel parce que j'ai été très rapidement enceinte, mais ça l'était vraiment pour moi. C'était stupide, sans doute, mais j'aimais ce bébé. Je me sentais déjà mère. Et je savais… Je savais combien je voulais que ce soit réel.

— Oh ! Katy ! s'exclama Luke en la prenant dans ses bras. C'*était* réel depuis le moment où nous l'avons su. Moi aussi, je me sentais père. J'étais au comble du bonheur. Quand je suis rentré chez moi ce soir-là après t'avoir laissée à l'hôpital, j'ai pleuré.

Elle enfouit son visage contre son épaule, s'imprégnant de sa chaleur et de son odeur.

Elle n'aurait pas dû le renvoyer, ce soir-là. Elle n'était pas la seule à avoir perdu quelque chose d'important. Ils auraient pu pleurer ensemble…

Mais elle avait eu peur de lui dévoiler son amour pour lui, ce qui l'aurait fait fuir. Même maintenant, dans ses bras, une sonnette d'alarme retentissait et une conversation imaginaire résonna dans son esprit :

« Tu es amoureuse de moi ? — Oui, je suis désolée… Je sais que j'ai enfreint les règles. — Je suis désolé aussi, Kate. Tu as tout gâché. »

Inspirant profondément, elle chassa ces voix importunes.

— J'ai cru que tu étais fou, tu sais ?

— À quel sujet ?

— Ton idée que l'amitié était la meilleure base pour une union durable. Je suis d'accord avec toi, maintenant.

Elle sentit une soudaine tension dans les bras qui l'enveloppaient.

— Si je comprends bien, tu ne crois plus que l'amour soit aussi important ?

— Ce que nous avons est mieux. Je… Je ne voudrais rien d'autre.

Le sentant se détendre, elle osa lever les yeux vers lui et esquissa un sourire tremblant lorsqu'elle vit la façon dont il la regardait.

Cette tendresse…

Elle aurait pu croire qu'il l'aimait autant qu'elle l'aimait, même s'il l'ignorait encore. Mais c'était suffisant. Sûrement, ce serait toujours suffisant.

Se dressant sur la pointe des pieds, elle lui offrit ses lèvres.

Luke accepta cette invitation sans hésiter. Leur baiser fut aussi tendre que son regard l'avait été, et elle sentit des larmes de soulagement lui picoter les yeux.

Tout allait bien se passer, désormais !

Ils poursuivirent la visite main dans la main.

— Tu veux vraiment que je postule à Nelson ?

— Si tu le souhaites, oui. Je chercherai quelque chose, moi aussi.

— Je te rappelle que c'est à l'autre bout du monde.

— Je suis au courant.

Elle serait avec lui, et c'est tout ce qui comptait.

— Tu laisserais tes amis derrière toi, Kate. Comme Georgia, par exemple.

— Oui. Ça m'a inquiétée, mais il m'est venu à l'esprit qu'elle voudrait peut-être émigrer, elle aussi.

— Tu crois ?

— N'en parle à personne, mais je soupçonne que le mystérieux père est cet ambulancier néo-zélandais qu'elle a rencontré en République tchèque. Je sais qu'elle était déterminée à être mère célibataire, mais je n'arrive pas à croire qu'elle ne veuille pas davantage. Qui sait ? Elle pourrait changer d'avis si elle vivait dans le même pays que le père de son enfant.

— C'est possible, répliqua Luke sur un ton distrait. Est-ce que sa grossesse ne rend pas les choses plus difficiles pour toi ?

— J'avoue que c'est dur.

— Tu ne voudrais pas essayer de nouveau ? C'est trop tôt, peut-être ?

— Je… Oui, j'en ai envie, mais pas tout de suite.

La visite était presque terminée, et le fossé qui s'était creusé entre eux paraissait réduit à quasiment rien. Dès qu'ils auraient trouvé un petit restaurant sympathique, elle pourrait boire de nouveau un verre de vin et se détendre.

L'appartement de Luke ne se trouvait pas très loin.

S'ils s'y rendaient et faisaient l'amour, elle saurait qu'ils avaient surmonté le premier obstacle réel dans leur relation.

Mais alors qu'ils redescendaient la colline, Luke toussota.

— Il y a autre chose…

Elle ralentit aussitôt le pas.

— Quand nous étions aux urgences, après ton accident, le médecin t'a demandé qui j'étais, et tu lui as répondu que j'étais ton fiancé.

Elle s'était immobilisée, ou peut-être Luke s'était-il arrêté dans l'attente de sa réponse. Le flot des touristes continuait de s'écouler autour d'eux, mais elle ne voyait que lui.

— Ça m'a semblé plus simple, expliqua-t-elle.

— Je le sais, mais… Ça m'a plu.

Quelqu'un lui heurta l'épaule, mais elle s'en aperçut à peine.

— Oh !

— Tu as dit que nous n'avions pas besoin d'un contrat de mariage, mais… Tu vas penser que c'est stupide, mais j'en ai vraiment envie.

— Ce n'est pas stupide.

— Alors, tu accepterais de m'épouser ?

La demande n'était pas plus romantique que la première fois, dans cette rue bondée. Mais le lieu était magnifique.

— Quand ?

— Bientôt. Je savais bien que j'avais raison de vouloir remplir ces formulaires. Si c'est possible, demain.

— Tu plaisantes ! Je n'ai même pas de robe.

Un large sourire aux lèvres, Luke l'attira dans ses bras.

— D'accord. La semaine prochaine, en ce cas. Les vêtements sont sans importance. Ce qui compte, c'est ce que nous ferons du reste de nos vies, et je veux la passer avec toi. Je t'aime, Katy.

— Tu es libre, mardi après-midi ?

Georgia ouvrit le réfrigérateur et regarda à l'intérieur.

— Je n'en suis pas sûre, pourquoi ? J'ai faim, mais je ne sais pas ce que je voudrais manger.

— Pas des œufs, en tout cas.

Georgia referma la porte en soupirant.

— J'ai dépassé ce stade maintenant, mais il n'y a rien qui me fasse envie là-dedans. Si on mangeait un curry dehors ?

— Tu crois que c'est une bonne idée ? Je suis en train de préparer une bonne salade.

Jetant un coup d'œil à la planche à découper devant Kate, Georgia fit la grimace.

— Je suis tellement affamée que ça ne me suffira pas. Qu'est-ce que tu dirais de nachos ? Tu adores les nachos.

— Mmm... Je ne peux pas le nier.

— On en profitera pour faire un peu de shopping. On n'a pas fait ça depuis des siècles.

Kate cessa de découper un poivron pour jeter un coup d'œil à son amie.

— C'est vrai que tu aurais bien besoin de vêtements de maternité. Je trouve que ton ventre est plus gros qu'il ne le devrait au bout de cinq mois de grossesse. Tu n'étais pas enceinte avant la compétition, par hasard ?

— Non... Mais il y a quelque chose que je ne t'ai pas dit.

— Vraiment ?

— Rien de grave, mais je craignais que tu ne t'inquiètes encore plus pour moi... J'attends des jumeaux.

Le couteau tomba avec bruit sur le comptoir.

Kate se laissa tomber sur une chaise, imitée par Georgia.

— Bon sang, Georgie ! Comment vas-tu t'en sortir avec deux bébés ?

— J'y arriverai.

— Mais si Luke obtient ce poste en Nouvelle-Zélande, je ne serai peut-être pas là quand ils naîtront. Je vais lui dire que je ne pourrai pas partir avant que tu sois rentrée chez toi et bien installée. Ou alors tu pourrais venir avec nous ?

— Je te l'ai déjà dit, je n'en ai nullement l'intention. Je suis écossaise, et je ne quitterai pas mon pays. Bien sûr, je vous rendrai visite. Eh ! Tu ne vas pas pleurer, tout de même ? Je suis très heureuse de ce qu'il m'arrive.

— Pour de bon ?

— Bien sûr ! Je vais fonder ma famille d'un coup. Je n'aurai pas à me mettre en quête d'un autre père pour que mon gosse ne soit pas enfant unique comme toi et moi.

— Mais tu devras tout avoir en double, ce sera plus cher !

Plus dur, aussi, parce que tu n'auras plus une vraie nuit de sommeil.

— C'est pour ça que je ne voulais pas t'en parler. Je savais que tu allais en faire tout un drame. C'est *mon* problème et *mon* choix. Je m'en sortirai, un pas après l'autre. Et je te prierai de ne pas en parler, même pas à Luke.

— Pourquoi ?

— Parce que je veux continuer de travailler le plus longtemps possible. Tu sais combien les rumeurs vont vite dans le cercle médical. Si tout le monde réagit comme toi, je n'aurai même plus le droit de conduire un véhicule léger. Du coup, je ne pourrai pas non plus économiser, et ma situation deviendra réellement pénible.

Kate se tut.

Faisait-elle un drame, comme Georgia le prétendait ?

Son amie semblait vraiment heureuse. Elle devait la soutenir.

— Et je ne veux pas que tu changes tes projets pour moi, continuait Georgia. Tu vas horriblement me manquer, c'est évident, mais je me réjouis que vous meniez une vie excitante en Nouvelle-Zélande. Luke et toi, vous êtes faits l'un pour l'autre. Est-ce qu'il t'a demandé de l'épouser ?

— Oui.

Georgia laissa échapper un cri.

— Et tu ne me le disais pas ?

— J'allais t'en parler, justement. C'est pour ça que je t'ai demandé si tu étais libre mardi. À 14 heures. J'ai besoin d'un témoin, doublé d'une demoiselle d'honneur.

— Tu veux dire qu'on n'a que trois jours devant nous ?

— Je ne suis au courant que depuis deux heures. Nous ne pensions pas le faire aussi vite, mais il y a eu une annulation à Édimbourg. Si on ne saisissait pas l'occasion, on risquait d'attendre des mois.

Georgia secoua la tête avec stupéfaction.

— Ça alors ! Je pouvais m'imaginer signer un papier à la va-vite si j'avais eu l'intention de convoler, ce qui n'est pas le cas. Mais toi ? J'ai toujours pensé que tu te marierais en robe meringue, avec les confettis roses et la musique gnangnan dégoulinant le long des murs de l'église pendant que tu remonterais l'allée centrale.

— Tout ça, c'est de la frime, ce n'est pas très important, répondit Kate en haussant les épaules.

— Ça l'est pour certaines personnes.

— J'aime Luke, et il m'aime.

— Il te l'a dit ?

Kate hocha la tête, un doux sourire aux lèvres.

Même si Luke pensait n'avoir pour elle que de l'affection, elle avait vu dans ses yeux tout ce qu'elle voulait savoir. C'était réel, et cela pouvait durer toute une vie.

Peu importe s'il n'était pas amoureux d'elle ou si ce mariage n'était qu'une formalité.

Mais alors… pourquoi son sourire s'effaçait-il ?

— Tu es heureuse ? demanda Georgia.

— Absolument !

Pourquoi essayait-elle de s'en convaincre ou d'en convaincre Georgia ?

— On est deux, alors, déclara celle-ci. Mais cette histoire de frime, ça ne s'applique pas à toi, non ?

— Qu'est-ce que tu veux dire ?

— Tu vas porter une belle robe, te coiffer, apporter des fleurs ?

— Oui, bien sûr. Je veux marquer cette occasion.

— J'en reviens donc à ma question : qu'est-ce que tu mettras ?

— Je n'en sais rien. Je n'ai pas eu le temps d'y réfléchir.

— Il te faut une tenue neuve.

— Tu crois ?

— Évidemment ! C'est le début du reste de ta vie. Il y aura des photographes. Bon sang ! On me photographiera, moi aussi, je ne veux pas ressembler à un sac de pommes de terre…

Georgia agrippa un coin de table pour se lever.

— Viens ! On va faire du shopping.

Georgia recula d'un pas, la brosse soufflante à la main.

— Qu'est-ce que tu en penses ? demanda-t-elle.

Kate se regarda dans la glace.

Ses boucles blondes lui frôlaient les épaules, et grâce à Georgia elle était parfaitement maquillée. D'un bleu un peu plus foncé que ses yeux, sa jolie robe de soie était recouverte d'un filet de dentelle. Le simple bouquet de marguerites qui l'attendait au rez-de-chaussée compléterait cette tenue idéale pour un mariage à la mairie.

Le timing était parfait aussi. Elles avaient quitté le travail suffisamment tôt pour avoir le temps de se préparer, et elles avaient encore une demi-heure pour se rendre à Édimbourg et trouver une place où se garer en centre-ville.

Elle y était enfin : elle allait se marier.

Tétanisée, elle croisa dans le miroir le regard de son amie.

— Je ne peux pas faire ça.

— Oh ! toi, tu es nerveuse. C'est bien normal. Je vais t'apporter un verre de vin.

— Non. Ce ne sont pas les nerfs, et l'alcool ne changera rien. Je ne peux pas, c'est tout.

— Tu ne veux plus épouser Luke ?

— Ce n'est pas cela non plus. Je le souhaite vraiment. Plus que tout, même… Mais pas de cette façon.

— De quoi parles-tu ? De la mairie ?

Georgia ôta la prise du mur mais garda la brosse à la main pour s'asseoir lourdement sur le lit.

— J'avais raison, dit-elle. Tu veux la robe meringue et les pétales de roses.

— Je ne peux pas épouser un homme à qui je mens de cette façon.

— Qu'est-ce que tu veux faire ? Ne pas y aller ?

Kate porta la main à sa bouche.

Et plaquer celui qu'elle aimait ?

— Non, bien sûr que non…

— Tu veux envoyer un SMS à Luke pour le prévenir que tu ne viens pas ?

— C'est impossible.

— Tu préfères lui téléphoner ?

— Je ne sais pas quoi faire, Georgia, mais il me semble que c'est mal.

Georgia se leva calmement.

— Très bien. Alors, voici ce que je te propose : nous allons nous rendre à Édimbourg, et tu pourras me parler pendant le trajet. Si tu ressens toujours la même chose, tu appelleras Luke, ou tu lui parleras face à face.

Face à face ?

Oui, c'était l'attitude la plus courageuse. Luke méritait qu'elle soit franche envers lui.

Heureuse que Georgia ait pris les choses en main, Kate la suivit au rez-de-chaussée. Omettant de prendre son bouquet, elle sortit et gagna la voiture. Elle entendit la porte claquer derrière elle, puis Georgia se glissa derrière le volant et lui tendit les marguerites.

— Au cas où, murmura-t-elle.

Dès qu'elles eurent quitté l'allée, Georgia appuya sur l'accélérateur.

— On n'a pas de sirène, lui rappela Kate. Lève le pied.

— Pardon, répondit Georgia en ralentissant un peu. C'est la tension, qui te fait péter un câble.

— Non. Je suis désolée d'avoir laissé les choses aller aussi loin. J'ignorais combien ça me semblerait tout d'un coup aussi important. J'ai vécu dans le mensonge.

À mesure qu'elle parlait, tout devenait plus clair dans son esprit.

— Luke tenait beaucoup à ce que notre relation soit fondée sur ce pacte stupide. Cela supposait que nous soyons très clairs sur ce que nous éprouvions l'un pour l'autre, sans être aveuglés par l'amour. Je lui ai laissé croire que j'étais du même avis, et je lui ai plus ou moins assuré que je n'étais pas amoureuse de lui.

— Ça lui est peut-être égal, puisqu'il t'a dit qu'il t'aime.

— Oui, mais pas de cette façon. C'est pareil quand je te dis que je t'aime.

— Tu ne l'as pas fait depuis longtemps, remarqua Georgia en se tournant vers elle avec un sourire. Tu m'aimes ?

— Bien sûr que oui ! Mais je ne suis pas amoureuse de toi.

— Encore heureux ! Nous avons déjà assez de problèmes. Moi aussi, je t'aime, ajouta Georgia en tournant dans la rue qui menait à la mairie.

Après cela, elles restèrent un moment silencieuses. La circulation était dense, et elles allaient être en retard.

— Regarde, il y a une place de libre ! C'est un miracle !

Une minute plus tard, elles étaient garées, et Georgia coupa le contact.

— Qu'est-ce qu'on fait, maintenant ? Tu veux appeler Luke, ou rentrer dans le bâtiment pour lui parler ?

Le cœur de Kate battait à cent à l'heure. Son téléphone tremblait dans sa main.

— Je ne peux pas lui téléphoner, mais, si j'entre, il croira que je vais l'épouser…

Et, si elle le rejoignait à l'intérieur de la mairie, elle se doutait qu'il serait incroyablement beau en costume cravate. Il lui adresserait peut-être le même sourire tendre que lorsqu'ils avaient visité le château d'Édimbourg, et elle n'aurait plus la force d'être honnête envers lui.

Georgia jeta un coup d'œil à sa montre.

— Il est presque 14 h 15, il faut qu'on fasse quelque chose. Si j'y allais ? Je lui dirai que tu veux lui parler, et je lui indiquerai où la voiture est garée. Ensuite, je m'esquiverai un instant pour vous laisser le champ libre.

Sans attendre de réponse, elle extirpa son gros ventre de dessous le volant et sortit de la voiture.

Kate la regarda gravir les marches du perron puis attendit.

Fermant les yeux, elle tâcha de ne pas penser à l'expression de Luke quand il s'assiérait près d'elle pour lui parler.

Il allait être très déçu quand elle lui dirait la vérité, mais elle ne pouvait pas agir autrement. Il lui faisait suffisamment confiance pour s'engager publiquement envers elle. Peut-être — elle l'espérait vaguement — ne verrait-il pas d'inconvénient à ce qu'elle soit amoureuse de lui. Mais, même s'il maintenait cette cérémonie, il avait le droit de connaître la vérité.

Les minutes s'écoulaient tandis que des pensées contradictoires tourbillonnaient dans son esprit. Elle serrait si fort son bouquet de marguerites qu'elle craignit de les voir se faner sous ses yeux.

Tout comme ses rêves d'avenir… ?

Les yeux baissés vers les fleurs, elle ne vit pas la personne qui approchait. La portière s'ouvrit brusquement sur Georgia, la faisant sursauter.

Il lui sembla que son cœur tombait dans sa poitrine telle une pierre.

— Que s'est-il passé ? Il… il ne veut pas venir ?

Georgia secoua la tête.

— Il n'est pas là, Kate.

— Quoi ? Il n'a même pas attendu un quart d'heure ?

— Ce n'est pas ça, dit Georgia en lui prenant la main. Je suis désolée, mais apparemment il ne s'est pas pointé du tout.

10.

— Qu'est-ce que tu fais ?

— J'appelle l'hôpital. Il se peut qu'il ait été retenu par une urgence quelconque, ce qui expliquerait qu'on tombe tout le temps sur son répondeur. Allô ! Ici, Georgia Bennett, des Ambulances d'Édimbourg. Je voudrais parler au Dr Luke Anderson.

Le cœur battant la chamade, Kate posa la nuque sur l'appuie-tête.

Les événements prenaient une tournure qu'elle n'avait pas prévue, elle ne savait pas comment réagir.

Elle entendit une voix répondre à l'autre bout de la ligne.

— Merci, dit Georgia. Non, aucun message.

Elle se tourna vers Kate.

— Le standard dit qu'il est injoignable toute la journée. Il a pris une journée de congé pour convenance personnelle. Où est-il ? s'exclama-t-elle d'une voix vibrante de colère. Comment peut-il te faire une chose pareille ?

Atone, Kate balaya du regard les immeubles avoisinants.

Bonne question. Sauf que c'était exactement ce qu'elle-même s'était apprêtée à lui faire. Elle avait beau ne pas comprendre ce qu'il arrivait, elle ne pouvait rejeter tout le blâme sur Luke.

Réprimant ses larmes, elle leva les yeux vers les remparts du château.

Luke et elle avaient admiré la vue de là-haut, et elle entendait les mots qu'il avait prononcés aussi clairement que s'il les lui avait murmurés à l'oreille.

« Je me demande combien de gens se sont tenus ici pour

admirer ce panorama. Ils essayaient peut-être de trouver un sens à leur vie. »

— Je crois savoir où il est, dit-elle.

— Parfait. En ce cas, allons le retrouver. Je savais bien qu'on ne peut pas faire confiance aux hommes ! Je pensais que Luke était différent, mais maintenant j'ai hâte de lui dire ce que je pense de lui.

Kate sourit à son amie.

— Tu n'en auras pas l'occasion. Tout ce que tu peux faire, c'est me déposer au sommet de la colline, devant les portes du château.

— Tu crois qu'il est en train d'admirer la vue ?

— C'est juste une intuition. Mais, même s'il n'y est pas, je prendrai le temps de réfléchir.

— Pas toute seule. Pour l'instant, tu as besoin d'une amie. J'attendrai quelque part, pas loin. D'accord ? Je me fiche de savoir combien de temps ça prendra. Envoie-moi un SMS quand tu voudras rentrer. Pendant ce temps, je vais acheter du chocolat et du vin.

Kate prit son billet d'entrée, un peu soulagée que son amie soit toute proche. Elle emprunta les marches menant aux remparts.

À défaut d'autre chose, elle risquait d'attraper froid. La journée était ensoleillée, mais il y avait assez de vent pour soulever le bas de sa robe et lui donner la chair de poule.

Elle obéissait à son instinct, mais Luke pouvait être à des kilomètres de là, en train de boire son troisième whisky dans un bar, soulagé de ne pas s'être engagé envers une femme à qui il ne pouvait pas faire confiance.

Une femme qui n'avait pas respecté les termes du pacte.

Il avait dû deviner qu'elle lui cachait la vérité, qu'elle lui avait menti par omission. D'une certaine façon, c'était une bonne chose, songea-t-elle tout en marchant.

Mais si elle perdait Luke ?

Elle stoppa un instant, submergée par le chagrin.

Mieux valait peut-être demander à Georgia de la ramener dans leur maison, où elle se cacherait un certain temps.

C'est alors qu'elle l'aperçut.

À cette distance, ce n'était qu'une silhouette, mais elle sut que c'était Luke. Et pas seulement à cause de sa haute taille, mais parce qu'il se trouvait exactement à l'endroit où elle avait pensé le trouver. Visiblement plongé dans ses pensées, il contemplait ce panorama qui l'avait fait s'interroger sur le sens de la vie.

Elle se remit à avancer, comme attirée par un aimant. Et, comme s'il sentait la même force magnétique, Luke se tourna vers elle alors qu'elle n'était plus qu'à quelques mètres de lui.

Il devint livide.

— Katy…

Vêtu d'un costume, une cravate nouée autour du cou, il était incroyablement beau. D'une certaine façon, elle fut réconfortée qu'il ait eu visiblement l'intention de se rendre à la mairie pour l'épouser.

Quoi qu'il en soit, à en croire son expression abasourdie, il ne s'attendait pas à la voir là.

— Seigneur ! Je suis venu ici parce que j'avais besoin de réfléchir, dit-il en retroussant sa manche pour regarder sa montre. J'ai complètement perdu la notion du temps.

— C'est trop tard, dit-elle d'une voix bizarrement calme. Ça ne se produira pas aujourd'hui, Luke.

— Tu m'as attendu, constata-t-il d'une voix brisée. Tu dois avoir pensé que j'avais changé d'avis et que je ne viendrais pas ?

Elle secoua la tête.

— Je n'ai pas pu entrer dans la mairie.

Luke pâlit encore si c'était possible.

— Pourquoi ?

— Parce que je n'ai pas été tout à fait honnête envers toi, dit-elle en frissonnant. J'ai enfreint les règles en tombant amoureuse de toi. Je t'aime depuis longtemps.

Il ne bougea pas un muscle, jusqu'à ce qu'un coin de sa bouche frémisse.

— Tout va bien, murmura-t-il.

Ce fut au tour de Kate de se figer sur place.

Tout allait bien ? Il ne lui en voulait pas d'avoir trahi leur pacte ?

Il s'approcha, et la chaleur de ses paumes sur ses bras la saisit… Presque autant que ce qu'elle entendit.

— Moi non plus, je n'ai pas respecté notre contrat, Kate. Moi aussi, je suis amoureux de toi. Oh ! Katy… Je t'aime tellement !

Il lui prit doucement le visage entre les mains avant de baiser ses lèvres avec une tendresse à fendre le cœur.

Ce baiser ne ressemblait à aucun autre, peut-être parce qu'elle pouvait pour la première fois s'abandonner à tout l'amour qu'elle éprouvait pour cet homme. Ou parce qu'elle recevait exactement le même message de la part de Luke. Elle sentait la puissance d'une passion égale à la sienne les emporter dans une sorte de tourbillon fusionnel.

Elle aurait voulu que cela ne s'arrête jamais.

Quand ils durent finalement s'écarter pour respirer, sa jupe s'enroulait autour de ses jambes sous l'effet du vent, et des mèches de cheveux lui balayaient le visage.

— Tu as froid, dit Luke en fronçant les sourcils.

Ôtant sa veste, il la lui posa sur les épaules.

Aussitôt, elle se sentit enveloppée par sa chaleur comme s'il la caressait intimement. L'espace d'un instant, elle fut transportée en arrière, jusqu'à cette nuit mémorable où ils avaient renoué le pacte d'un commun accord. Enveloppée dans l'anorak de Luke, elle avait respiré son odeur et éprouvé les premières vagues d'un désir intense.

Le charme ne s'était jamais dissipé. Il était même encore plus puissant aujourd'hui.

Luke lui prit la main.

— Viens, abritons-nous quelque part.

Malgré le flot des touristes, elle avait l'impression qu'ils étaient seuls au monde. Et, lorsqu'ils pénétrèrent dans la chapelle Sainte-Marguerite, ils le furent réellement.

Ils s'assirent à l'extrémité d'un banc, face à l'arche en plein cintre qui séparait la nef du chœur. L'autel baignait dans la douce lumière diffusée par le vitrail situé au-dessus de lui.

C'était l'endroit idéal pour célébrer la découverte de leur amour mutuel.

— Quand as-tu enfreint les règles de notre pacte ? chuchota Luke.

— Le soir où nous avons dîné dans ce restaurant italien. Tu venais de décréter qu'il valait mieux que nous restions amis et que tu n'avais plus confiance en l'amour. Ensuite, tu m'as persuadée de renouer le pacte.

— Je n'arrive pas à croire que j'aie dit ça, grommela Luke.

— Après ça, je ne pouvais pas t'avouer que je t'aimais. J'avais trop peur que tu ne disparaisses de ma vie sous prétexte que tu ne pourrais plus te fier à moi. Ensuite, j'ai menti. J'ai prétendu que je voyais les choses comme toi.

— Tu as fait du bon boulot, toi aussi, remarqua-t-il avec un petit sourire. Tu as été si convaincante que je n'ai pas osé te dire ce que j'éprouvais vraiment, de peur que tu ne disparaisses.

— Depuis quand le sais-tu ?

— Depuis que tu as été heurtée par cette voiture. Quand j'ai craint le pire, l'espace de quelques secondes, j'ai compris que je ne pouvais pas vivre sans toi. Mais tu sais quoi ?

— Oui ?

— Je crois que c'est ce que j'ai toujours senti au fond de moi. Simplement, je ne me rendais pas compte de ce que ça cachait.

Elle hocha la tête.

— Tu veux que je te fasse une confidence ? Quand on a fait connaissance, à la fac, j'ai vraiment eu le coup de foudre pour toi.

— Quoi ? Comment ne m'en suis-je jamais aperçu ?

— Je voyais la façon dont tu regardais les autres filles, et j'avais l'impression d'être invisible. J'ai commencé par dissimuler mes sentiments, et ensuite je me suis persuadée que j'en avais fini avec ça.

— Je devais être complètement aveugle ! Ou bien j'avais besoin de mûrir pour voir ce qui est réel et ce qui ne l'est pas. Nous avons perdu beaucoup de temps, conclut Luke avec tristesse.

— Il n'a pas été perdu, si c'est ce qu'il fallait pour nous amener là où nous en sommes maintenant.

— Je suis désolé pour la mairie. Il faudra peut-être attendre un bout de temps pour fixer une autre date.

— Ce n'est pas important.

Il l'embrassa avant de répondre.

— Je ne suis pas d'accord. D'ailleurs, ça ne me semble plus suffisant. Mon premier mariage était uniquement civil, mais je veux que nous procédions autrement.

— Tu fais allusion à la robe meringue et aux pétales de roses ?

— Tout ce que tu voudras. Oui, je souhaite faire les choses en grand, avec tous nos amis pour témoins et dans un endroit vraiment spécial. Comme celui-ci, par exemple.

— Il faut sans doute s'inscrire des années à l'avance !

— Nous avons déjà eu de la chance à la mairie. Les gens annulent parfois la cérémonie…

— Ou bien ils ne se présentent pas ! Je me demande s'il est fréquent que les deux fiancés manquent à l'appel.

— En tout cas, tu vas avoir le temps d'acheter ta robe meringue.

— Je n'en veux pas, mais tu as raison, j'ai aussi envie d'un vrai mariage.

À l'idée que Luke était amoureux d'elle, elle sentait une pure joie bouillonner en elle.

Un lieu sacré, une robe blanche, des vœux sincères échangés

devant leurs amis, la lente remontée de l'allée centrale vers l'homme qu'elle aimait…

— Tu sais quoi ? lança-t-elle. Qui ne risque rien n'a rien, alors renseignons-nous auprès du curé.

La fraîcheur du soir n'était pas la seule responsable des frissons qui couraient le long de la colonne vertébrale de Kate.

— Et s'il n'était pas là ?

Georgia émit un ricanement.

— Comme si c'était possible !

Elle balaya la tenue de Kate d'un œil critique.

Le bustier de dentelle incrusté de perles était joliment décolleté devant et révélait largement le dos derrière. Le drapé de soie ivoire, ceinturé sous la poitrine, frôlait les pavés de la cour intérieure.

— Ouf ! Je craignais que tu ne salisses le bas en montant les marches.

— J'ai fait très attention. Est-ce que le vent ne m'a pas décoiffée ?

— Tu es époustouflante, répliqua Georgia, les yeux embués par l'émotion, et j'adore ton bouquet, il est trop mignon.

— Toi aussi, tu es superbe.

Georgia caressa son gros ventre.

— Pour une demoiselle d'honneur qui ressemble à un petit éléphant, tu veux dire ? Grâce à cette robe portefeuille, je me sens plus élégante que je ne l'ai été depuis des mois.

Kate laissa échapper un soupir.

— Dis-moi que ce n'est pas un rêve.

— On le dirait bien. En revanche, j'ai du mal à croire que vous le fassiez ici, au château !

— Je sais. Nous avons de la chance que ce couple américain ait eu un problème de visas. Et que nous ayons fait une petite enquête pour connaître le seul jour qui ne comportait pas de liste d'attente.

Ensuite, tout s'était déroulé à merveille. Elle avait trouvé la robe idéale dans la première boutique où elle était entrée avec Georgia, et les entretiens d'embauche en Nouvelle-Zélande coïncidaient parfaitement avec une lune de miel prolongée.

— Et tu as gagné le gros lot, puisque la réception aura lieu dans la tour voisine ! Il y aura même un joueur de cornemuse quand tu remonteras l'allée centrale. Regarde ! Je crois qu'il se prépare. J'adore les hommes en kilt.

Kate regarda l'arche de pierre à l'entrée de la petite chapelle. La douce lumière qui s'en échappait devait provenir des douzaines de bougies. Les bancs seraient remplis par la vingtaine d'amis qu'ils avaient conviés. Luke devait déjà l'attendre devant l'autel.

Le joueur de cornemuse émit quelques sons grinçants en préparant son instrument.

— Tiens-toi prête, murmura Georgia.

— Non, fit une voix derrière elles. Attendez…

Elles se retournèrent pour voir un homme brun de haute taille venir vers eux. Il portait un costume sombre, et sa cravate couleur café offrait un saisissant contraste avec sa chemise d'un blanc immaculé.

L'espace d'un instant, Kate crut que c'était Luke, arrivé en retard à son propre mariage.

— Matteo ! s'exclama-t-elle en souriant largement. Tu as pu te libérer, finalement !

— J'ai cru ne jamais être là à temps, après que mon vol a été retardé par le brouillard, expliqua-t-il, hors d'haleine. Mais je n'aurais pas supporté que mon meilleur ami se marie sans moi.

Posant la main sur sa poitrine, il tenta de reprendre son souffle.

— Tu es… *bellissima*, Kate. Luke a bien de la chance.

— C'est certain, intervint Georgia. Salut, Matteo, ajouta-t-elle en jetant un regard accusateur à Kate. Tu ne m'avais pas dit que Matteo venait.

— Nous n'en étions pas sûrs. Luke va être aussi surpris que toi.

Mais sans doute s'en réjouirait-il davantage.

Était-ce pour cela que Kate avait omis d'en parler à son amie ? Elle avait senti que quelque chose se passait entre Georgia et Matteo pendant la compétition. Quelque chose qui ne s'était pas bien terminé, bien que Georgia ait toujours refusé d'en parler. Avait-elle écarté Matteo en faveur de Dave, le Néo-Zélandais que Kate soupçonnait d'être le père des jumeaux ?

Visiblement choqué, Matteo balaya du regard le ventre impressionnant de Georgia.

Il s'éclaircit la voix.

— Bonjour, Georgia. Tu sembles… euh… aller très bien.

— C'est exact, merci.

— Je ferais mieux de rentrer. Accordez-moi une minute, que je trouve ma place, d'accord ?

Matteo franchit l'entrée voûtée au moment où le joueur de cornemuse entamait un premier air.

— On y va, dit Georgia. Tu es prête ?

Elle souriait. Si la présence de Matteo n'était pas la bienvenue, il était clair qu'elle ne comptait pas gâcher ce moment par sa mauvaise humeur.

— Je suis on ne peut plus prête, répondit Kate. Il me semble que j'ai attendu cet instant toute ma vie.

— Je savais que tu finirais par trouver la bonne personne.

— Mais je ne me serais jamais doutée que ce serait Luke.

— Tu me remercieras plus tard. Il est temps d'y aller, ma chérie.

Mais Kate resta immobile.

— C'est grâce à toi, non ? C'est toi qui as eu l'idée de participer à cette compétition. Sans cela, Luke et moi, nous ne nous serions sans doute jamais retrouvés. J'espère… J'espère te rendre la pareille un de ces jours.

— Non merci, Kate. Assure-toi seulement de vivre heureuse très longtemps, d'accord ?

— Je ferai de mon mieux, dit-elle en souriant.

Du dehors le son lancinant de la cornemuse était simplement émouvant, mais à l'intérieur de la chapelle il se révéla assourdissant, comme les battements de son cœur.

Luke l'attendait devant l'autel, Matteo d'un côté et le prêtre de l'autre. Les bancs étaient bondés, mais il ne regardait qu'une seule personne : elle. Et son regard l'attira avec une telle force qu'elle eut le plus grand mal à marcher lentement.

Elle y était, à ces noces de rêve avec le seul homme à qui elle avait jamais souhaité s'unir !

Lorsqu'elle fut près de Luke, il lui adressa un sourire empreint de joie et d'amour.

Celui qu'elle lui retourna était tremblant.

Son cœur était trop gonflé, elle sentait que les larmes n'allaient pas tarder à jaillir. Des larmes d'allégresse, parce qu'elle avait trouvé son compagnon pour la vie.

ALISON ROBERTS

Des jumeaux pour le Dr Martini

Traduction française de
CAROLINE JUNG

BLANCHE

HARLEQUIN

Titre original :
TWIN SURPRISE FOR THE ITALIAN DOC

Ce roman a déjà été publié en 2018.

Prologue

— J'ai l'impression qu'on s'est perdues, dit Kate en regardant les grands arbres qui bordaient la petite route de montagne.

Kate avait repris le volant. C'était au tour de Georgia d'admirer le paysage, non loin de la frontière de la République tchèque.

Kate ne semblait pas très à l'aise, ce qui n'avait rien de vraiment surprenant. Des deux amies, Georgia était la plus délurée, celle qui prenait des risques et aimait partir à l'aventure. Et elle avait bien l'intention que cette expédition en soit une.

— Rappelle-moi qui a eu l'idée de participer à cette compétition internationale de secourisme, poursuivit Kate. Ah oui, c'est vrai : c'est toi…

— Prends-la comme un prétexte pour de nouvelles aventures, dit Georgia en la rassurant d'un sourire.

Elle ouvrit la boîte à gants et en sortit les cartes, afin de vérifier les données fournies par le GPS.

— Avoue que c'est beau, ajouta-t-elle.

Mais Kate ne semblait pas se réjouir.

— Les voyages sont toujours moins agréables que l'idée qu'on s'en fait, déclara-t-elle. Combien de kilomètres avons-nous déjà parcourus depuis l'Écosse ? Tout ça pour se retrouver dans un coin perdu en République tchèque ! Je n'ai jamais entendu parler du village perdu que nous sommes censées trouver.

— Rakovi. Ce n'est pas perdu, c'est une station de ski. Et c'est là qu'aura lieu la plus grande compétition de ce genre au monde. Cela fait des années que je rêvais d'y participer, avant même d'avoir mon diplôme d'ambulancière.

Elle avait tenté de convaincre ses collègues écossais de monter une équipe, et leur supérieur de les laisser partir en ambulance, mais ses efforts n'avaient pas porté leurs fruits.

C'est alors qu'elle avait entendu parler des équipes mixtes, ambulancier/médecin, qui pouvaient faire la compétition en voiture banalisée.

Kate était médecin…

Elle avait présenté la chose sous la forme d'un cadeau d'anniversaire assorti d'une bouteille d'excellent champagne. Kate n'avait pas pu refuser.

— C'est la première fois que j'entends ce nom-là.

— C'est parce que vous, les médecins, vous n'avez pas une âme d'aventurier.

Kate lui jeta un coup d'œil dépité.

— Je ne sais même pas si nous sommes encore en Pologne.

— Nous en sommes sorties depuis longtemps. Nous ne devrions plus être loin de notre but.

— Il ne faut pas que nous manquions l'inscription.

— Ne t'inquiète pas. Il y a deux cents équipes provenant de vingt pays différents. Si nous arrivons après les autres, nous aurons moins de queue à faire.

Kate ralentit pour franchir un petit pont qui enjambait un torrent de montagne.

— Il me tarde de voir toutes ces ambulances rouler, tous gyrophares et sirènes allumés ! s'écria Georgia. Il paraît que c'est une expérience dont on se souvient longtemps.

Elle avait bien préparé son aventure et rempli ses sacs de bonbons et de jouets aux couleurs de l'Écosse à distribuer aux enfants sur leur passage. Elle imaginait déjà les petits visages illuminés…

Elle pensait un peu trop souvent aux enfants, ces derniers temps.

— J'espère juste qu'il y aura suffisamment d'équipes qui

concourent dans notre catégorie, sans quoi nous risquons de devoir affronter des équipes de trois ou quatre personnes.

— Et, moi, j'espère juste que je ne vais pas te faire honte. Je suis pédiatre dans un hôpital tranquille, sans problème de personnel ni de matériel. Tu aurais dû faire équipe avec un secouriste ou un urgentiste.

— Toi aussi, tu es souvent confrontée à des urgences. Et, depuis le temps que tu me fréquentes et que tu roules avec moi, on pourrait largement te nommer ambulancière honoraire. Je suis sûre que tu t'en sortiras très bien. Et, de toute façon, nous sommes là pour nous amuser, pas nécessairement pour remporter le premier prix. Nous allons surtout faire des rencontres. Nous sommes deux magnifiques célibataires. As-tu la moindre idée du nombre d'hommes qui vont participer à la compétition ?

Des hommes médecins, ambulanciers ou étudiants en médecine, possédant un certain niveau d'intelligence, un esprit de compétition et le goût de l'aventure…

Parmi eux se trouvait peut-être le père idéal pour son enfant. D'autant qu'elle ne connaissait personne à Rakovi. Les gens venaient des quatre coins du globe. Elle pourrait garder son secret sans que personne n'interfère dans ses projets ni sa vie future.

— Tu ne renonces jamais, Georgia. Tu sors à peine d'une rupture catastrophique et tu es déjà prête à remettre ça !

La catastrophe en question était bien la dernière chose dont elle avait envie de parler. Le point positif, c'était qu'elle n'en était que plus résolue à éviter toute forme de relation suivie avec un homme, dorénavant. Elle n'avait plus ni temps ni énergie à consacrer à ce genre de chose.

Tout ce qu'elle voulait, désormais, c'était un enfant.

C'était un projet qu'elle n'était pas prête à révéler à sa meilleure amie et colocataire depuis des années. Kate était bien trop convenable. Elle avait des idées bien arrêtées sur la vie. Il avait suffi d'une réflexion au vol sur le fait que les hommes n'étaient utiles qu'à procréer pour comprendre que Kate n'approuverait jamais ses intentions. Elle l'avait regardée, horrifiée.

Depuis, Georgia s'efforçait d'avoir l'air détachée.

— Cela dit, je n'ai pas l'intention de tomber amoureuse.

N'était-ce pas la vérité ?

— Et d'ailleurs, le meilleur moyen d'oublier un homme n'est-il pas de consommer avec un autre ?

Kate secoua la tête mais sourit.

— Le sexe occasionnel ne m'a jamais tentée, dit-elle.

— Je sais. Tu es de la vieille école, Kate. Fleur bleue jusqu'au bout des ongles. Tu es persuadée qu'un jour tu apercevras le « bon » au milieu de la foule, que ce sera le coup de foudre et que vous vivrez heureux jusqu'à la fin de vos…

— C'est bon, Georgia, on a compris, grogna Kate sans cesser de sourire.

Puis elle redevint sérieuse.

— Tout ce que je veux te dire, c'est de faire attention, d'accord ?

— Oui, répondit-elle dans un soupir.

Kate lui jeta un coup d'œil inquiet.

— J'ose espérer que tu as renoncé à l'idée abracadabrante qui t'a traversé l'esprit quand ce salaud de Rick t'a laissée tomber.

— Je ne vois pas de quoi tu parles.

— Ça m'étonnerait. Tirer un trait sur les hommes et faire un bébé toute seule ?

Georgia fit mine de s'intéresser à la carte routière qu'elle tenait dans les mains. Elle ne pouvait pas prendre le risque que Kate ait le moindre soupçon. Elle avait posé une chape sur ses propres doutes, que personne ne devait soulever. Sans quoi son projet n'aboutirait jamais.

Elle avait presque la sensation d'entendre le tic-tac de son horloge biologique. À moins que ce ne soient les battements de son cœur ? D'excitation ou d'appréhension ?

Elle s'éclaircit la gorge.

— Je n'ai pas totalement tiré un trait sur les hommes, dit-elle. Et j'ai pratiquement oublié Rick. Il fait désormais partie du passé, comme tous les autres.

Mieux valait changer de conversation. Ses nerfs commençaient à se crisper et ce n'était pas une sensation agréable.

Il fallait qu'elle se détende. Elle n'était pas obligée de mener ce projet à bien. Elle ne rencontrerait peut-être personne qui ressemble de près ou de loin à ce qu'elle cherchait. Et, même si elle rencontrait l'homme idéal, quelles étaient les chances qu'elle tombe enceinte au premier rapport sexuel ? Elle n'était même pas sûre d'être dans la bonne période du mois, vu l'irrégularité de son cycle.

Elle avait d'autres raisons de se trouver là. Des tas de raisons toutes aussi réjouissantes les unes que les autres. Et ce n'était pas la peine non plus de poursuivre cette conversation périlleuse avec Kate. La distraction idéale venait d'apparaître sous ses yeux.

— Regarde ! Il y a un panneau. Plus que quinze kilomètres.

— Alléluia ! C'est bientôt fini !

— Non, Kate. Cela ne fait que commencer ! dit Georgia avant de pousser un cri de joie, les bras en l'air.

1.

Tout s'annonçait pour le mieux.

De plus en plus de femmes choisissaient d'embrasser la carrière d'ambulancière, traditionnellement réservée aux hommes. Pourtant, sur les centaines de personnes présentes à la compétition, la majorité semblait être des hommes.

Le genre d'hommes qui, à ses yeux, sortaient un peu du lot. Intelligents, confiants mais aussi suffisamment soucieux du bien-être et de la santé des autres pour leur consacrer une carrière. Des leaders nés qui portaient l'uniforme comme une seconde peau et non comme une preuve de réussite sociale ou d'autorité.

Si elle ne trouvait pas ici l'homme idéal pour être le père de son enfant, où le trouverait-elle ?

Un frisson lui parcourut l'échine, mais elle l'ignora, cherchant à se convaincre avec un argument qui lui parut tout à fait valable : après tout elle n'était pas la seule femme à vouloir un enfant sans conjoint.

Certes, elle aurait pu recourir à une banque de sperme et sélectionner le donneur en fonction de ses attributs physiques — sa taille, la couleur de ses cheveux —, de ses diplômes et de sa profession, de ses centres d'intérêt et de ses activités préférées. Le problème, c'est que toute sa démarche serait enregistrée et archivée quelque part. Elle préférait ne pas laisser de traces, à l'exception de l'enfant qu'elle porterait mais dont le père ignorerait l'existence.

Elle allait sélectionner un donneur d'une manière beaucoup moins clinique et beaucoup plus directe.

Un point la chiffonnait, néanmoins : le consentement du donneur en question. Mais à quoi bon s'en soucier tant qu'elle n'aurait pas trouvé un candidat acceptable ?

Lorsqu'elles arrivèrent enfin, entre la queue pour s'inscrire à la compétition puis l'installation dans leur chambre, elles n'eurent pas le loisir de tisser des liens avec les autres concurrents.

Mais cela changea lorsque, un plateau dans les mains, Georgia rejoignit Kate qui cherchait deux places libres dans l'immense salle à manger. Toutes les têtes semblaient s'être tournées vers elles, certaines arborant un sourire, et toutes manifestant un accueil chaleureux, voire franchement intéressé.

Un homme, en particulier, la fixait, une lueur impertinente dans le regard et, sur le visage, un air qui était en soi une invitation claire à occuper la place libre à sa table.

Georgia lui rendit son sourire.

— Kate, il y a deux places ici, dit-elle en se dirigeant vers la table du jeune homme aux boucles éclaircies par le soleil. On peut s'asseoir ?

— Je vous en prie, répondit-il, manifestement ravi. Moi, c'est Dave. Voici Ken. Et là, celle qui est en train de s'empiffrer, c'est Sally.

— Vous êtes australiens ?

— Néo-zélandais, soupira-t-il. Les gens confondent les deux accents alors qu'ils sont vraiment différents. Vous, par contre, vous êtes écossaise. Impossible de se tromper.

— Exact, confirma-t-elle en s'asseyant sur la chaise à côté de lui.

La Nouvelle-Zélande… Des forêts luxuriantes et des plages immenses, une publicité vivante pour une vie saine.

Le tout, à l'autre extrémité de la planète. Y avait-il un pays plus éloigné de l'Écosse que la Nouvelle-Zélande ? Impossible de ne pas prendre en compte ce critère, l'un des premiers sur la liste.

Son projet commençait à prendre un tour plus concret.

Elle scruta son assiette et piqua un ravioli dont la farce verte faisait penser à du persil, et s'étonna de le trouver meilleur qu'il n'en avait l'air à première vue.

— À voir vos uniformes, vous êtes ambulanciers ? demanda-t-elle.

— Oui, vous aussi ?

— Moi, oui. Kate, elle, est médecin. C'est la première fois que vous participez à cette compétition ?

— Oui, répondit Dave. Je n'ai jamais rien vu de tel.

— Et de quelle partie de la Nouvelle-Zélande venez-vous ? Vous vivez en ville ? À la campagne ?

— Nous sommes d'Auckland. C'est la plus grande ville du pays. Et c'est l'un des endroits les plus agréables à vivre. Il faut que vous veniez voir.

— Qu'est-ce qu'il y a de si intéressant là-bas ?

Les plages, la vie nocturne et la cuisine que ses nouveaux amis décrivirent étaient effectivement attrayantes mais, pour sa part, aller visiter Auckland ne figurait pas à l'ordre du jour. De moins en moins même, était donné que Dave semblait remplir un certain nombre de critères.

Il était grand, ce qui pouvait compenser sa taille à elle, légèrement en dessous de la moyenne. Il était beau et, à en juger par la lueur dans son regard, il était loin d'être idiot. De plus, son comportement vis-à-vis de ses coéquipiers n'était pas celui d'un sociopathe.

De prime abord, il réunissait un certain nombre de qualités qui le plaçaient déjà en haut du classement des candidats potentiels. Georgia sentit la culpabilité l'assaillir. Avait-elle l'intention de nouer des liens avec une personne simplement pour l'utiliser ? Tomber accidentellement enceinte était un phénomène suffisamment banal pour qu'il en devienne normal, mais le fait de planifier la chose était plus que dérangeant, sur le plan moral.

Elle jeta un coup d'œil à Kate, espérant presque que son

amie lise dans ses pensées et lui renvoie une expression choquée et totalement désapprobatrice.

Mais Kate ne la regardait pas. Les yeux rivés sur le contenu de son assiette, elle ne semblait pas prendre part à la conversation. Peut-être était-elle beaucoup plus mal à l'aise que Georgia se l'était imaginé quand elle l'avait persuadée de participer à la compétition.

Kate était une femme intelligente, travailleuse, et la meilleure amie qu'elle ait jamais eue, mais ce n'était pas une aventurière dans l'âme. Si le moindre changement se profilait dans sa routine quotidienne, elle réfléchissait automatiquement à la manière dont elle allait pouvoir s'organiser pour y faire face. Et changer de vie était pour elle impensable. En avouant à son amie qu'elle envisageait de se passer d'homme, y compris pour avoir un enfant, Georgia avait aussitôt compris qu'elle venait de commettre une erreur.

À moins que Kate soit en train de repenser au vieux copain de fac qu'elle avait croisé dans la foule au moment de l'inscription à la compétition. Elle avait compris qu'il était marié et il lui semblait avoir décelé un brin de déception dans la voix de Kate.

Contrairement à Georgia qui, après sa malencontreuse rupture avec Rick, avait écarté l'idée de trouver l'amour de sa vie, Kate y croyait toujours. Si quelqu'un méritait de tomber sur un prince charmant prêt à lui faire une déclaration et à fonder une famille dans la foulée, c'était elle.

Kate dut sentir que Georgia pensait à elle car elle leva enfin le nez de son assiette. Son regard passa alternativement de Georgia à Dave et le mouvement imperceptible de son sourcil lui confirma ce qu'elle savait déjà : Dave était sous le charme et il ne serait pas compliqué de transformer cette rencontre fortuite en une relation un peu plus poussée. Mais, curieusement, une telle éventualité ne fit naître aucune désapprobation dans son regard. Elle se mit enfin à bavarder avec Sally et Ken, sincèrement intéressée par la vie en Nouvelle-Zélande.

Georgia poussa un discret soupir, soulagé à l'idée que son amie se détende enfin. Avec un peu de chance, Kate prendrait goût à cette aventure et le week-end se révélerait bien plus amusant pour l'une comme pour l'autre.

C'était peut-être ce sur quoi elle-même ferait bien de porter son attention. Cette compétition était *avant tout* l'occasion de faire preuve de ses compétences d'ambulancière. Kate était suffisamment intelligente pour avoir raison la plupart du temps. Et ce projet de bébé, qui lui avait paru être l'idée du siècle quelques semaines plus tôt, était effectivement abracadabrant.

Et mauvais ?

Elle le chassa de ses pensées et se joignit à la conversation en évitant de croiser le regard de Dave jusqu'à la fin du repas. Lorsqu'ils sortirent de table, elle avait pris une décision : Dave était hors d'affaire. Elle n'avait rencontré qu'un seul candidat potentiel mais la sélection était terminée.

Elle n'avait pas besoin de la désapprobation de Kate parce que la sienne lui suffisait.

Les hommes qui faisaient don de leur sperme étaient conscients de participer à la conception d'enfants qu'ils ne connaîtraient jamais. Partir du principe que ce que l'on ignore ne peut pas faire de mal était irresponsable et… inacceptable.

Tous les hommes présents à Rakovi étaient hors d'affaire.

Elle en avait terminé avec sa liste de critères de donneurs potentiels. Fin du projet.

— Vous recevrez la liste des événements ce soir, entre 23 h 30 et minuit.

Georgia sentit l'excitation faire battre son cœur plus vite. Le jour J était arrivé. Elle avait entendu parler de cette compétition alors qu'elle était encore étudiante. Depuis, elle rêvait d'y participer. Telle était la *vraie* raison de sa présence en République tchèque. L'idée loufoque de mettre le grappin sur un homme avec l'objectif de rentrer enceinte en Écosse avait soudain perdu tout attrait.

— On vous donnera les coordonnées GPS du parcours et l'heure de départ, poursuivit l'un des organisateurs au micro. Veillez à vous présenter dix minutes avant. En cas de retard, vous ne serez pas admis à cette partie de la compétition.

Georgia prit Kate par le coude.

— Cela ne risque pas de nous arriver puisque tu es là, murmura-t-elle.

Au lieu de lever les yeux au ciel, Kate lui décocha un sourire. Peut-être était-elle gagnée, elle aussi, par l'excitation ambiante.

Le début de la compétition était prévu pour le lendemain matin, à 6 heures. Les équipes auraient différentes tâches à accomplir en vingt-quatre heures, entrecoupées de plages horaires prévues pour le repos et les repas. Un brouhaha s'éleva dans la foule dès la fin du discours.

À la surprise de Georgia, Kate se retourna aussitôt vers un homme qui se tenait près d'elle.

— Dans quelle catégorie courez-vous, tous les deux ? demanda-t-elle. Médecins ? Médecins et étudiants ?

Ce devait être l'ancien copain de fac auquel Kate avait fait allusion.

— Nous sommes médecin et ambulancier, répondit-il en passant son bras sur l'épaule d'un homme qui devait être son coéquipier. Je te présente Matteo Martini. C'est un ambulancier extraordinaire. Il est italien.

Georgia tendit le cou et sentit soudain les battements de son cœur accélérer à la vue du plus bel homme qu'elle ait jamais croisé dans sa vie. Il devait faire plus d'un mètre quatre-vingts. La virilité de ses traits se lisait dans ses cheveux bruns, souples et soyeux, et son regard aussi noir et corsé qu'un expresso italien. Et ce sourire… Un sourire en coin, un peu badin. Peut-être même espiègle.

Peu importe. En tout cas, le résultat était des plus sexy.

Georgia eut l'impression que son corps penchait vers le sien indépendamment de sa volonté. Sans réfléchir, elle ouvrit la bouche.

— Un Martini ? Avec plaisir. Pour moi, ce sera un extra-dry avec une olive, s'entendit-elle dire.

Une lueur de surprise traversa le regard brun avant que Georgia n'éclate de rire, transformant sa réponse ridiculement aguicheuse en simple blague potache.

— Je vous présente Georgia, intervint Kate. C'est ma coéquipière ambulancière et amie.

Kate et Luke prirent le chemin du bar, comme la plupart des participants en attente de la prochaine démarche à accomplir. Matteo et Georgia leur emboîtèrent le pas.

Georgia se sentit minuscule à côté de ce corps d'athlète si masculin. Et surtout ridicule après sa malheureuse intervention au cours des présentations.

Matteo, lui, semblait tout à fait à l'aise.

— Nous voilà ensemble, dit-il en se penchant.

Sa voix lui parut être de velours à son oreille.

Elle déglutit. Si sa réponse à elle avait été maladroitement flatteuse, le commentaire de Matteo était ouvertement séducteur. Son corps y réagit d'une manière qu'elle n'avait jamais expérimentée auparavant. Elle côtoyait cet homme depuis trente secondes et l'attraction qu'elle éprouvait était si forte qu'elle avait envie de…

Elle leva les yeux et croisa ce regard extraordinaire.

Envie de tout.

Elle détourna le regard, affolée, et se surprit à ne rien ajouter.

Elle n'osait pas répondre. Pire, elle se mit à éprouver une sensation sur laquelle elle n'eut aucun mal à mettre un mot.

De l'espoir.

Peut-être avait-elle trouvé l'homme qu'elle cherchait. Le bon.

Elle se secoua mentalement.

Combien de fois encore aurait-elle besoin d'avoir le cœur brisé avant de comprendre ? Elle s'était juré que ce serait la dernière fois. Elle n'était pas stupide au point de retenter l'expérience. Et de se retrouver au bras d'un homme, à l'église, baignant dans les promesses d'un bonheur éternel.

Jamais de la vie.

— Pour la compétition…, poursuivit opportunément Matteo. Nous sommes dans la même catégorie : ambulancier/médecin.

— Oh. Oui, c'est exact, dit-elle tandis que l'espoir s'atténuait pour laisser place à une autre sensation, moins agréable.

De la déception ?

Ressaisis-toi ! s'intima-t-elle.

Matteo s'arrêta devant l'entrée du bar et lui sourit.

— Je suis venu pour gagner, affirma-t-il.

— Moi aussi, rétorqua-t-elle du tac au tac.

Cette fois-ci, elle ne détourna pas le regard. Matteo non plus. Il souriait toujours.

— Vous arrivez toujours à vos fins, Georgia ? demanda-t-il en prononçant son prénom avec un exotisme qui la fit frissonner.

Il continuait à la fixer d'un air amusé mais chaleureux qui lui donna l'impression qu'il serait heureux de l'aider à arriver à ses fins, même au prix de quelque sacrifice.

Elle secoua la tête.

— Pas toujours, malheureusement.

Mais elle sourit à son tour. Cette fois, peut-être, elle obtiendrait ce qu'elle voulait.

Restait cependant à définir ce qu'elle désirait le plus.

La médaille d'or de la compétition ?

Ou Matteo Martini ?

2.

— Quelle heure est-il ?

— 8 h 05.

— Seulement ?

Matteo soupira. La patience n'avait jamais été son fort.

C'était un exercice de maîtrise de soi. Un équilibre à trouver entre le besoin de suivre les règles et de recueillir des informations et l'envie d'agir. D'aider quelqu'un, voire de lui sauver la vie.

Cela dit, la situation dans laquelle il se trouvait n'était pas tout à fait la vraie vie. Personne n'allait lui transmettre d'informations par radio. Tout ce dont ils disposaient, Luke et lui, c'était une simple feuille sur laquelle étaient inscrits les coordonnées GPS d'un endroit et un cas : une femme de trente-cinq ans souffrant de douleurs abdominales.

Y étaient également répertoriées les tâches qu'ils devaient accomplir : évaluer la situation, examiner le patient et lui prescrire un traitement, définir un diagnostic de travail et, le cas échéant, un moyen de transport, dans un temps imparti de onze minutes.

Il s'agissait donc de suivre des règles et d'attendre leur tour dans leur véhicule pour finalement entrer dans une maison de village somme toute assez ordinaire et y franchir les premières étapes de la compétition.

— Cela me paraît trop simple, dit Luke, en scrutant les alentours d'un air déçu. Tu es sûr que nous sommes au bon endroit ?

— *Sì, assolutamente*, répondit Matteo en plissant les

yeux derrière le pare-brise. Cette voiture, là-bas, c'est un concurrent. Il a un numéro et un gyrophare. Et un drapeau…

— Écossais, murmura Luke.

La tension de l'attente fléchit au souvenir de la jolie rencontre qu'il avait faite la veille. Georgia Bennett. Par un heureux hasard, son amie et coéquipière connaissait Luke. Il n'avait eu aucun effort à faire pour entrer en contact avec cette femme qu'il aurait de toute façon repérée au milieu de n'importe quelle foule.

Il se dégageait d'elle une énergie évocatrice d'aventure et d'enthousiasme qui, ajoutée à la masse de boucles châtain clair et à des yeux noisette aux éclats dorés, la rendait irrésistible. Vu leur passion commune pour leur métier, la conversation autour d'un verre avait été un cadeau. Et, à la fin de la soirée, lorsqu'ils s'étaient séparés pour examiner les documents qu'on leur avait fournis, il avait eu la conviction que l'attraction qu'il éprouvait était réciproque.

Il ignorait s'ils auraient l'occasion d'approfondir cette relation. C'était une possibilité tentante mais qu'il ne laisserait pas le distraire. De fait, elle disparut de son esprit quelques minutes plus tard, avant même que le top départ leur soit donné, à 8 h 15.

Mais elle réapparut lorsqu'il vit les deux femmes sortir de la maison. Georgia les aperçut et leur adressa un petit signe de la main. Et elle sourit…

— Ce serait sympa d'avoir une idée de ce sur quoi nous allons tomber, dit Luke. Mais elles n'ont pas l'air de nous donner des indices.

— Non, et tant mieux. Ce serait malhonnête.

— Être malhonnête, ce serait de ne pas dire la vérité. Enfreindre le règlement d'une compétition en aidant un concurrent serait déshonorant plus que malhonnête.

— Hum, dit Matteo, réfléchissant au raisonnement de son ami. Dans tous les cas, ce serait inacceptable.

La malhonnêteté était, à ses yeux, le pire des défauts

humains, avec la cruauté et la violence, en particulier lorsque des enfants en étaient victimes.

— Je suis d'accord, acquiesça Luke.

Matteo tira sur l'élastique qui retenait les documents.

S'était-il montré trop honnête avec Georgia au cours de la conversation, la veille ? N'avait-il pas parlé de sa famille avec un peu trop d'enthousiasme ? Si son objectif était de la séduire, il aurait peut-être mieux fait de parler de ses exploits d'ambulancier en hélicoptère plutôt que de sa relation avec sa mère et ses sœurs, non ? Dire qu'il avait même eu la larme à l'œil en lui racontant à quel point il avait été ému à la naissance de son dernier neveu !

Il chassa ces pensées parasites de son esprit. Mais, curieusement, ce moment de distraction se transforma en avantage dès que Luke et lui se trouvèrent pris dans l'action de l'épreuve. Ils entrèrent dans la maison, où ils découvrirent une ambiance de fête animée. S'il n'avait pas repensé à son neveu nouveau-né, aurait-il eu le réflexe de monter les marches quatre à quatre en entendant dire qu'une femme enceinte avait mal au ventre ? Aurait-il déployé la même énergie pour ranimer le bébé qui ne respirait plus, s'il n'avait pas fait le lien entre cette jeune mère terrifiée et sa propre sœur ?

Toujours est-il que les membres du jury hochèrent la tête d'un air approbateur, ce qui leur donna, à Luke et à lui, une plus grande confiance pour aborder leur deuxième épreuve de secourisme, qui n'avait rien à voir avec un accouchement. Le patient était un homme d'une quarantaine d'années qu'ils trouvèrent en train de gémir, recroquevillé sur son lit, une cuvette à la main.

— Il a vomi.

La femme qui les accueillit dans la chambre se présenta comme son épouse.

— Il avait des douleurs terribles dans le dos et, tout à coup, il a été pris de vomissements.

— Tu peux l'examiner, Matteo ? dit Luke, prenant les devants. Je vais voir s'il a des antécédents.

— Montrez-moi où vous avez mal, demanda Matteo en s'agenouillant près du lit.

L'homme indiqua une zone qui s'étendait des côtes à l'abdomen et au bas-ventre.

— Cela vous est-il déjà arrivé ?

— Non.

— Sur une échelle de zéro à dix, à combien évaluez-vous la douleur, sachant que zéro représente aucune douleur et dix, la douleur la pire que vous puissiez imaginer ?

— Dix…, répondit l'homme avant de pousser un nouveau gémissement. Et j'ai encore envie de vomir.

— Je vais vous donner quelque chose pour faire cesser les vomissements, dit Matteo en approchant un thermomètre de l'oreille du patient.

— La température est normale, dit le membre du jury assis le plus près de lui, tandis que Matteo poursuivait l'examen. Son rythme cardiaque est de 120 battements par minute, la fréquence respiratoire, de 24 et la tension, de 13/9.

Matteo croisa le regard de Luke. Si la température était normale, ses douleurs n'étaient probablement pas causées par une infection. Le diagnostic d'appendicite ou de diverticulite pouvait donc être écarté pour l'instant. Il fallait administrer au patient un antalgique. Il prit le matériel nécessaire à la perfusion et posa un garrot sur le bras du patient.

— La perfusion est posée, signala-t-il.

Le jury hocha la tête.

— Éprouvez-vous des difficultés ou une douleur à la miction ? demanda Luke.

— Oui, ça fait mal, répondit l'homme. Et mon urine est foncée.

Luke jeta un coup d'œil à Matteo qui hocha la tête. Le diagnostic et le traitement étaient clairs.

— Nous pensons qu'il pourrait s'agir de calculs rénaux qui

bouchent l'urètre. C'est ce qui provoque la douleur. Nous allons vous administrer un antalgique et vous envoyer à l'hôpital. Avez-vous une allergie connue à certains médicaments ?

— Non.

Matteo mima l'injection de morphine.

— Quel est le dosage que vous préconisez ? demanda le juré.

— Cinq milligrammes, pour commencer, répondit Luke. Nous augmenterons la dose si la douleur ne passe pas au-dessous de cinq.

Le jury opina.

Matteo se mit à ranger le matériel. Luke parcourut la liste des hôpitaux et des moyens de transport disponibles. Ils avaient le choix entre laisser le patient sur place, le transférer par hélicoptère ou en ambulance vers un hôpital général ou vers une structure plus spécialisée.

Matteo remit le matériel de perfusion dans son sac et se tourna pour prendre le tensiomètre. Mais, à son grand désarroi, le patient se mit à respirer avec difficulté, une main sur la poitrine.

— Vous avez mal à la poitrine ? demanda-t-il en reprenant aussitôt le pouls du patient.

Ce dernier ne répondit pas. La tête penchée en arrière, il cherchait de l'air.

— La peau du patient change-t-elle de couleur ? demanda Luke au jury.

— Des rougeurs apparaissent, ainsi qu'une éruption cutanée.

— Réaction anaphylactique à la morphine, dit Matteo. Il nous faut des poches de fluides et de l'adrénaline, le plus rapidement possible.

Luke et Matteo s'activèrent pour pallier une situation potentiellement fatale. Ils lui administrèrent des médicaments, de l'oxygène et branchèrent le moniteur cardiaque. Au bout de quelques minutes, les membres du jury hochèrent la tête, manifestement satisfaits.

— Quel établissement avez-vous choisi ?

— L'hôpital A, répondit Luke. Il est doté d'un service de médecine interne et d'une unité de soins intensifs, et c'est le plus proche.

— Et quelles informations allez-vous leur transmettre en priorité ?

— Qu'il est allergique à la morphine. Nous allons l'ajouter à son dossier et nous assurer que l'information a été reçue. Nous allons également conseiller au patient de porter un bracelet d'identification médicale.

Le jury opina et déclara la session terminée.

Ils sortirent de la maison. Matteo donna une petite tape sur l'épaule de Luke.

— Bien joué, dit-il. Je n'avais pas pensé au bracelet d'identification.

— Heureusement que tu étais là pour déceler le changement d'état du patient. J'ai réagi un peu tard.

— Nous formons une bonne équipe, conclut Matteo en souriant.

— Dis-moi, nous avons une pause, maintenant ?

— Oui. Nous avons une heure. Nous pourrions en profiter pour passer l'épreuve de conduite.

— D'accord.

Matteo était impatient de passer cette épreuve. Avant de travailler à bord d'hélicoptères, il avait passé beaucoup de temps sur les routes. Il avait très envie d'éprouver les sensations que procurait la vitesse.

Une zone gravillonnée, près de la rivière qui traversait le village, avait été réservée à cette partie de la compétition et aménagée à l'aide de cônes de signalisation orange. Lorsqu'ils arrivèrent, une ambulance était en train de slalomer entre les cônes, soulevant un nuage de poussière sur son passage.

Un autre véhicule attendait son tour. Matteo reconnut la voiture des Écossaises. Il sentit son impatience redoubler à l'idée de revoir Georgia Bennett. Il sourit en la voyant assise au volant. Il n'avait jamais douté du plaisir qu'il aurait à participer à cette compétition internationale. Mais il ne savait pas encore que son plaisir revêtirait d'autres formes que les montées d'adrénaline provoquées par la pression des épreuves de secourisme.

— Pas mal, murmura-t-il.

Luke lui décocha un regard mi-surpris mi-inquiet. Craignait-il que son coéquipier accorde plus d'énergie aux femmes qu'à la compétition ?

— Je ne l'avais pas encore remarqué, ajouta Matteo sur un ton qu'il voulut dégagé.

Luke eut l'air encore plus surpris.

— De qui parles-tu ? De Georgia ou de Kate ?

— Oh ! d'aucune des deux. Je veux dire... Elles sont pas mal toutes les deux mais je parlais de ce qu'elles ont accroché à l'avant de leur voiture, dit-il, espérant que son rire ait l'air aussi naturel que le ton de sa voix.

Luke regarda l'ours en peluche affublé d'un kilt et d'une cornemuse qui ornait leur capot.

Matteo ouvrit sa vitre.

— Il va se salir ! cria-t-il à l'adresse de Georgia en indiquant l'ours.

— Cela fait partie de la compétition ! répondit-elle en souriant.

Et en soutenant son regard.

Quel sourire ! Quels yeux ! Matteo en eut le souffle coupé. Il sentit une étrange chaleur monter en lui.

En quoi cette femme était-elle si différente, si séduisante ? Éprouvait-elle la même attirance pour lui ?

Pour l'heure, elle semblait plutôt concentrée sur ce qui l'attendait. Le véhicule précédent avait terminé l'épreuve. C'était au tour du duo écossais de concourir.

— Lequel de vous deux va conduire ? demanda-t-elle. On n'a droit qu'à une personne à bord.

Une lueur particulière brillait dans son regard. Une lueur de défi ? Attendait-elle qu'il lui montre de quoi il était capable ?

Il réprima un sourire. Il serait ravi de lui montrer tout ce dont il était capable — et, apparemment, il était capable de beaucoup de choses que les femmes appréciaient…

Mais Luke avait peut-être envie de prendre le volant, lui aussi.

Non. Ce dernier était en train de détacher sa ceinture de sécurité.

— À toi de jouer, lança-t-il à Matteo. Tu as plus d'expérience que moi au volant. Je vais t'attendre avec Kate.

— D'accord.

Maintenant, il fallait se concentrer.

Il fallait savoir exactement ce qu'on demandait aux concurrents afin de s'assurer une victoire haut la main. Il avait envie de gagner. Et, surtout, d'impressionner Georgia.

— Tu es bien silencieuse, Georgia. C'est la prochaine épreuve qui t'inquiète ?

— Non. Je repense à l'épreuve de conduite. J'aurais pu mieux faire.

Elle avait été déconcentrée. Elle avait beau ne pas voir son visage, elle savait que Matteo la regardait et cela l'avait curieusement intimidée. Au point qu'elle en avait été malhabile. Elle avait senti son regard posé sur elle, telle une douce caresse qui lui avait fait perdre sa concentration. Quelle honte d'avoir heurté les cônes en plastique dès son premier passage ! Il avait fallu qu'elle le chasse totalement de son esprit avant de pouvoir montrer de quoi elle était capable.

— Tu t'en es bien sortie, dit Kate sur un ton rassurant.

— Moins bien que Matteo, murmura-t-elle.

— C'est vrai que je n'ai jamais vu quelqu'un conduire comme lui. Rouler à cette vitesse sans jamais toucher un cône ! C'était impressionnant !

— Merci de me le rappeler…

Kate éclata de rire.

— Allez ! C'est un homme. Italien, de surcroît. Il a peut-être eu une Ferrari pour ses dix-huit ans. Je suis sûre qu'il y a des domaines dans lesquels il n'est pas aussi doué.

Elle imagina une version plus jeune de Matteo à bord d'un bolide. Les cheveux un peu plus longs, ce sourire en coin déjà sur les lèvres, une main sur le volant. Une seule, car son autre bras reposait sur les épaules de la fille assise à ses côtés. Car il y avait une fille, cela ne faisait aucun doute. Ou alors il avait posé la main sur son genou et caressait doucement la peau soyeuse de l'intérieur de sa cuisse. La fille souriait, évidemment.

C'était ridicule d'éprouver un sentiment qui n'était autre que de l'envie. Pire, de la jalousie. Elle le savait à la façon dont elle avait froncé les sourcils, sans s'en rendre compte.

Elle secoua la tête pour chasser ces images de son esprit.

— Quelle est la prochaine épreuve ?

— C'est celle dite « du cartable ». Nous sommes appelées par une enseignante qui a trébuché sur un cartable et qui est étendue par terre, sans bouger. Elle a perdu connaissance mais respire. Je dirais traumatisme crânien. Qu'en penses-tu ?

— Cela m'étonnerait que ce soit aussi simple. Il faut d'abord écarter les autres causes possibles de la perte de connaissance. A-t-elle été provoquée par la chute ou par autre chose ?

— Un problème cardiaque, par exemple ?

— Par exemple. Ou une hypoglycémie, une overdose, un infarctus, une crise d'épilepsie, un choc anaphylactique, l'alcool… La liste est longue.

— J'espère qu'on nous indiquera tout de même des précisions sur la situation. Il faudrait savoir ce qu'elle faisait juste avant de tomber.

Lorsqu'elles entrèrent dans la salle aménagée en salle de classe, les seules personnes présentes, à part la femme inconsciente et le jury silencieux, étaient des enfants qui profitaient de la défaillance de leur enseignante pour faire la course et sauter d'un bureau à un autre. L'un d'entre eux arrachait les pages d'un cahier. Tout ce petit monde criait et riait.

L'enseignante était allongée, face contre terre, devant le tableau, avec, près de ses pieds, un cartable ouvert dont le contenu — une pomme, une bouteille d'eau et une boîte de crayons — s'était répandu sur le sol.

Elles s'approchèrent du corps. Kate prit son pouls.

— Bonjour. Est-ce que vous m'entendez ?

— La femme n'a aucune réaction, indiqua l'un des jurés. Et son rythme cardiaque est de 120 bpm.

Avec précaution, elles la déplacèrent afin de libérer ses voies respiratoires. Dans la classe, le chahut s'intensifia et Kate reçut une boule de papier froissé. Georgia leva la tête et repéra le responsable. Le petit garçon qui déchirait le cahier la regarda, le sourire aux lèvres.

Il était adorable, avec sa tignasse bouclée. Mais elle ne pouvait décemment pas lui sourire.

Elle se leva et s'efforça d'afficher un air sérieux. Elles ne pourraient pas s'occuper de cette femme tant que l'ordre ne serait pas revenu autour d'elles.

— Les enfants, venez ici ! demanda-t-elle sur un ton aimable mais ferme.

Une chaise tomba avec fracas à la renverse dans le silence soudain qui s'abattit dans la salle. Les enfants s'approchèrent, un par un. Ils jouaient tous très bien leur rôle, baissant la tête pour indiquer qu'ils étaient conscients de s'être mal comportés. Une petite fille aux grands yeux bleus, avec deux longues nattes de chaque côté du visage, se mordait la lèvre, l'air tellement terrorisé que Georgia eut envie de la prendre dans ses bras pour la réconforter.

— Il ne faut pas faire de bruit. Votre maîtresse s'est fait mal. Est-ce que quelqu'un a vu ce qui s'est passé ?

— Elle est tombée, dit un enfant.

— Et, avant de tomber, savez-vous ce qu'elle a fait ?

Les enfants secouèrent la tête. Un garçon se retourna,

bouscula un de ses petits camarades qui le poussa à son tour. Un autre s'approcha, prêt à se remettre à courir. Elle jeta un coup d'œil à Kate qui avait commencé à examiner l'institutrice et était en train d'évaluer sa glycémie. Puis elle regarda le jury.

— Y a-t-il une personne susceptible d'emmener les enfants pendant que nous examinons leur enseignante ? demanda-t-elle.

— Il y a une aide maternelle dans le couloir.

D'un hochement de tête, le juré incita les petits comédiens à sortir de la salle. Le petit garçon qui avait jeté la boule de papier adressa un autre sourire à Georgia, qu'elle lui retourna, cette fois, avec un clin d'œil.

— La glycémie est trop basse pour être enregistrée, dit Kate derrière elle.

— Sa peau est froide et moite, et elle présente une tachycardie, indiqua le juré.

— Dans ce cas, je lui administre du glucose.

La porte se referma derrière le petit groupe et Georgia se mit à la tâche. Le calme était revenu dans la pièce mais elle regrettait presque l'énergie qui se dégageait des élèves quelques instants plus tôt. Une énergie qui ne pouvait émaner que des enfants, un enthousiasme sans réserve face à la vie que, bien souvent, les adultes avaient appris à bâillonner. Les enfants heureux saisissaient toutes les occasions de partir à l'aventure, que celle-ci déclenche des larmes ou des éclats de rire, selon un effet de balancier imprévisible.

Justement, Georgia adorait l'imprévu.

Et elle adorait les enfants. Encore davantage que les bébés. Elle avait toujours rêvé d'en avoir plusieurs. Elle s'imaginait vivre dans une maison emplie d'un joyeux désordre où les éclats de rire seraient plus fréquents que les larmes. Et où elle passerait du temps à cuisiner, à faire le ménage, à faire des câlins et des allers-retours à l'école pour emmener sa tribu dans des salles de classe comme celle-ci.

Pour l'heure, les enfants ne faisaient pas partie de sa vie

quotidienne et il fut relativement simple d'écarter de son esprit les fragments de rêves que ces petites créatures lui avaient remémorés. Mais elles lui avaient rappelé qu'ils étaient toujours là, dans sa mémoire. Mais aussi que le temps passait. Si elle envisageait de voir ces rêves se concrétiser un jour, ne serait-ce qu'en partie, il ne faudrait pas qu'elle attende trop longtemps.

Et, avant d'avoir à emmener ses enfants à l'école, il fallait déjà commencer par avoir *un* enfant. Ce qui la ramenait au projet qu'elle avait abandonné pour des raisons morales, selon lequel elle voyait en cette compétition internationale le moyen le plus simple et le plus naturel d'accéder à la maternité.

Elle se concentra sur la canule qu'elle scotchait sur le bras de la patiente pour montrer au jury que la perfusion était posée.

— Elle ne porte pas de bracelet d'identification ? demanda-t-elle en réfléchissant à la prochaine étape.

— Non, répondit Kate. Ni de chaîne, ajouta-t-elle en ouvrant le col de la chemise de la patiente.

— Peux-tu regarder dans son sac et le tiroir de son bureau ? Ce serait intéressant de savoir si elle prend des médicaments pour faire baisser la glycémie, de l'insuline. Elle s'est peut-être trompée dans le dosage.

Kate trouva des comprimés dans le sac de l'institutrice.

— Ce sont des antidépresseurs, n'est-ce pas ?

— Oui.

La femme se mit à bouger et à gémir doucement.

— Son taux de glycémie revient à la normale, dit l'un des jurés. Comment envisagez-vous le transport ?

— Nous l'emmenons à l'hôpital. Ici, personne ne peut veiller sur elle et nous ignorons si elle est diabétique.

— Quel hôpital ?

— L'hôpital B.

— Pour quelles raisons ?

— Parce que c'est une structure plus moderne avec un service de psychiatrie. Si elle prend effectivement des antidépresseurs, elle a peut-être des difficultés à gérer ses problèmes de santé.

Le jury opina d'un air satisfait.

— Bravo, dit Kate en sortant de la salle après avoir pris congé des jurés. J'aurais choisi l'hôpital A, le plus proche. Et je ne suis pas sûre que j'aurais pensé à fouiller son sac et son bureau.

— J'aime bien chercher des indices, répondit Georgia en rangeant leur sac de matériel dans le coffre de la voiture. C'est l'un des aspects de mon travail que j'apprécie le plus. J'ai l'impression d'être à la fois soignante et détective.

Matteo exerçait le même métier qu'elle. Peut-être était-il aussi doué pour trouver des indices que pour conduire une ambulance. Avec lui, elle ne risquait pas de s'ennuyer.

Mais que lui prenait-il ? Elle venait à peine de le rencontrer. S'imaginait-elle vieillir à ses côtés ?

— C'était difficile de se concentrer, au début, avec tous ces enfants qui chahutaient, reprit Kate.

Elles regardèrent le groupe d'apprentis acteurs que l'on faisait rentrer dans le bâtiment, probablement pour les préparer à jouer la mise en scène suivante.

Elles montèrent en voiture et démarrèrent.

— Décidément, ils nous suivent ! s'exclama Georgia en désignant d'un signe de tête une voiture qui se dirigeait vers l'école. Regarde, c'est Luke et son ami italien.

— Je me demande comment ils vont s'en sortir avec l'émeute en classe, dit Kate en réprimant une envie manifeste de rire.

Georgia ne répondit rien. Matteo s'en sortirait très bien, elle le savait. Il n'aurait probablement même pas besoin de hausser le ton avec les enfants pour capter leur attention et rétablir le calme dans la classe. Il suffisait qu'il leur sourie pour qu'ils viennent lui manger dans la main, c'était certain. Ils percevraient aussitôt à quel point il aimait les enfants.

La veille, tandis que Kate et Luke évoquaient leurs années à la faculté de médecine, une bonne partie de la conversation entre Matteo et Georgia avait porté sur la famille, notamment sur celle de Matteo. Il lui avait parlé de ses sœurs, avec qui il avait des relations privilégiées, et du dernier nouveau-né de la famille, un neveu dont la naissance l'avait manifestement beaucoup ému. Le clan Martini au complet s'était retrouvé à l'hôpital ce jour-là. Elle avait eu l'impression que Matteo avait les larmes aux yeux à l'évocation de ce bon souvenir. De toute évidence, la famille occupait une place prépondérante dans sa vie.

Quel père merveilleux il ferait ! Totalement dévoué à l'égard de ses enfants, qui grandiraient au milieu d'une grande famille prête à célébrer chaque étape de leur croissance. Oui, Matteo serait l'idéal pour celle qui voudrait fonder une famille avec un homme.

Il y a ne serait-ce que quelques années — lorsqu'elle s'imaginait encore qu'elle trouverait un jour l'homme parfait et qu'elle serait sûre que ses enfants n'auraient pas à affronter les peurs qui avaient empoisonné sa propre enfance — Matteo aurait été exactement le genre d'homme qu'elle cherchait. Beau, intelligent, sûr de lui. Elle avait appris la veille qu'il était aussi formé en réanimation et en évacuation sanitaire aérienne.

Mais ce rêve s'était définitivement effondré lorsque sa dernière histoire avait brutalement pris fin, lui brisant le cœur une fois encore. Aussi savait-elle qu'il était vain de s'attarder sur la lueur d'espoir qui avait surgi de nulle part dès l'instant où elle avait posé ses yeux sur ce séduisant Italien.

De plus, les liens serrés qu'il entretenait avec sa famille n'étaient pas un avantage : si le pire survenait et qu'elle avait à protéger son enfant, elle devrait faire face à une véritable armée adverse. Avoir à se battre ne serait-ce que contre une seule personne était déjà au-dessus de ses forces.

Elle avait pris l'habitude de retourner légèrement son bras quand ces souvenirs refaisaient surface. Elle ne pouvait pas s'empêcher de jeter un coup d'œil sur la cicatrice irrégulière, vestige d'une fracture ouverte datant de l'année de ses cinq ans. Ni de frissonner en repensant à la terreur qu'elle avait éprouvée quand son père biologique était venu la chercher et l'avait littéralement arrachée des bras de sa mère.

Georgia pensait qu'elle trouverait un homme bienveillant et qu'elle pourrait réécrire son histoire mais, jusqu'à présent, ses choix s'étaient révélés plus que douteux. Certes, Rick n'avait pas fait preuve de violence physique lorsqu'il avait mis un terme à leur relation. Mais l'entendre hausser le ton avait suffi à faire resurgir les mauvais souvenirs. Son soi-disant père, lui, n'hésitait pas à joindre le geste à la parole.

À ce qu'on disait, les Italiens avaient le sang chaud, non ? Alors devoir affronter une famille entière d'Italiens en colère…

— Tu rêves ?

— Comment ?

— Tu es ailleurs. Qu'est-ce qui t'arrive ?

— J'ai faim, c'est tout. C'est l'heure de déjeuner, non ?

— Oui. Nous avons un peu plus d'une heure de pause.

Elles se garèrent et se dirigèrent vers la salle à manger où, en échange d'un ticket, on leur donna un repas.

Georgia se sentit soudain accablée de fatigue.

— J'ai l'impression d'avoir fait une journée en service, dit-elle. Et nous n'avons fait qu'un tiers des épreuves. Je crois que je vais aller faire une sieste.

En réalité, elle avait surtout besoin d'un moment de solitude et de calme pour apaiser le rythme frénétique des pensées qui tourbillonnaient dans son esprit et la distrayaient de son objectif, à savoir gagner la compétition dans sa catégorie.

Après le déjeuner, elles allèrent s'allonger dans l'herbe, à l'ombre d'un grand arbre. Georgia ferma les yeux, espérant que Kate la croirait endormie.

Les souvenirs de l'époque où on l'avait enlevée de force à sa mère, de l'intervention des services sociaux, puis des multiples changements de domicile et d'école qui s'en étaient ensuivis et ce, jusqu'à ce que la mort de son père les libère enfin d'une menace permanente, ne l'aidaient pas à se concentrer.

Et l'illusion totalement vaine de trouver un jour « le bon », comme celle qu'entretenait toujours Kate, ne valait pas mieux. Pas plus que l'idée de concevoir un bébé au cours d'un séjour en République tchèque et de rentrer en Écosse pour l'élever seule.

Pourquoi ?

Probablement parce que, si elle avait le choix, elle serait incapable de choisir un autre homme que Matteo. Or Matteo était le meilleur ami d'un ami de sa meilleure amie… Il finirait par découvrir la vérité, tôt ou tard. Les secrets finissaient toujours par être dévoilés.

De plus, elle l'aimait bien.

Elle l'aimait *vraiment* bien. Trop pour prendre le risque d'une imposture qui l'empêcherait de se regarder dans le miroir jusqu'à la fin de ses jours.

Elle poussa un soupir et se mit à penser aux épreuves qu'elles avaient déjà passées. La réanimation du bébé. Les enfants s'en donnant à cœur joie dans la salle de classe.

Cette image fit naître en elle une idée qu'elle n'avait encore jamais envisagée.

Elle pouvait peut-être avoir des enfants sans les *concevoir*. Tellement d'enfants avaient besoin de parents adoptifs ou d'une famille d'accueil ! Des enfants qui, souvent, avaient subi le genre de traumatisme qu'elle-même avait enduré.

Elle serait sans doute capable de les aider en leur donnant tout l'amour dont elle était capable.

Elle exhala un autre profond soupir et se détendit dans le silence qu'elle partageait avec son amie.

Oui. L'adoption était une idée qui méritait qu'elle s'y attarde dès qu'elle rentrerait en Écosse. Une fois que la compétition serait terminée.

3.

La compétition était bel et bien terminée, comme en témoignaient les cris de joie des participants.

Tous les concurrents avaient passé les différentes épreuves dans un mélange d'excitation et de stress. Ils avaient dû affronter un accident de bus, dans lequel plusieurs personnes avaient été blessées, dont une femme qui, coincée entre les sièges, perdait beaucoup de sang. Ils avaient également dû intervenir pour un arrêt cardiaque puis pour une crise d'épilepsie simulée par un jeune homme aux qualités d'acteur exceptionnelles. Lorsque Georgia avait commencé à lui poser des questions, son élocution s'était dégradée et sa tête était tombée sur le côté. Enfin, un éprouvant scénario de fusillade avait consommé jusqu'à la dernière once d'énergie qu'il lui restait.

Elles avaient sauté le petit déjeuner pour aller dormir quelques heures mais cela n'avait pas suffi. Lorsque le réveil avait sonné afin qu'elles aillent assister au compte rendu final de la compétition, Georgia n'avait pas pu sortir de son lit.

— Vas-y, toi, avait-elle murmuré à Kate déjà levée. Tu me raconteras.

À son deuxième réveil, elle sentit que ces quelques instants de sommeil supplémentaires l'avaient remise sur pied. Elle rejoignit l'assemblée des concurrents invités à se réunir dans un parc pour la remise des prix, reposée et prête à tout.

Le fait de se trouver dans la foule juste derrière Matteo contribua sans doute à son regain d'énergie. À plusieurs reprises, leurs regards se croisèrent et elle eut l'impression qu'ils se disaient beaucoup de choses. Cela lui rappela leurs premiers échanges.

« Je vais remporter le premier prix. »

« Moi aussi. »

« Arrivez-vous toujours à vos fins, Georgia ? »

« Pas toujours, malheureusement… »

Son cœur se mit à battre la chamade en entendant l'annonce des vainqueurs de leur catégorie.

— Le gagnant de la catégorie « médecin et ambulancier » est… l'Écosse !

Elle décela un infime changement dans les yeux de Matteo qui la fixait toujours. Et y vit de l'admiration. Matteo était manifestement impressionné. Curieusement, il ne semblait pas déçu que son équipe n'ait pas remporté le prix. Il avait plutôt l'air fier d'elle et, en cet instant précis, cela valait toutes les médailles.

Elle avait envie d'être la personne dont Matteo était fier, celle qu'elle avait toujours été mais en mieux.

Puis ses poumons s'emplirent d'air et sa joie, mêlée à la fierté d'avoir gagné, s'exprima dans un grand cri. Elle ouvrit les bras et serra Kate aussi fort qu'elle le put.

Elle ne put s'empêcher d'imaginer Matteo la prendre à son tour dans ses bras mais on les attendait sur la scène. Elles se frayèrent un chemin au milieu des applaudissements afin de recevoir leur trophée.

Après la remise des prix arriva le clou de la fête : tous les véhicules ayant participé à la compétition entamèrent un tour dans les villages alentour, sirènes et gyrophares en marche, afin de distribuer des jouets et des friandises aux enfants amassés au bord des routes pour profiter du spectacle.

Georgia reconnut l'adorable petit garçon et se pencha par la fenêtre, sous le regard désapprobateur de Matteo, pour s'assurer que l'ourson en peluche habillé aux couleurs de l'Écosse qui avait orné leur capot atterrissait dans ses mains.

Elle poussa un cri de joie en le voyant l'attraper sous une pluie de friandises.

Matteo leva les yeux au ciel mais lui sourit. Lui aussi était ambulancier. Il connaissait bien la sensation qu'elle pouvait éprouver à frôler les limites et les règles fixées. Matteo était accro à l'adrénaline, comme elle.

C'était un aspect de sa personnalité qui les rapprochait.

Ce n'était pas le seul.

Mais, pour l'heure, elle préférait ne pas y penser et profiter du son exquis de ses éclats de rire. De sa voix, à l'accent fabuleux. Ainsi que de la perspective de les entendre pendant quelques heures encore puisque les concurrents, les organisateurs et tous les bénévoles ayant participé à l'événement étaient invités à une soirée comprenant barbecue géant et piste de danse.

Matteo apporta une bouteille de champagne frappé à la table où Kate et Georgia s'étaient assises après avoir rempli leurs assiettes de toutes sortes de bonnes choses cuites sur les nombreux barbecues mis à disposition. Elles s'étaient assises à la longue table rustique accompagnées de tous ceux avec qui elles avaient lié amitié et qui venaient de pays aussi divers que la Nouvelle-Zélande ou la Croatie. Tous applaudirent Matteo qui prit place en face d'elle et lui fit un clin d'œil.

— Si je me souviens bien, tu aimes le champagne, non ? s'enquit-il d'une voix douce.

— Mmm…

Cette attention lui était donc adressée ?

Elle sentit son cœur fondre. Était-il possible qu'un être soit aussi parfait ?

— Qui, parmi vous, a envie de revenir l'année prochaine ?

— Moi ! s'exclamèrent Matteo et Georgia en même temps.

Les yeux dans les yeux, ils levèrent leur verre.

Leur entente était indéniable. Elle allait au-delà d'un goût commun pour l'aventure. Et au-delà d'une pure attraction physique.

L'espace d'un instant, puis de longs autres, il lui sembla

que Matteo et elle se trouvaient dans un endroit où personne d'autre ne se trouverait jamais.

Un endroit dangereux. Le genre de planète sur laquelle on s'envole quand on tombe fou amoureux de quelqu'un. Et où l'on reste en orbite jusqu'à ce qu'une météorite vienne la percuter et la fasse exploser, quand on ouvre les yeux et qu'on se rend compte qu'on s'est fourvoyé. Trop tard.

D'accord, mais peut-être était-il possible d'aller simplement visiter cette planète, sans s'y attarder ? Y passer un moment, quelques heures ?

L'envie était irrésistible. Et n'avait rien à voir avec le projet fou qu'elle avait en tête en arrivant. Il s'agissait simplement d'une attirance pour un homme qui se trouvait sur son chemin. Et dont la route se séparerait bientôt de la sienne.

Un homme avec qui l'entente avait été immédiate et plus forte qu'avec quiconque dans sa vie.

Et si elle s'approchait encore plus près de cet homme irrésistible ?

La perspective était à la fois excitante et effrayante. C'était jouer avec le feu, et elle le savait.

Dave, leur ami néo-zélandais, déclara que le voyage pour revenir en République tchèque était hors de prix. Mais elle ne l'écoutait que d'une oreille. Ils n'étaient pas seuls et, à regret, elle détourna le regard de ces yeux noirs et envoûtants.

Mais le mal était fait — si c'était bien un mal.

Pendant tout le dîner, Matteo ne cessa de la regarder. D'évidence, il était aussi attiré par elle qu'elle par lui. Elle sentit encore ses yeux posés sur elle lorsqu'elle se leva et emmena Kate sur la piste de danse où un groupe s'était mis à jouer un morceau entraînant, telle une invitation officielle à danser et à s'amuser.

Ce fut également le moment que Matteo choisit pour la rejoindre et lui tendre la main avec, sur les lèvres, un sourire éclatant. Elle sentit son cœur fondre de nouveau.

Paradoxalement, le fait d'être entourée de dizaines d'autres personnes et le son assourdissant de la musique amplifièrent l'effet du contact de sa peau sur la sienne. Pourtant, il ne fit que prendre sa main pour lui faire faire un tour. Mais elle eut l'impression qu'un courant électrique se propageait dans chacune des cellules de son corps.

Sans cesser de danser, ils s'éloignèrent de Kate et de Luke jusqu'à une zone moins densément peuplée de la piste de danse.

Un court-circuit dut se produire en elle car elle eut toutes les peines du monde à rassembler ses esprits. Les sensations physiques, les émotions, les mots et même les sons, les odeurs et les couleurs autour d'elle se mélangeaient en quelque chose qui la submergea et qu'elle était incapable d'identifier. Des souvenirs s'ajoutèrent également à tout ce qu'elle était en train de vivre. Ainsi qu'un impétueux désir.

Dès qu'elle était en contact avec cet homme, tout ce dont elle avait toujours rêvé semblait à portée de main. Le tempo de la musique lui donnait envie de…

Comme s'il lisait dans ses pensées, Matteo la prit par la main et la conduisit dans un endroit plus tranquille. Puis il se pencha pour l'embrasser.

Sa raison tenta peut-être de la dissuader d'aller plus loin mais elle n'entendit pas ses avertissements, couverts par le tumulte des sensations et des battements de son cœur. De toute façon, cela n'avait pas d'importance. Rien d'autre n'eut soudain plus d'importance que ce baiser doux et fougueux à la fois.

Danser avec Georgia était comme jouer avec la lumière. Ou avec le feu…

L'étincelle dans son regard, l'or de ses boucles qui accrochaient la lumière sur la piste de danse…

L'impression de s'embraser chaque fois qu'il la touchait. Il n'avait jamais désiré une femme autant qu'il désirait Georgia. Comment se retenir plus longtemps de l'embrasser ?

Un baiser, rien de plus, pensa-t-il en l'entraînant hors de

la salle bondée. Juste pour voir si l'embrasser était aussi extraordinaire qu'il l'imaginait.

La réalité dépassa ses espérances.

Aurait-il trouvé la femme de ses rêves ? Belle, intelligente, stimulante. Avec les mêmes passions que lui. Un corps parfait. Une combinaison d'éléments en parfaite adéquation avec ce qu'il aimait chez une femme et qui l'entraînait sur un terrain qu'il n'avait encore jamais exploré.

Il était en train de tomber amoureux.

Follement, passionnément, éperdument amoureux.

— *Ti desidero*, murmura-t-il lorsqu'il put enfin détacher ses lèvres des siennes. *Così tanto !*

Il ne risquait rien à lui dire qu'il avait envie d'elle. À aucun moment elle n'avait fait allusion au fait qu'elle parlait sa langue natale.

Mais l'amour était une langue universelle. Ses yeux immenses lui dirent qu'elle avait compris.

— Moi aussi, répondit-elle dans un souffle. On va dans ma chambre ou dans la tienne ?

Matteo se figea, l'espace d'un instant — ce qui lui parut aussitôt insolite. Jamais auparavant il n'aurait hésité devant l'invitation d'une femme qui lui plaisait. Après tout, le sexe était l'un des grands plaisirs de la vie, n'est-ce pas ?

Pourtant, la situation présente était différente.

Georgia elle-même était différente de toutes les femmes qu'il avait connues jusque-là. Et cette entente entre eux, si belle mais si fragile, aussi.

Peut-être allait-elle s'imaginer qu'il ne pensait qu'à la mettre dans son lit. Et qu'il considérait leur rencontre comme une aventure sans lendemain.

Mais s'il déclinait l'invitation et qu'elle disparaissait en croyant qu'elle ne l'intéressait pas ?

Ses pensées se bousculèrent dans son esprit et il se mit à bredouiller.

— Je ne… Je n'ai pas de…

Elle plaqua son corps contre le sien et leva la tête, manifestement désireuse d'être de nouveau embrassée.

— Ne t'inquiète pas. Nous ne risquons rien. Promis.

Matteo ferma les yeux et posa ses lèvres sur les siennes. Le contact de sa langue scella son destin. Il décida de lui faire confiance.

Comment ne pas faire confiance à la femme qu'il allait épouser ?

Quand Georgia avait promis à Matteo qu'ils ne risquaient rien, elle ne pensait plus du tout à son projet abracadabrant de trouver un père pour l'enfant qu'elle élèverait seule.

Ce soir-là, elle s'était abandonnée à la vague de désir qui l'avait submergée la veille. Lorsqu'elle l'avait emmené jusque dans sa chambre, la façon dont il la regardait en déboutonnant son chemisier avait fait taire la petite voix qui tentait de la ramener à la raison. Elle avait vacillé quand il avait penché la tête pour embrasser la courbe de ses seins juste avant de dégrafer son soutien-gorge. Puis son corps s'était littéralement embrasé. Ils s'étaient retrouvés allongés sur son lit une place, dont l'exiguïté rendait plus difficile le déshabillage. Mais cela n'avait pas d'importance. Chaque petit contretemps se dissolvait instantanément dans un éclat de rire ou un autre baiser passionné. Et ils finissaient par se déplacer un peu pour retirer une manche ou une jambe de pantalon, ce qui ne faisait qu'augmenter la surface de contact de leurs corps.

La seule source lumineuse était la lune qui brillait de l'autre côté de la fenêtre sans rideaux mais Georgia n'eut pas besoin de lumière pour découvrir le corps parfait de Matteo. Elle laissa ses mains, ses lèvres, sa langue explorer ses membres musclés, sa toison virile et sa peau incroyablement douce. En échange, elle découvrit la force et la douceur infinies qui émanaient de ce corps puissant.

Jamais elle n'avait fait l'amour comme elle le fit avec Matteo et jamais elle n'avait atteint pareille extase.

Ce qui lui fit penser que la chute n'en serait que plus dure.

Mais quand bien même…

Lorsque Matteo l'invita à poser sa tête sur son épaule, tandis que les battements de leurs cœurs tentaient de retrouver un rythme normal, elle sentit une boule se former dans sa gorge.

Si elle avait été du genre à avoir la larme facile, ce qui n'était pas son cas, elle aurait sans doute pleuré de bonheur en cet instant. De plus, l'idée de devoir se séparer de lui après ces instants torrides lui pesait. Une vraie nouveauté.

Elle avait donné à Matteo bien plus que son corps, et son cerveau tentait désespérément de récupérer son cœur.

— J'ai envie qu'on se revoie, murmura Matteo. Rapidement…

Comment supporter l'idée de ne pas le revoir, même si cette pensée était aussi inquiétante qu'irrésistible ?

— Tu vis en Italie, répondit-elle. Et moi, en Écosse.

— *Nessun problema*, dit-il en souriant. Je trouverai un moyen. Je suis paré pour de nouvelles aventures. L'Écosse doit être un endroit fabuleux à survoler en hélicoptère. Il y a des montagnes, non ? Des tas de gens à secourir en altitude ?

Elle déglutit. Comme ce serait merveilleux si Matteo venait vivre et travailler en Écosse ! Être avec lui tous les jours…

Elle était vraiment incorrigible. Avait-elle vraiment envie de s'engager à passer le reste de sa vie avec un homme qu'elle connaissait depuis soixante-douze heures ?

Une fois encore, elle était tombée amoureuse en un battement de cils et elle rêvait mariage, maison et flopée d'enfants.

C'était impensable.

Elle s'était juré de ne pas retomber dans ce piège. Et elle n'y retomberait pas.

Un frisson glacial lui parcourut l'échine. La peur, mais aussi la colère de s'être laissé entraîner jusque-là — pas seulement d'être tombée amoureuse, mais d'avoir pris le risque inconsidéré d'un rapport sexuel non protégé.

Elle était bien placée pour savoir que les préservatifs ne protégeaient pas seulement d'une grossesse non désirée mais aussi de toutes sortes de désagréments dont certains pouvaient se révéler graves.

Elle venait de jouer à la roulette russe. Si elle perdait, elle aurait à affronter des conséquences auxquelles elle préférait ne pas penser.

Ce à quoi elle préférait songer, c'était qu'un coup de foudre pouvait parfois conduire à une histoire d'amour durable et heureuse.

Parfois. Mais rarement.

Or elle savait à quel point il était douloureux de voir ses rêves s'écraser et prendre feu.

Elle venait de passer une soirée parfaite. Le mieux était de s'en tenir là et d'en garder un souvenir heureux qui ne se ternirait jamais.

— Ce n'est pas possible, s'entendit-elle murmurer d'une voix manquant de conviction.

Elle perçut un tressaillement. Un début de tension dû à la surprise. Et à autre chose, de plus sombre.

— Pourquoi ? Je… Je trouve que nous nous entendons bien, *cara*.

— C'est vrai.

Un vide se creusa entre eux mais qui n'expliquait pas à lui seul le froid qui l'enveloppa soudain.

— Mais tenons-nous-en là. Ici et maintenant. Toute autre perspective est inenvisageable.

Elle tourna la tête vers lui et croisa son regard. Matteo était blessé, et elle s'en voulut terriblement d'être la cause de cette souffrance.

Peut-être pouvait-elle encore changer d'avis et revenir sur la promesse qu'elle s'était faite. Écouter son cœur qui lui martelait que, cette fois, ce serait différent.

Elle ouvrit la bouche mais n'eut pas l'occasion de parler. D'un mouvement brusque, Matteo s'était détaché d'elle et levé. Il se mit à ramasser ses vêtements.

— Ce n'était donc qu'une aventure d'un soir, pour toi ? demanda-t-il après avoir remis son caleçon et son pantalon.

Elle sentit sa gorge se serrer.

Sans se donner la peine de boucler sa ceinture, Matteo enfila sa chemise avec des gestes saccadés.

— Tu as quelqu'un, c'est ça ? En Écosse ? En fait, tu viens de tromper ton copain avec moi ? dit-il d'un ton qui exprimait la colère et le dégoût.

Elle ferma les yeux et la discussion qu'ils avaient eue, tous ensemble, le premier soir, lui revint en mémoire. Luke leur avait raconté qu'il avait divorcé après avoir appris que sa femme le trompait. Les mots de Matteo résonnaient encore à ses oreilles : « Si j'apprenais que ma femme me trompait ou me mentais, je ne pourrais même plus prononcer son prénom… »

La solution était là, toute prête. Elle n'avait plus à chercher d'excuses et, vu la façon dont Matteo réagissait à l'idée même d'infidélité, elle était sûre qu'il ne chercherait pas à la recontacter. Il s'imaginerait qu'elle l'avait simplement utilisé pour une partie de jambes en l'air, dans le dos d'un autre homme, de surcroît, qui serait sans doute anéanti de l'apprendre.

Matteo aussi trouvait qu'ils s'entendaient bien, elle et lui. Elle ne pouvait pas lui en vouloir d'être en colère. Elle aurait éprouvé exactement la même chose à sa place.

Répondre à sa question allait être l'acte le plus difficile de sa vie.

De fait, elle en fut incapable. Elle ne put s'exprimer autrement que par un hochement de tête. En son for intérieur, elle reconnaissait que la réaction de Matteo était justifiée mais tout ce qu'il vit dans ce hochement de tête, ce fut une confirmation de ce dont il venait de l'accuser. À ses yeux, elle venait de tromper un petit ami resté en Écosse.

Et, pour être totalement honnête, une partie d'elle était soulagée qu'il en soit ainsi.

Matteo prit ses chaussures mais ne prit même pas la peine de les enfiler. L'instant d'après, la porte de la chambre claqua dans un grand fracas.

4.

Souvent, la vie quotidienne paraissait terne au retour des vacances. Surtout quand on était parti à l'aventure loin de chez soi.

Pour Georgia, la compétition internationale de secourisme de Rakovi avait été l'un des séjours les plus extraordinaires de sa vie et elle se sentait un peu à plat depuis son retour dans son Écosse natale.

Mais cette lassitude, couplée à une déprime qui survenait par à-coups et de manière imprévisible, n'aurait-elle pas dû se résorber depuis le temps ?

Cela faisait *des semaines* qu'elle était rentrée de République tchèque. Suffisamment de temps pour que la gloire de sa victoire se soit évanouie, aussi bien en elle que dans les conversations de ses collègues du Centre d'intervention médicale d'urgence d'Édimbourg. Suffisamment de temps aussi pour qu'elle ait pu vérifier qu'effectivement elle était dans une période non fertile de son cycle quand elle avait fait l'amour avec Matteo.

Aussi, si elle avait maintenu son projet de concevoir un enfant avec un homme qu'elle ne reverrait jamais afin d'élever cet enfant seule, elle aurait été sacrément déçue.

Pour l'heure, elle n'éprouvait aucun chagrin. Elle avait attendu ses règles avec impatience et les avait vues arriver avec soulagement. Elle pouvait désormais tracer un trait à la fin de ce très bref chapitre de sa vie. Et l'archiver, bien emballé dans un carton étiqueté « Rakovi » ou, plus justement, « Matteo ».

Elle pouvait enfin reprendre la vie à bras-le-corps et

exercer le métier qui la passionnait, avec l'enthousiasme et la détermination qui la caractérisaient.

Cela dit, elle avait tout de même éprouvé une pointe de tristesse mêlée à tout ce soulagement. Il y avait bel et bien eu une chance, quoique minime, qu'elle tombe enceinte. Son cerveau avait beau se répéter que c'était une bonne chose que cela ne soit pas arrivé, son corps — et peut-être surtout son cœur — lui rappelait sans cesse qu'elle avait toujours désiré être mère.

Elle avait la vague impression que quelqu'un ou quelque chose dans l'univers s'était moqué d'elle et de sa tentation, même brève, de s'envoler sur la planète de l'amour avec un grand A, où elle aurait tenu son bébé dans ses bras en sentant son cœur déborder de joie.

De cette tristesse, elle ne laissa rien paraître, bien entendu. D'ailleurs, personne n'avait l'air de se douter de ce qui la tourmentait intérieurement. Pas même son coéquipier Sean, dont le visage s'illumina en consultant son pager.

— Super, un arrêt cardiaque ! Nous allons enfin pouvoir sauver une vie aujourd'hui. Tu viens, championne ?

« Championne » était le surnom dont ses collègues l'avaient affublée depuis qu'elle était rentrée de Rakovi avec le trophée qui trônait à présent sur une étagère de la salle de repos. Tous, qu'ils soient ambulanciers, médecins ou aides-soignants, lui avaient demandé de leur raconter la compétition en détail : l'organisation, les épreuves, les autres concurrents. Elle leur avait expliqué tout ce qu'ils avaient envie de savoir et les avaient encouragés à s'inscrire à cette compétition qu'on ne faisait, en général, qu'une fois dans sa vie.

La seule chose qu'elle n'avait jamais évoquée avec quiconque, par contre, était pourtant celle qui lui avait laissé l'impression la plus intense et la plus durable.

Matteo Martini.

Elle suivit Sean au pas de course jusqu'à l'ambulance et attacha sa ceinture de sécurité tandis que la porte automatique du garage s'ouvrait. Sean mit en marche la sirène et le gyrophare, et appuya sur l'accélérateur.

Par chance, l'intérêt de ses collègues pour la compétition de Rakovi avait fini par s'amenuiser. Pour autant, elle continuait à penser aux moments qu'elle avait passés en compagnie de Matteo. Elle se souvenait de chaque conversation, de chaque regard, de chaque geste. Aussi était-elle contente de ne plus avoir à évoquer plusieurs fois par jour son séjour en République tchèque devant des personnes qui ne pouvaient se douter de l'impact qu'il avait eu dans sa vie.

Mais ses souvenirs étaient toujours enfouis en elle, sans qu'elle sache qu'en faire.

Kate avait toujours joué le rôle d'une thérapeute dès qu'elle faisait face à n'importe quel problème affectif mais, dans ce cas précis, il était délicat de se confier à elle. En effet, il lui semblait que Luke ne laissait pas Kate tout à fait indifférente. Et, comme Matteo était l'ami de Luke, c'était… compliqué.

Sean freina brutalement derrière une voiture dont le conducteur n'avait manifestement pas été alerté par le bruit de la sirène et la lumière du gyrophare. Le coup de klaxon qui s'ensuivit la fit totalement sortir de ses réflexions et provoqua une décharge d'adrénaline bienvenue. L'ambulance fit une embardée et empiéta légèrement sur le trottoir pour dépasser le véhicule lent. Ils échangèrent un regard complice. Sean était son coéquipier préféré et, comme elle, il adorait son métier notamment pour le stress qu'il générait et qui leur donnait l'impression d'être vivants.

Sean était arrivé peu auparavant dans le service, mais il avait d'emblée eu un certain succès, notamment auprès des femmes. Il était grand, charmant, avec un accent irlandais craquant qui aurait pu la séduire, en dépit de sa promesse de faire une croix sur les relations à long terme avec les hommes. Elle s'entendait bien avec lui et aimait travailler dans son équipe, mais pour le reste il ne l'attirait pas le moins du monde. Quoi qu'elle aurait pu être tentée, quelques mois plus tôt. Mais plus maintenant. Plus depuis qu'elle avait croisé la route de Matteo Martini.

Depuis leur rencontre, la barre était haute, démesurément haute. D'un certain côté, c'était une bonne chose. Cela l'empêcherait peut-être de replonger à corps perdu dans des histoires qui semblaient programmées pour un échec. Et, comme elle avait tendance à tomber facilement amoureuse, le risque était bel et bien réel.

Par ailleurs, ces quelques jours intenses en République tchèque lui avaient appris que les coups de foudre existaient.

— C'est la prochaine à droite, dit-elle, puis la deuxième à gauche. Heure prévue d'arrivée : deux minutes.

— Roger. Accroche-toi ! Et aujourd'hui c'est toi qui prends les commandes.

Georgia hocha la tête et se concentra sur la situation à venir. Ils avaient été appelés pour un homme victime d'un arrêt cardiaque, sans témoins. Ils ignoraient donc ce qui s'était réellement passé et si quelqu'un avait déjà tenté une réanimation. Aussi ferait-elle son possible pour le sauver — et même plus, parce que c'était ainsi qu'elle concevait la vie et qu'elle avait envie de retrouver la passion qui l'animait avant cette fichue compétition.

Ce fut peine perdue. La réanimation fut longue, chaotique et échoua tristement. La victime, âgée seulement d'une petite cinquantaine d'années, était sur le point d'être grand-père. Sa femme était effondrée. Sa fille, enceinte de plusieurs mois, les rejoignit tandis qu'ils rangeaient leur matériel en attendant que le médecin arrive pour signer l'acte de décès.

Mais Georgia n'avait pas l'intention de s'attarder. Elle connaissait la tentation de se laisser sombrer dans un état qu'elle préférait tenir à distance, où la fatigue et la tristesse risquaient de l'envelopper et de la couper de la lumière présente dans sa vie. Elle craignait de se mettre à s'apitoyer sur son sort et de ne plus avoir la force de se ressaisir pour en sortir.

Hors de question que cela se produise.

Elle avait vécu des épreuves plus difficiles dans sa vie et appris qu'elle pouvait non seulement les surmonter mais aussi en sortir plus forte.

Le bonheur l'attendait, juste là, au coin de la rue.

Elle avait peut-être encore du mal à apercevoir le coin de la rue mais, si elle cessait d'avancer, elle ne le trouverait jamais.

Elle remisa le dénouement tragique de la situation dans un coin de son cerveau réservé à son activité professionnelle et s'efforça de rentrer chez elle de bonne humeur malgré tout. Elle adorait la petite maison dans laquelle elle vivait en colocation avec Kate, son jardin adorable, la jolie cuisine et l'escalier étroit qui conduisait aux chambres mansardées.

Plus que tout, elle adorait la compagnie de Kate. Entre autres parce qu'elle cuisinait divinement bien. Elle ne rechignait jamais à faire la vaisselle après un repas comme celui que Kate avait concocté le soir même. De plus, leur conversation lui avait permis de penser un peu à autre chose qu'à elle-même.

Kate et Luke avaient l'air de s'entendre à merveille. À Rakovi, ils s'étaient promis de se revoir, une fois de retour en Écosse, et avaient tenu leur promesse.

Ce serait merveilleux de pouvoir considérer ce séjour à Rakovi comme le catalyseur de quelque chose de joyeux plutôt que comme un nuage noir qui assombrissait sa propre vie. Et de se réjouir qu'une histoire magnifique naisse des retrouvailles de ces deux copains de fac.

— Fais le premier pas ! On ne sait jamais. Cela pourrait te changer la vie, dit-elle à Kate en déposant le dernier couvert dans l'égouttoir.

Elles allèrent s'installer sur le canapé du salon lorsque Kate découvrit un SMS de Luke sur l'écran de son portable. Georgia éprouva une pointe d'envie. Cette pensée la contraria.

Qu'éprouverait-elle si elle recevait un SMS de Matteo ?

L'idée n'était pas totalement invraisemblable, après tout. S'il le voulait vraiment, il pouvait demander son numéro à Kate par l'intermédiaire de Luke.

De même, il ne serait pas compliqué d'obtenir le numéro de Matteo si elle voulait lui parler.

Mais que lui dirait-elle ? Qu'elle n'avait pas de petit ami en Écosse et qu'elle n'avait trompé personne ?

Ce serait admettre qu'elle lui avait menti. Par omission, certes, mais menti tout de même. Elle pressentait que Matteo n'appréciait pas plus le mensonge que la tromperie. Sa façon de respecter les règles du jeu et sa probité étaient les fondements mêmes de son caractère, sans lesquels il ne serait pas l'homme qu'il était.

Un homme honnête, digne de confiance.

Kate secoua la tête. Luke lui proposait un rendez-vous mais la date et l'heure étaient incompatibles avec son planning.

— Nous ne sommes peut-être pas faits pour vivre une histoire d'amour, en fin de compte, soupira-t-elle.

— Ne sois pas ridicule ! s'exclama Georgia, sur le point de perdre patience. Quelles étaient les chances que tu tombes sur lui au sommet d'une montagne de République tchèque ? Vous étiez faits pour vous rencontrer.

Kate arbora un sourire timide.

— C'est vrai que c'était tout à fait inattendu. C'était ton idée de profiter du séjour pour rencontrer quelqu'un. Pour ma part, j'y allais pour tout sauf pour ça.

Pourvu qu'elle ne remette pas sur le tapis le projet insensé qu'elle avait élaboré avant de partir en République tchèque ! Priant pour qu'elle passe à autre chose, Georgia haussa négligemment les épaules et détourna le regard. Mais Kate renchérit.

— D'ailleurs, tu me parais étrangement calme depuis que nous sommes revenues. Y a-t-il quelque chose qui te contrarie ?

— Non, rien, répondit-elle sur un ton qu'elle voulut léger pour ne pas éveiller les soupçons de son amie.

Mais le stratagème ne fonctionna pas. Elle sentit Kate la fixer avec insistance.

— Tu ne m'as pas dit ce que tu avais fait quand tu as disparu de la fête, le dernier soir.

Georgia se raidit.

— Non ! Ce n'est pas vrai ! s'exclama Kate qui comprenait plus de choses que Georgia ne l'aurait souhaité. Tu es sortie avec quelqu'un ? Et tu ne me l'as pas dit !

— Il n'y a pas grand-chose à dire, dit-elle. C'est un épisode de ma vie que je préfère oublier.

Mais Kate ignora sa réponse.

— Ça ne peut pas être Matteo : quand je l'ai croisé et lui ai demandé où tu étais, ce soir-là, il m'a dit qu'il n'en avait aucune idée.

Kate avait dû tomber sur Matteo quand il était sorti de la chambre en claquant la porte. Si Matteo avait parlé de tout cela avec Luke, la situation risquait d'être encore plus compliquée qu'elle ne l'était déjà. Mais Kate ne semblait pas s'être aperçue que Matteo était furieux, ce soir-là.

— Cela dit, c'est dommage, dit Kate.

Georgia sursauta presque.

— Pourquoi dis-tu cela ?

— Je ne sais pas… Peut-être parce qu'il est beau comme un dieu et que vous aviez l'air de vraiment bien vous entendre.

Georgia déploya des efforts surhumains pour se tourner vers Kate.

— En fait, je ne suis pas sûre que les aventures d'un soir m'intéressent encore, avoua-t-elle, espérant clore le débat. Je ne sais pas ce qui m'a pris de l'imaginer ce soir-là.

Elle soupira et indiqua la télévision d'un signe de tête.

— Tu sais s'il y a quelque chose de bien, ce soir ? demanda-t-elle en prenant la télécommande.

Un silence étrange tomba dans le salon. Elle s'en voulait de ne pas dire la vérité à son amie, mais avait-elle le choix ?

Si Kate apprenait qu'elle était amoureuse de Matteo, elle

ferait tout pour essayer d'arranger les choses, comme elle-même avait convaincu Kate de répondre au SMS de Luke. Kate en parlerait sans doute à Luke et, quand Matteo comprendrait que tout le monde complotait dans son dos, il serait encore plus en colère contre elle.

Il ne pourrait sans doute plus prononcer son prénom puisqu'elle lui avait menti.

De plus, elle avait envie d'oublier cet épisode et de mettre un terme à la guerre incessante à laquelle se livraient sa tête et son cœur au sujet des risques d'une potentielle relation amoureuse. De cesser de penser qu'elle avait commis une erreur qu'elle ne pourrait jamais réparer.

Elle était épuisée.

Kate dut le sentir car elle s'approcha d'elle et la prit dans ses bras.

— Tu ne sais pas ce qui t'a pris mais au moins, maintenant, cela ne te reprendra plus.

Si seulement elle pouvait avoir les mêmes certitudes que Kate !

— Tu es sûre que ça va, Georgia ?

Elle hocha la tête.

— Oui, ça va, je t'assure.

— Je te fais un café ?

L'idée de boire un café lui provoqua un haut-le-cœur. Elle devait être encore plus fatiguée qu'elle ne le pensait.

— Non, merci, répondit-elle en priant pour que son estomac ne se retourne pas. J'ai juste envie de me détendre un peu et de regarder la télé.

Rien de mieux, après une journée mouvementée d'urgences dans une grande ville, que de boire une bière bien fraîche avec son meilleur ami.

Mouvementée, cette journée l'avait été, notamment à cause d'un carambolage gigantesque sur l'autoroute, à la sortie de

Milan. Pour avoir une chance d'être sauvés, les blessés graves devaient être acheminés vers les hôpitaux en un temps qu'une ambulance ne pouvait pas mettre pour faire le trajet. Ils avaient dû poser l'hélicoptère sur l'autoroute dans un espace circonscrit par la police, au milieu d'embouteillages monstres qui feraient la une des journaux le lendemain.

Matteo, son ordinateur portable sur les genoux, se cala sur le canapé, heureux d'échanger des nouvelles par Skype avec Luke. Ils discutèrent longuement de l'imagerie par résonance magnétique en 4D et des implications d'une telle avancée technologique dans l'univers de la médecine.

Puis la conversation prit un tour plus personnel.

— À part ça, quoi de neuf ? demanda Luke.

— Pas grand-chose. La routine.

— Et cette infirmière avec qui tu es sorti la semaine dernière ? Comment s'appelait-elle, déjà ?

— Marcella, répondit-il, un peu honteux d'avoir mis du temps à se remémorer son prénom. Je ne pense pas que nous nous reverrons. Je crois qu'elle en voulait surtout à mon corps.

— Petit veinard, dit Luke en riant.

Certes, cette aventure lui avait fait du bien après plusieurs semaines d'abstinence. Mais il n'avait pas pu s'empêcher d'éprouver une certaine déception.

Parce qu'il aurait préféré passer la nuit avec Georgia Bennett ?

Non. Il n'avait pas envie de repenser à Georgia. Elle était sortie de sa vie dès l'instant où il avait compris qu'elle avait trompé son petit ami en couchant avec lui. Il lui en voulait encore, comme si c'était lui qu'elle avait trompé.

Il était tombé amoureux d'elle, lui avait donné une partie de son cœur qu'il aurait voulu récupérer.

D'une oreille distraite, il écouta Luke lui raconter comment les choses évoluaient entre Kate et lui. Il était heureux pour lui, vraiment heureux. Le seul point noir, c'est que la nouvelle conquête de Luke soit aussi proche de la femme que lui-même était bien décidé à oublier.

— Et Georgia, vous la voyez ? s'entendit-il dire. Vous sortez avec son copain et elle ?

Quelle force mystérieuse lui avait fait évoquer Georgia ? Il se remémora les bons moments qu'il avait passés avec elle sur la piste de danse, à Rakovi. À l'époque, il s'imaginait avoir trouvé la femme — la seule au monde — avec laquelle il avait eu envie de vivre.

Mais la simple pensée qu'un autre homme puisse partager sa vie provoqua une pression dans sa poitrine qui lui bloqua la respiration.

Il avait eu envie de recontacter Georgia, une fois sa colère initiale passée. De demander son numéro à Luke.

Mais qu'en aurait-il fait ? Aurait-il délibérément brisé un couple pour côtoyer une femme ayant trompé et quitté son petit ami pour lui ?

Bien sûr que non. Il n'avait pas envie de passer le restant de ses jours à se demander si elle serait capable de le tromper et de le quitter, lui aussi.

Le fondement d'un couple, c'était la confiance.

— Non, je ne l'ai pas vue depuis que je sors avec Kate. Nous ne sortons que tous les deux ou nous nous voyons chez moi.

— Tu n'es jamais allé chez elle ?

— Non. Kate ne me l'a jamais proposé.

— Peut-être que Georgia ne veut pas.

— Pourquoi dis-tu cela ?

— Je ne sais pas. Elle est bizarre, parfois.

— Je croyais que tu l'aimais bien, s'étonna Luke.

Ce qu'il avait éprouvé pour elle était plus fort que le fait de bien aimer quelqu'un. D'ailleurs, quel mot définissait le mieux ses sentiments ? Même le mot « amour » ne suffisait pas à cerner tout ce que leur rencontre avait suscité en lui.

Une rencontre qui n'aurait jamais dû se produire puisqu'elle reposait sur la tromperie.

— Moi aussi, je le croyais, murmura-t-il. On peut parfois se tromper.

Il fallait qu'ils arrêtent de parler d'elle. Cela ne l'aidait pas à cesser de penser à elle.

— Il faut que je raccroche. Je me lève tôt demain matin.

— D'accord. On s'appelle la semaine prochaine.

Matteo lui sourit.

— On va peut-être se voir bientôt. Je te rappelle que, si tu as trouvé la femme de ta vie et que tu as l'intention de te marier, je serai ton témoin.

Lorsqu'ils raccrochèrent, Matteo fixa longuement l'écran noir de son ordinateur.

Se marier… Avoir des enfants…

Il avait toujours pensé que ce serait la plus belle étape de sa vie.

Jusqu'à ses trente ans, cela n'avait été qu'un rêve lointain. Il s'imaginait qu'il avait encore le temps et qu'il pouvait s'amuser et faire ce qu'il n'aurait plus l'occasion de faire une fois père de famille. De plus, il avait vraiment envie de trouver la bonne personne avec qui il partagerait sa vie. Qui serait non seulement sa femme, mais aussi la mère de ses enfants.

Comment toutes ces années étaient-elles passées aussi vite ? Depuis qu'il avait la trentaine, il avait une conscience plus aiguë du temps qui passait et il commençait à prendre ses relations avec les femmes un peu plus au sérieux — du moins quand son emploi du temps lui permettait de faire des rencontres. Il savait que ses rêves de paternité ne se réaliseraient pas d'eux-mêmes. S'il voulait être père et non plus seulement un oncle, il fallait qu'il s'en donne les moyens.

Pendant les brefs moments que la compétition en République tchèque lui avait accordés avec Georgia, il avait sincèrement cru avoir trouvé la personne avec qui ce rêve se concrétiserait.

Mais, à présent, le rêve s'était évanoui et le laissait affronter la dure réalité, assailli par le doute. Et par une amère tristesse.

Sa vie ne serait peut-être jamais aussi belle qu'il se l'était imaginé. Car Georgia Bennett ne serait jamais sa femme.

— C'est juste un petit coup de mou, Sean. Tout va bien, je t'assure. Ouvre-moi la portière et retournons au centre. J'ai envie de rentrer chez moi.

— Pas question ! rétorqua Sean en s'appuyant sur l'arrière de l'ambulance. Nous n'irons nulle part tant que tu ne te seras pas fait examiner. Cela fait des semaines que tu as une petite mine. Tu es tout le temps fatiguée et même les kebabs de Nico ne te font plus envie. Il faut que tu sois malade pour que ses kebabs te dégoûtent !

— Je n'avais pas faim, c'est tout.

— Tu es pâle comme un linge. Retourne aux urgences et trouve un médecin. C'est calme, pour l'instant. Fais au moins une prise de sang.

— Ça va prendre un temps fou. La journée est finie. C'est l'heure de rentrer.

— Justement, tu as le temps. Je vais appeler le centre et leur dire que nous rapporterons l'ambulance un peu plus tard. Je reste là, je t'attends. Je vais boire un café et discuter avec les infirmières pendant que tu te fais examiner. Envoie-moi un message quand tu auras fini.

Sur ce, il se dirigea vers l'entrée des urgences, les clés de la voiture dans la poche.

Un quart d'heure plus tard, Georgia était assise dans le bureau de Kathryn, l'une des urgentistes.

— Il faut attendre les résultats de l'analyse de sang. Nous les aurons dans quelques minutes. Mais tu es sûre que tu ne *peux pas* être enceinte, Georgia ?

— Oui. Enfin… j'ai eu un rapport non protégé, il y a quelques semaines, mais depuis j'ai eu mes règles.

— Et elles étaient normales ?

Elle se remémora l'immense soulagement qu'elle avait

éprouvé à l'arrivée de ses règles, puis la tristesse. Mais elle avait du mal à se souvenir du reste.

— Peut-être un peu moins abondantes que d'habitude, finit-elle par dire.

Kathryn hocha la tête.

— Cela vaudrait la peine de passer une échographie en attendant les résultats de la prise de sang.

Georgia se sentit envahie par une émotion puissante qu'elle ne parvint pas à définir clairement. De la terreur ? Ou de l'espoir ?

— Tu as déjà entendu parler du saignement décidual, j'imagine, dit le médecin en la conduisant vers un box.

Elle laissa Georgia s'installer et continua à parler derrière le rideau.

Georgia s'allongea sur la table d'examen et déboutonna son pantalon.

— Vingt à trente pour cent des femmes ont ce genre de saignement au cours du premier trimestre de la grossesse. Mais il arrive aussi que les saignements se poursuivent pendant le deuxième, voire le troisième trimestre.

Kathryn entra et étala le gel froid sur son ventre.

— Ils sont souvent dus à un dérèglement hormonal et surviennent le plus souvent au début, avant que le placenta soit tout à fait fixé à la paroi de l'utérus. La plupart du temps, ils ne constituent pas une menace pour le bébé.

Elle scruta l'écran tout en déplaçant la sonde.

Le silence qui s'ensuivit parut durer une éternité.

— Oh non ! Tu vois quelque chose ? Je suis enceinte ? dit-elle dans un souffle.

Kathryn lui adressa un regard prudent.

— Comment le vivrais-tu si c'était le cas ?

— Hum…

Toutes sortes d'émotions se mirent à tourbillonner en elle. La peur, l'excitation, l'envie d'avoir un enfant qui avait toujours été forte, au point qu'elle avait même envisagé un jour de trouver un géniteur en République tchèque.

Des images de son séjour à Rakovi lui revinrent en mémoire. Matteo, ses mains, ses lèvres…

— Je crois… Je crois que cela me rendrait très heureuse.

Kathryn tourna l'écran de sorte que Georgia puisse voir l'image qui s'y affichait. Elle eut du mal à voir une forme nette parmi les taches noires et blanches mais distingua le mouvement rapide et régulier d'un petit cœur…

Non…

Elle scruta l'écran et leva les yeux vers le médecin. Kathryn sourit.

— Bien… Seras-tu deux fois plus heureuse en apprenant que tu attends des jumeaux ?

5.

La nouvelle ne pouvait pas rester secrète.

Si elle avait été enceinte d'un seul bébé, elle aurait pu cacher son état pendant quelques mois et faire passer ses nouvelles rondeurs pour un peu d'embonpoint dû à quelques excès alimentaires ou au manque d'exercice.

Mais elle portait *deux* bébés.

D'ici très peu de temps — quelques semaines tout au plus —, elle n'aurait plus aucun moyen de dissimuler les modifications que subirait son corps. Alors, autant annoncer la nouvelle dès maintenant, non ?

Non.

La tête que fit Sean quand elle le rejoignit dans le hall, plus d'une heure plus tard, suffit à la faire changer d'avis. Elle n'avait pas envie de jeter le pavé dans la mare. Cela ferait des vagues dans la vie d'autres personnes qu'elle-même. De plus, on lui interdirait d'exercer son métier passionnant et on lui assignerait des tâches aussi ennuyantes que la paperasserie ou le tri dans les réserves. Elle serait privée de la joie de partir avec Sean sur les routes et de l'excitation provoquée par les défis permanents de chaque journée de travail. Et elle aurait beaucoup trop de temps pour penser à l'avenir, au père des bébés…

De toute façon, les risques de complications étaient plus élevés au cours des grossesses multiples et elle n'avait même pas atteint la fin du premier trimestre. Inutile d'alerter tout le monde tant que ce ne serait pas absolument inévitable.

— Alors ? Qu'est-ce que tu as ? demanda Sean.

— Rien, répondit-elle sur un ton dégagé. Tout va bien. On peut rentrer.

Sean démarra l'ambulance mais ne cessait de lui jeter des coups d'œil suspicieux.

— Je ne te crois pas, finit-il par dire.

— Sean, je ne suis pas malade.

Ça, c'était la vérité. La grossesse n'était pas une maladie.

— Tu n'es pas comme d'habitude.

— Ah bon ?

— Non. Tu as l'air… Je ne sais pas. C'est comme si tu avais une maladie incurable et qu'on venait de t'annoncer que tu étais guérie. Tu as la tête de quelqu'un qui a gagné au loto.

Georgia ne put s'empêcher de rire.

— Tu as raison. J'avais fini par me demander si je n'avais pas une horrible maladie. En fait, je suis…

Enceinte.

— … juste un peu crevée. Mais je vais vivre cent ans et je suis heureuse.

Elle tourna la tête vers Sean.

— Tu peux te réjouir, toi aussi. Nous allons travailler ensemble jusqu'à ce que nous ayons les cheveux blancs.

Sean pouffa de rire.

— J'aurai des cheveux blancs bien avant trente ans, si je continue à travailler avec toi, championne. Ne me refais plus de frayeur comme celle-ci.

Une chance que Kate soit sortie avec Luke, se rassura Georgia en arrivant chez elle. Plus que jamais, elle avait besoin d'être seule, au calme.

Des bribes de sa conversation avec Sean lui revenaient. Elle lui avait dit qu'elle n'était pas malade parce que la grossesse était un état tout à fait normal pour une femme.

Mais était-ce vraiment un état *normal* ?

Ce qui lui arrivait était… incroyable.

Elle allait avoir un bébé. Non, deux.

D'ici quelques mois, elle serait mère, à la tête d'une vraie petite famille.

Elle sentit ses paupières picoter mais elle avait tellement peu l'habitude de pleurer qu'elle mit quelques instants à comprendre que les larmes allaient jaillir.

Des larmes ? Depuis l'âge de cinq ans, elle savait que les larmes ne servaient à rien. Elle n'avait pleuré qu'une seule fois pour l'enterrement de sa mère — du moins bien après l'enterrement, une fois qu'il n'y eut plus personne pour être témoin de sa faiblesse.

Après toutes ces années, la raison de ses larmes était peut-être la même : il n'y avait qu'une personne à laquelle elle avait envie de parler de ce qui lui arrivait — sa mère — mais cette personne n'était plus là.

Kate était là, certes, mais lui confier son état reviendrait à lancer non pas un pavé, mais une véritable bombe.

Kate serait atterrée de son mépris flagrant des règles de comportement en société. Vouloir fonder une famille n'était pas un problème en soi, mais on était censé le faire correctement, c'est-à-dire prendre des précautions en matière de contraception jusqu'à ce qu'on trouve l'homme de sa vie. Et, de préférence, après être passé devant le maire ou l'officiant.

Non, en parler à Kate donnerait lieu à des discussions sans fin. Kate attirerait probablement son attention sur des problèmes à venir que Georgia n'avait pas envie d'envisager pour le moment. Des considérations matérielles : où allait-elle vivre avec ses deux enfants ? Comment allait-elle s'en sortir financièrement ?

Et, en amie responsable, elle ne manquerait pas de lui rappeler qu'à ce stade de la grossesse elle avait encore le choix.

Elle était encore sous le choc de la nouvelle, mais elle savait déjà qu'il était impensable de ne pas mener la grossesse à terme. Elle avait simplement besoin d'un peu de temps pour se faire à ce qui était en train de se passer.

C'était un miracle.

Ironie de l'histoire, elle ne l'avait pas programmé. Elle n'avait pas cherché à séduire un donneur de sperme potentiellement acceptable dans l'espoir de tomber enceinte. D'ailleurs, l'idée d'avoir évité une grossesse accidentelle avait été un immense soulagement, quand elle avait eu ses règles. Car elle savait à quel point les choses se compliqueraient si Kate savait la vérité.

Pour la première fois depuis la vision de ces petits cœurs battant sur l'écran de l'échographe, elle éprouva un sentiment de peur.

Il ne fallait pas que Kate sache. En tout cas, pas qui était le père. Elle serait bientôt au courant de la grossesse, évidemment. Mais pas pour l'instant. Pas tant qu'elle-même n'aurait pas les idées claires et les bons arguments pour contrer toutes les objections que son amie ne manquerait pas de soulever.

Ce furent des œufs qui la compromirent.

La vue du jaune d'œuf figé sur les assiettes empilées dans l'évier en attente d'être lavées, ajoutée à l'épuisement d'un service chargé et à la vague nausée que Georgia ressentait depuis un moment se transforma en une sensation plus violente. Elle se précipita aux toilettes dans l'espoir d'y arriver avant que son estomac se retourne.

Kate l'avait suivie mais elle ne s'en aperçut que lorsqu'elle sentit la fraîcheur d'un gant mouillé sur son front quand elle se releva.

— Je ne mangerai plus jamais d'œufs de ma vie, gémit-elle.

— Mais tu n'en as même pas mangé. Tu t'es contentée de regarder ton assiette.

— Je sais…, dit-elle en s'appuyant contre le mur, le gant sur les yeux.

Dire qu'elle avait assuré à Sean qu'elle n'était pas malade, quinze jours auparavant ! Jamais elle ne s'était sentie aussi mal de sa vie.

— Tu es malade ? Tu as de la fièvre ? demanda Kate.

En bon médecin, elle lui prit le poignet pour évaluer son pouls.

— Je ne crois pas, non.

— Tu as peut-être mangé un aliment avarié.

— Non.

Kate la regarda, inquiète, puis son expression se métamorphosa. Elle avait l'air horrifiée.

— Ce n'est pas vrai, Georgia ! Tu es enceinte ?

Le besoin de temps pour réfléchir semblait compromis.

Kate poussa un gros soupir et prit appui contre le mur.

— Pourquoi ne me l'as-tu pas dit ?

— Je voulais te le dire, mais je n'avais pas envie qu'on se dispute sur le fait de poursuivre ou non la grossesse.

Kate faillit s'étrangler.

— Tu crois vraiment que j'aurais eu l'intention de te convaincre d'avorter ?

Georgia retira le gant de ses yeux. Si la vérité devait éclater, autant tout dire d'un coup. Enfin, *presque* tout.

— Tu n'as jamais approuvé mon projet d'être mère célibataire. Tu m'as même dit que c'était une idée abracadabrante.

— Cela ne signifie pas que je ne te soutiendrai pas, quel que soit ton choix ! répliqua Kate d'une voix étranglée qui lui brisa le cœur.

À présent, l'idée de cacher sa grossesse à Kate lui parut minable. Et elle s'en voulut de l'avoir blessée.

— Mais de combien de semaines es-tu enceinte ?

— Environ dix semaines.

Le silence qui s'ensuivit fut de courte durée.

— Ce qui signifie que tu as couché avec quelqu'un à Rakovi. Je savais que tu me cachais quelque chose ! Qui est-ce ?

— Peu importe.

— Peu importe ? Georgia, c'est le père de ton enfant. Tu dois savoir de quels gènes il héritera. Et il faudra que le père t'aide financièrement.

Georgia secoua la tête.

— Justement, je ne veux rien savoir de la famille du père et je ne veux pas d'aide financière. Je ne veux rien qui puisse interférer avec ma décision d'avoir cet enfant et de l'élever. C'est *mon* enfant, un point c'est tout.

Une petite voix s'éleva dans un recoin de son cerveau.

« Je ne veux pas y aller, maman. Je ne veux pas partir avec eux… »

« On t'emmène. Tu n'as pas le choix. Tu es *ma* fille. Tu dois recevoir une éducation décente dans un foyer honorable. Ta mère n'est qu'une putain. Monte dans la voiture et tiens-toi tranquille… »

Elle revit la portière se refermer sur son bras tendu vers sa mère et ressentit la douleur mêlée à la terreur d'être séparée d'elle. Et le sang qui s'était mis à couler le long de son avant-bras, tandis que sa mère trébuchait et tombait sur le chemin. Elle avait fini par se recroqueviller sur le siège arrière de la voiture qui l'emmenait loin de tout ce qu'elle connaissait et aimait.

Elle ferma les yeux dans l'espoir de chasser ce terrible souvenir.

Kate ne savait rien de ce qu'elle avait vécu, enfant. Ni personne d'autre, d'ailleurs. Quand on lui posait des questions sur sa cicatrice, elle racontait qu'elle avait fait une chute de poney. Elle s'imaginait chevauchant sa monture dans les collines du village, dissimulant la réalité sous le fantasme d'une enfance idéale à laquelle elle finissait parfois par croire elle-même. La seule personne au courant de la vérité et capable de comprendre la peur dans laquelle elle avait vécu tout ce temps était sa mère. Mais son unique point de repère avait disparu depuis des années.

Impossible d'expliquer tout cela à qui que ce soit, pas même à sa meilleure amie. C'était trop dur. Elle avait tout fait pour cloisonner ses souvenirs et les enfouir le plus profondément possible en elle dans l'espoir d'oublier ce pan horrible de sa vie.

Elle ne pouvait donc pas expliquer *pourquoi* à Kate, mais elle pouvait simplement lui faire comprendre qu'elle ne changerait pas d'avis. Au risque de blesser son amie la plus proche, elle ne pouvait pas agir autrement. C'était un réflexe de protection.

Plus précisément, un réflexe de protection envers ses bébés.

Dès le départ, elle s'était retenue de parler de Matteo à Kate, à cause de son histoire d'amour naissante avec Luke. D'une certaine manière, elle avait d'instinct protégé ses enfants — avant même de savoir qu'ils existaient.

Ne rien dire à Kate était d'autant plus important que Matteo ne laisserait pas sa progéniture côtoyer une personne qu'il méprisait. Il ne serait peut-être pas aussi violent que l'était son père, mais il ferait probablement preuve de la même ténacité, même sans prétendre qu'un Dieu vengeur était à ses côtés.

Matteo n'aurait jamais recours à la violence, elle en était sûre. Ce serait sans aucun doute un père raisonnable qui la laisserait voir ses enfants et accepterait peut-être même une garde alternée. Mais pouvait-elle se contenter d'une solution qui transformerait sa vie en montagnes russes émotionnelles emplies d'angoisse, de solitude et probablement aussi de jalousie ?

Un jour, Matteo allait trouver la femme de sa vie, qui deviendrait la belle-mère de ses enfants et vivrait avec eux à mi-temps. Rien que l'idée la fit frémir.

Elle avait encore les moyens d'empêcher cela de se produire.

— Ne me pose plus la question, Kate, finit-elle par dire. Je ne peux pas te le dire. Je ne le dirai à personne, pas même au père de l'enfant. Et, de toute façon, je n'ai pas ses coordonnées et je me rappelle à peine son prénom. Et… Oh ! non ! Je crois que je vais vomir…

À cause des nausées matinales, Georgia eut l'impression que les semaines qui suivirent passaient très lentement.

Sur le plan professionnel, ses craintes de se voir reléguée à des tâches ingrates se révélèrent infondées. Et, au bout de quelques jours, c'est elle qui se mit à rêver qu'on lui propose un poste plus tranquille.

De fait, elle ne pouvait plus porter de patients ni se mettre dans des situations dangereuses, mais elle continuait à exercer toutes les autres facettes de son métier. Parfois même, elle travaillait seule. On lui avait confié une berline qui avait tout d'une ambulance à l'exception des brancards, avec laquelle elle était amenée à se rendre sur les lieux d'un incident pour porter les premiers soins. Elle pouvait également être envoyée en renfort auprès d'une équipe.

Elle gardait donc l'excitation et la satisfaction propres à son métier, sans le travail de force. Cela avait des avantages : interdits, désormais les prouesses physiques et les longs trajets visant à emmener tranquillement des patients parfaitement stabilisés à l'hôpital, tout en entendant les appels du central à toutes les équipes disponibles pour aller accomplir des missions passionnantes !

En conséquence, ses journées de travail continuaient à lui apporter une énergie dont ses nausées la vidaient. Par chance, leur intensité finit tout de même par diminuer.

Une autre nouvelle vint bousculer ses habitudes, et non des moindres. Avant même que les nausées aient cessé de gâcher une partie du plaisir de Georgia d'être enceinte, Kate avait fini par s'avouer que Luke était exactement l'homme qu'elle cherchait. Le bon. Ce qui tombait bien car, contre toute attente, Kate enfreignit ses propres règles en tombant à son tour enceinte après un rapport non protégé, avec la même facilité que Georgia.

Quelle ironie ! Elles qui, quelques mois plus tôt, misaient tout sur leur carrière passionnante, et dont les perspectives d'avenir étaient loin d'inclure la maternité !

Tout le monde pouvait se tromper…

Pour beaucoup de femmes, être mère célibataire n'avait

rien d'un rêve. C'était une situation peu enviable à laquelle on faisait face quand on n'avait d'autre choix. Quand le concept de la famille idéale n'avait pas pu se matérialiser, pour quelque raison que ce soit.

Georgia, elle, ne voyait pas les choses sous cet angle. Les meilleurs moments de son enfance et de son adolescence, elle les avait passés seule, en sécurité, auprès de sa mère, quand elles emménageaient dans un nouveau logement et savaient qu'elles avaient quelques mois de répit avant que son père les retrouve et tente de nouveau de les séparer.

Au mieux, la police ou les services sociaux venaient frapper à leur porte et elles étaient convoquées au tribunal.

Au pire, Georgia passait son temps à regarder par-dessus son épaule pour voir si on ne la suivait pas et rentrait de l'école, la peur au ventre, redoutant de ne pas retrouver sa mère vivante.

Georgia savait qu'elle s'en sortirait très bien toute seule. Si personne n'interférait dans l'éducation qu'elle donnerait à ses enfants, ils grandiraient dans un havre de paix et de joie. Ils se sentiraient toujours aimés et en sécurité.

Elle sentait aussi que tout irait bien pour Kate, qui avait trouvé en Luke la personne idéale pour fonder une famille.

Jusqu'au jour où on l'appela pour lui annoncer une terrible nouvelle : Kate avait eu un accident. Elle s'était fait renverser par une voiture en traversant la route mais elle avait eu la chance de ne souffrir que d'une légère commotion cérébrale. Elle avait néanmoins perdu l'enfant.

Se rendre à l'hôpital pour lui apporter des vêtements propres et la ramener à la maison avait été l'une des choses les plus difficiles de sa vie. Elle avait l'impression qu'on ne voyait plus que son gros ventre, la preuve éclatante que sa grossesse à elle suivait son cours, remuant le couteau dans une plaie dont Kate garderait à jamais la cicatrice.

— Je suis vraiment désolée, Kate.

Mais Kate avait balayé son empathie d'un revers de la main.

— Ce n'est pas grave. J'avais à peine eu le temps de me faire à l'idée d'être enceinte.

Elle ne lui avait plus dit un mot. Et, pendant les jours qui suivirent, elle passa son temps à dormir.

Dès son retour de l'hôpital, Georgia prit quelques jours pour veiller sur elle et s'assurer que l'accident n'avait pas laissé d'autres séquelles. La première nuit, elle se coucha dans le lit de Kate, à côté d'elle, et passa son temps à la réveiller pour vérifier sa réactivité et à écouter la régularité de sa respiration.

C'était affreux de se sentir rejetée.

Elle se souvenait de l'émerveillement qu'elle-même avait éprouvé après le choc initial d'apprendre qu'elle était enceinte.

Un miracle s'était produit et deux bébés grandissaient désormais en elle. *Ses* bébés. Elle non plus n'avait pas eu beaucoup de temps pour apprivoiser l'idée, mais son amour pour eux était déjà suffisamment fort pour qu'elle soit décidée à les protéger coûte que coûte.

Mais, apparemment, cela faisait un moment que Kate était amoureuse de Luke et qu'elle ne lui en avait rien dit. Pensait-elle qu'en s'abandonnant à son chagrin elle ouvrirait des vannes qu'elle serait incapable de refermer ? Que ce serait avouer qu'elle avait enfreint les règles de ce « pacte » idiot, qu'elle avait conclu avec lui à la fac, de se marier s'ils étaient toujours célibataires à trente-cinq ans ? Qu'elle était *vraiment* tombée amoureuse de lui ? Craignait-elle que Luke annule tout ?

À présent, elle rejetait aussi Luke et rien n'était plus injuste. Il y avait vraiment quelque chose de fort entre eux, et ils devaient tout faire pour le protéger. Le malheur qui s'abattait sur eux devait les rapprocher, pas les éloigner l'un de l'autre.

Georgia ne savait que faire.

Elle se trouvait impuissante, face à une immense barrière qu'elle-même avait érigée en ne voulant pas que Kate se mêle de sa vie et de ses choix. Tout cela parce qu'elle n'avait pas voulu lui parler des violences qu'elle avait subies dans son enfance. Parce qu'elle n'avait pas voulu lui dire que Matteo était le père de ses enfants. Ni même qu'elle attendait des jumeaux.

Le moment était mal choisi pour lui parler d'elle, à présent. Kate avait beau faire comme si de rien n'était, ce qu'elle venait de vivre était un traumatisme.

De fait, la barrière s'était renforcée. Et la situation s'était encore compliquée, si tant est que ce soit possible.

La voix de sa mère lui revint en mémoire.

« Quel enchevêtrement nous créons, lorsque nous nous mettons à mentir… »

Elle était mal placée pour suggérer à Kate de s'accrocher à la belle relation qu'elle avait tissée avec Luke et qui était une chose rare et précieuse. « Fais ce que je dis mais pas ce que je fais », voilà ce qu'elle aurait l'impression de lui dire, puisqu'elle-même avait partagé avec Matteo une entente rare et précieuse, qu'elle était en train de sacrifier.

Non pas parce qu'elle en avait envie, mais parce qu'il le fallait. Il fallait que sa tête remporte la bataille contre son cœur.

Elle savait que l'amour ne durait pas et que certains pères pouvaient détruire la vie de leurs enfants.

Au cours de ces longues heures où seule la respiration de Kate troublait le silence, il y eut néanmoins un moment incroyable durant lequel son cœur pensa remporter la bataille.

Elle envisagea sérieusement de se procurer les coordonnées de Matteo et de lui révéler la vérité. *Toute* la vérité. Son cœur lui murmura des encouragements. Et si le risque en valait la chandelle ? Et si Matteo avait conscience, lui aussi, que leur entente n'était pas banale et qu'il était prêt à remuer ciel et terre pour que leur histoire fonctionne ?

Mais sa tête avait encore des tonnes de munitions en réserve.

Tu es complètement inconsciente ! Tu n'as passé que quelques jours avec lui.

Qui te dit qu'il a ressenti la même chose pour toi ?

As-tu vraiment envie de dégoupiller cette grenade, au

moment même où Kate traverse une telle épreuve ? Veux-tu qu'elle se sente obligée de te soutenir dans cette improbable quête de la famille idéale alors qu'elle vient de perdre son bébé ?

Dans son sommeil, Kate se mit à gémir, comme pour confirmer que ce n'était pas une bonne idée de faire empirer une situation déjà bien compliquée. Georgia écarta une mèche blonde de son visage.

— Ne t'inquiète pas, Kate. Rendors-toi…

La tête de Georgia venait de remporter une autre victoire en lui indiquant quelle voie elle devait emprunter. Il ne lui restait plus qu'à la suivre.

— Salut, Luke ! dit Matteo avant même que le visage de Luke n'apparaisse sur l'écran de son ordinateur.

La sonnerie de Skype interrompait la lecture d'un film mais la surprise lui fit plaisir.

— Alors, où étais-tu passé ?

— C'était l'enfer, répondit Luke.

— Au travail ou en amour ?

— Les deux. Ah, tant que j'y pense : que fais-tu vendredi ?

— Demain ou la semaine prochaine ? Cela dit, je travaille dans les deux cas. Pourquoi ?

— Penses-tu que tu pourrais te faire remplacer vendredi en huit ? Cela te laisse une semaine pour trouver une solution.

— Je vais voir, répondit-il en scrutant l'image qui venait d'apparaître sur l'écran.

Curieusement, Luke ne semblait pas traverser une crise grave. Au contraire, il avait l'air heureux.

— Ce n'est jamais simple mais je vais essayer. Qu'est-ce qui se passe ?

— Tu te souviens de ce que tu m'as dit ?

— J'ai dit beaucoup de choses, dit-il en riant. Auquel de mes propos de profonde sagesse fais-tu allusion ?

— Tu m'as dit que, si je me mariais, tu serais mon témoin.

— Quoi ? Tu plaisantes ? Tu ne te maries pas vendredi prochain, tout de même ?

— Si, je suis désolé. Mais nous avons trouvé l'endroit idéal. L'ancienne chapelle au milieu du château d'Édimbourg. Normalement, il faut réserver un an à l'avance, mais un couple d'Américains a annulé. Un problème de visa, je crois.

Matteo tentait de digérer la nouvelle.

— Luke. Tu es en train de me dire que tu te maries ? La semaine prochaine ? Mais vous n'avez pas perdu de temps.

— Et encore, tu ne sais pas tout. Les choses se sont précipitées depuis que Kate a perdu le bébé.

Matteo eut le souffle coupé.

— Attends. Kate était enceinte ?

— Je t'ai dit qu'on avait vécu l'enfer. Enfin bref. Nous réessaierons. Mais ça a été dur pour Kate, d'autant plus que Georgia est, elle aussi, enceinte.

— *Cosa ?* s'exclama Matteo, avec la curieuse impression d'avoir reçu un coup de poing dans le ventre.

— Georgia ? Enceinte ? De combien ?

Son cerveau s'emballa. Elle lui avait dit qu'il n'y avait aucun risque.

— Je ne sais pas exactement, dit Luke en scrutant le visage de Matteo d'un air soucieux. Je l'ai vu il y a quelques jours et elle était déjà bien ronde. Je dirais au moins six mois.

Il fit le calcul à la vitesse de la lumière.

Au moins six mois ?

Il avait rencontré Georgia cinq mois plus tôt. Ce qui signifiait qu'elle était déjà enceinte quand ils avaient couché ensemble. Le savait-elle ?

Il n'osa pas imaginer qu'elle trompait son petit ami tout en sachant, de surcroît, qu'elle était enceinte.

— Tu lui poseras toi-même la question. Georgia sera le témoin de Kate, évidemment.

Il se figea. Comment Luke pouvait-il sourire à l'idée qu'il revoie Georgia ?

Luke n'était pas au courant de ce qui s'était passé entre eux. D'ailleurs, personne ne l'était.

Peut-être que Georgia ne l'avait dit à personne non plus. Kate aurait été la première prévenue et, comme elle sortait avec Luke, ce dernier aurait fini par être au courant et par lui en parler.

Mais Georgia n'avait pas dû crier sur les toits leur aventure en République tchèque puisqu'elle avait un petit ami ! Qui était d'ailleurs peut-être devenu son mari entre-temps.

Mais il n'avait aucune envie de le savoir. Il n'avait même pas envie de la revoir. Il pensait avoir tiré un trait sur cette histoire mais il se rendait compte que cette conversation avec Luke avait déterré des souvenirs et des sentiments malheureusement bien vivaces.

— Je compte sur toi, alors ? dit Luke, le visage plein d'espoir. Tu seras là pour le plus beau jour de ma vie ?

Luke était son meilleur ami. Il ne pouvait pas décliner l'invitation. Il fallait qu'il prenne sur lui.

Peut-être cela lui ferait-il du bien de voir Georgia avec son mari, après tout. Enceinte de six mois, par-dessus le marché.

Cela l'aiderait à tourner la page.

— Je ne te promets rien, mais je vais faire mon possible.

6.

Existait-il plus bel endroit pour se marier ?

On pénétrait dans la petite chapelle par une arche, sous laquelle Georgia et Kate feraient leur entrée d'une minute à l'autre. Des bougies diffusaient une lumière douce qui réchauffait les murs de pierre plus efficacement que les rayons de la lune.

Le son des cornemuses accompagnerait la mariée jusqu'à l'autel où l'attendait l'homme de sa vie. On était en Écosse, après tout.

Le moindre détail de la cérémonie rendait Georgia ridiculement heureuse, y compris la façon dont l'étoffe soyeuse de sa robe bleu marine tombait par-dessus son gros ventre, lui donnant des airs de madone. Elle n'était peut-être pas au maximum de sa séduction, mais constituait un parfait faire-valoir pour sa meilleure amie qui, elle, était somptueuse.

Kate portait une robe longue de soie ivoire dont le bustier incrusté de perles était décolleté en forme de cœur sur le devant et en V profond dans le dos. Le bouquet de pivoines qu'elle tenait à la main, noué par un ruban de soie assorti à sa robe, était aussi simple et élégant que le reste de la tenue.

Mais ce qui rendait Kate absolument magnifique, c'était le sourire radieux qui illuminait son visage et son regard. De toute évidence, elle était impatiente de commencer une nouvelle vie avec Luke.

D'ailleurs, elle n'était pas la seule à trépigner. Georgia soupira.

Où était le cornemuseur censé lancer la cérémonie ?

— Regarde ! Il arrive, dit Kate sur un ton où l'excitation se mêlait à la joie.

— J'adore les hommes en kilt !

Le musicien emplit d'air le réservoir de sa cornemuse. Bientôt retentirait le son caractéristique de cet instrument qu'elle aimait tant. Alors, dans quelques secondes, elles pourraient entrer dans la chapelle.

— Tu es prête ? murmura-t-elle en souriant à Kate.

— Attendez ! s'écria soudain une voix d'homme derrière elles.

Oh ! non !

Georgia connaissait cette voix, cet accent.

Elle eut l'impression que son cœur allait sortir de sa poitrine. Son corps se mit à pétiller de la tête aux pieds.

Kate et elle se retournèrent dans un même mouvement, si rapidement qu'elle n'eut même pas le temps de cesser de sourire.

— Matteo ! Tu as pu venir ! s'écria Kate avec enthousiasme.

— Désolé pour le retard. L'atterrissage a été difficile, à cause du brouillard.

Il avait dû monter quatre à quatre les marches qui conduisaient à cette partie du château mais il était impeccable dans son costume noir, dont la coupe était parfaitement ajustée à son corps divin. Il portait également une chemise d'un blanc immaculé et un nœud papillon. Derrière lui, le château se détachait sur le ciel éclairé par la lune. On aurait dit une publicité pour une maison de couture.

Il était tout simplement parfait.

Et il produisit sur Georgia le même effet que lorsqu'elle l'avait aperçu pour la première fois, au début de la réunion d'information de la compétition, à Rakovi.

Il fallait qu'elle se ressaisisse. Et vite !

— Je ne pouvais pas laisser mon vieil ami se marier sans moi, poursuivit Matteo en posant sa main sur sa poitrine haletante.

Il fixait la future mariée, sans le moindre coup d'œil pour Georgia qui en fut presque vexée.

— Tu es… *bellissima* ! dit-il à Kate. Luke a vraiment beaucoup de chance.

— C'est le moins que l'on puisse dire, s'entendit-elle dire.

Les mots étaient sortis tout seuls. Cherchait-elle à attirer l'attention de Matteo ?

Son cœur avait un drôle de comportement. Tantôt il s'arrêtait de battre, tantôt il se mettait à accélérer tout aussi dangereusement.

Par peur ?

Sans aucun doute. Mais la situation avait quelque chose d'excitant, aussi.

Pourquoi avait-elle cette propension à trouver le danger excitant ? C'était une addiction à l'adrénaline sans laquelle elle n'aurait probablement pas choisi le métier qu'elle avait exercé. C'était aussi un point commun qu'elle avait avec cet homme. Mais, autant cette addiction lui servait dans sa vie professionnelle, autant c'était un handicap dans ses relations amoureuses.

Si tant est qu'elle puisse parler de relation amoureuse en ce qui concernait Matteo.

— Bonjour, Matteo, se reprit-elle, vérifiant par la même occasion qu'elle pouvait prononcer son prénom sans s'évanouir.

Elle éprouva un grand soulagement en constatant qu'elle en était capable.

Par contre, elle ne put soutenir son regard plus d'un quart de seconde. Mais cela lui suffit à ressentir encore ce qui les avait rapprochés. Ces sentiments d'une puissance incroyable que lui seul était capable de susciter en elle.

Elle tourna la tête vers Kate.

Pourquoi ne m'as-tu rien dit ? Qu'est-ce que je vais faire, maintenant ?

Que faire, à part prendre sur soi ?

— Tu ne m'avais pas dit que Matteo serait là, signala-t-elle à Kate sur un ton qui se voulait détaché.

Elle sourit pour rassurer son amie, l'air de dire : « Ne t'inquiète pas, cela n'a pas d'importance. »

— Nous n'étions pas sûrs qu'il pourrait se libérer. Ça va être une belle surprise pour Luke aussi, répondit Kate.

Georgia jeta un autre coup d'œil à Matteo, dans l'espoir qu'il serait moins difficile de croiser son regard la deuxième fois que la première.

Mais elle ne croisa pas son regard parce qu'il fixait à présent son ventre désormais très arrondi. Curieusement, il ne paraissait pas surpris. Il avait l'air plus en colère que choqué. Il ouvrit plusieurs fois la bouche avant de la refermer. Avait-il aussi perdu la voix ?

Savait-il qu'elle était enceinte ? Peut-être avait-il fait le calcul et s'apprêtait-il à revendiquer la paternité de l'enfant. Ou plutôt des enfants.

Cette fois, l'adrénaline atteignit des records. Mais l'excitation avait définitivement fait place à une avalanche de peurs.

Matteo s'éclaircit la gorge.

— Bonjour, Georgia. Tu as l'air… en forme.

— Oui, je vais bien, merci, dit-elle d'une voix mal assurée.

Elle vit sa poitrine se soulever sous sa chemise blanche comme s'il prenait une profonde mais discrète inspiration.

— Je ferais mieux d'y aller. Laissez-moi une minute avant d'entrer, le temps que je rejoigne ma place, d'accord ?

Elle le regarda disparaître derrière l'arche de pierre tandis que retentissaient les premières notes de cornemuse.

On disait que les cornemuses avaient été conçues au départ pour exalter l'enthousiasme des soldats sur les champs de bataille.

C'était exactement l'effet que celle-ci produisit sur Georgia. Il allait falloir qu'elle préserve son secret pendant quelques heures. Comment ? Elle l'ignorait, mais elle avait le sentiment qu'elle y parviendrait.

De toute façon, avait-elle le choix ?

Elle avait déjà menti une fois à Matteo, en n'infirmant pas la conclusion qu'il avait tirée et selon laquelle elle avait trompé son petit ami. Elle pouvait mentir encore.

— Allons-y, proposa-t-elle avant de plaquer un large sourire sur ses lèvres.

Non seulement elle avait une bataille à livrer, mais elle devait avant tout faire en sorte que cela ne ternisse pas la joie de Kate en ce jour si particulier.

— Pour le meilleur et pour le pire… Dans la joie comme dans la peine… Jusqu'à ce que la mort nous sépare…

Kate et Luke prononçaient les vœux traditionnels avec une émotion telle qu'on aurait dit qu'ils avaient été écrits rien que pour eux. À la lueur des bougies, au cœur de ces murs sans âge, la cérémonie était si belle que Matteo sentit les larmes lui mouiller les yeux.

Pourvu qu'il puisse, lui aussi, un jour, vivre un moment aussi fort et aussi émouvant ! Il rêvait d'échanger des vœux avec la femme qu'il aimerait plus que tout au monde. Il ne serait plus jamais seul et pourrait enfin aller au bout de son ambition la plus grande, celle d'être à la fois un mari et un père.

Car, plus encore que se tenir devant un autel, main dans la main avec la femme qu'il aurait choisie, il rêvait de trouver la femme qui donnerait la vie à ses enfants. Une femme qui aurait un ventre rond et l'éclat si particulier des femmes enceintes.

Exactement comme Georgia en cet instant.

Jamais elle ne lui avait paru aussi belle.

Il jeta un coup d'œil vers Luke et Kate qui étaient en train d'échanger leurs alliances mais ne put empêcher son regard de revenir se poser sur Georgia tenant à la main le bouquet de la mariée, les yeux brillants. Un léger tremblement sur ses lèvres captura son cœur et le serra comme un étau.

Le souvenir de ses lèvres sur les siennes était encore vif. Tout comme celui de la passion qui émanait d'elle.

— Afin de l'aimer, de la réconforter, de l'honorer…

Il n'entendit pas la suite des vœux car un mot avait retenu son attention. Honorer. Oui, il avait envie d'honorer Georgia, de la caresser, de l'embrasser…

Dio mio ! Il fallait qu'il se ressaisisse.

Elle était vraisemblablement venue en compagnie de son mari. Le père de son enfant était probablement assis sur l'un des bancs de bois derrière lui. Il n'allait pas tarder à faire sa connaissance. Et à le féliciter.

Qui était-ce ? Peut-être l'homme assis tout seul, au deuxième rang. Il avait une bonne dizaine d'années de plus que Georgia. Quelques poils gris striaient sa barbe et sa moustache soigneusement taillées. Il regardait la cérémonie avec attention et une certaine satisfaction. Il devait savoir qu'il était l'homme le plus chanceux de la terre.

Cela dit, c'était aussi l'homme que Georgia avait trompé. Pas si chanceux, donc.

Cet angle de vue avait quelque chose de réconfortant. Son corps et son cœur lui tenaient un certain discours, mais sa tête en avait un autre. Mieux valait écouter sa tête et se souvenir simplement de ce qui était important et faisait que Georgia ne pourrait pas être la femme de sa vie. Ainsi, il pourrait passer le reste de la journée sans dire ou faire quoi que ce soit qui soit susceptible de gâcher le plaisir de Luke.

Après quoi, il prendrait la fuite.

Il était prévu que l'apéritif soit servi dans la tour Argyle du château après la cérémonie et la pose devant les photographes.

— Venez par là, dit le photographe après avoir pris quelques clichés devant la chapelle. Si vous voulez avoir le château en fond, il faut se placer devant l'entrée principale.

Au moins n'était-elle pas seule avec Matteo, se rassura

Georgia en marchant derrière Kate et Luke vers l'escalier de pierre. Et il y avait suffisamment d'invités pour que cette éventualité ne se produise pas.

Non loin d'elle marchait Dougal McGregor, le directeur du Centre d'intervention médicale d'urgence d'Édimbourg. Il était venu seul et serait sans doute ravi qu'elle lui présente les médecins présents, notamment deux qui travaillaient dans les plus grands hôpitaux de la zone.

Pourtant, elle se sentait nerveuse. Elle avait suivi avec émotion l'échange des vœux et des alliances, et avait même senti les larmes lui monter aux yeux.

Pour être honnête, elle avait aussi éprouvé une certaine tristesse à l'idée qu'elle ne vivrait jamais un moment aussi fort avec quelqu'un. Jamais elle ne partagerait sa vie avec un homme qui lui apporterait la sécurité dont elle manquait.

Ce n'était pas faute de l'avoir cherché. Un psy dirait qu'elle passait sa vie à essayer de trouver la sécurité que sa mère adorée n'avait pas réussi à lui procurer. Mais comment aurait-elle pu alors qu'elle-même vivait dans une insécurité permanente ?

Toujours est-il que ce manque devait être à l'origine du naufrage de nombre de ses relations amoureuses. Elle avait érigé des murs qui l'empêchaient de faire confiance aux hommes et que, désormais, elle était incapable de démolir. Elle avait essayé, cela dit. Elle pensait même avoir réussi avec Rick, mais, au lieu de cela, elle avait lamentablement échoué, comme les autres fois.

« Cela ne marche pas, Georgia. Tu me demandes trop et je ne sais même pas si mes efforts porteront des fruits. Je suis désolé… J'ai rencontré quelqu'un d'autre… »

Pourtant, elle avait besoin d'amour, comme tout le monde. Et elle avait toujours su qu'elle aurait des enfants. Qui mieux que les enfants étaient capables de donner de l'amour ? Un amour entier, inconditionnel.

Elle serait prête à tout pour protéger cet amour. Pour protéger ses enfants.

Or une menace planait sur eux : leur père. S'il apprenait la vérité, il risquait de vouloir assumer sa paternité.

Mais ce n'était pas le seul risque qu'elle prenait avec Matteo, et la menace la plus grande venait d'elle, elle le savait. L'attirance incroyable qu'elle éprouvait pour lui était dangereuse. Rien que de le sentir près d'elle, alors que le petit groupe suivait le photographe dans l'escalier menant à l'entrée principale du château, suffisait à créer une tension en elle. À ses côtés, tout devenait plus intense.

Elle commença à gravir les marches. Matteo surgit comme par enchantement pour la prendre par le bras.

— Attention à ne pas tomber, prévint-il. Cet escalier est ancien, les marches sont glissantes.

Le contact de sa main sur son bras nu la ramena directement à ce soir-là, à ces quelques heures volées où ils avaient fait l'amour et qu'elle n'oublierait jamais.

Sa raison lui souffla de retirer son bras en souriant et de dire poliment à Matteo que tout allait bien.

Mais aucune autre partie de son être ne répondit. Pas même sa faculté de parler. De fait, elle ne répondit rien et se laissa même légèrement aller contre lui.

Matteo ne lâcha son bras que lorsqu'ils arrivèrent en haut de l'escalier.

— Je vais d'abord photographier les mariés, dit le photographe en invitant Kate et Luke à se placer devant l'entrée majestueuse du château, près des braseros.

Et en laissant Georgia et Matteo seuls.

— C'est magnifique. Un endroit idéal pour un mariage. Tu savais que la chapelle datait du XIIe siècle ? questionna-t-elle.

Son débit était trop rapide et sa voix, trop aiguë.

Elle prit une inspiration.

— C'est la chapelle Sainte-Marguerite. C'est le monument le plus ancien d'Édimbourg, ajouta-t-elle plus lentement.

Elle jeta un coup d'œil dans sa direction. Il la fixait d'un regard intense.

— C'est l'homme avec la barbe ? interrogea-t-il brusquement.

— Comment ?

— Le monsieur barbu, qui était assis au deuxième rang, dans la chapelle. C'est ton mari ?

Georgia le regarda, perplexe. Si Matteo avait appris qu'elle était enceinte, il devait savoir qu'elle n'était pas mariée.

Mais que savait-il, au juste ?

Elle ferma les yeux un court instant. La honte se mêlait à la confusion dans son esprit.

Matteo la croyait évidemment en couple, convaincu qu'elle avait trompé son petit ami.

— C'est Dougal McGregor, mon chef, finit-elle par répondre.

— Ton chef ? Pas mal ! dit-il sur un ton qui lui parut narquois.

— Pourquoi dis-tu cela ?

Matteo se tourna vers Luke et Kate qui, après avoir échangé un baiser, riaient comme s'ils venaient de se raconter une blague. Luke prit Kate dans ses bras, sans cesser de rire. Ce serait peut-être la plus belle photo de l'album de mariage. Ils semblaient être les deux personnes les plus heureuses de la terre.

Georgia, elle, n'était pas heureuse.

Matteo tourna la tête pour lui répondre.

— Tu n'auras pas de soucis, murmura-t-il. Même si vous n'êtes pas mariés.

Elle commençait à comprendre.

— C'est lui le père, n'est-ce pas ? ajouta-t-il avant qu'elle ait le temps de s'expliquer.

La perplexité laissa la place à un grand soulagement.

Matteo n'était pas au courant.

Ses bébés étaient en sécurité.

Pourtant, la nouvelle lui laissa un goût amer dans la bouche. C'était tout l'effet que lui donnait le sentiment de sécurité ? Elle devait être vraiment dépendante à l'adrénaline. Son cas était désespéré ! Il faudrait qu'elle se débarrasse au plus vite de ce trait de personnalité, maintenant qu'elle allait avoir des enfants.

Ce ne serait pas simple.

— Dougal n'est pas le père, s'entendit-elle dire. Et il y a d'autres personnes de mon travail ici, ce soir, alors si tu pouvais faire preuve de discrétion. Je n'ai pas envie que de fausses rumeurs courent.

— Mais il est là ? Je veux dire : le père ?

Comme elle aurait aimé pouvoir crier « oui » !

Mais c'était encore jouer avec le feu. Matteo risquait de discuter avec d'autres invités et de découvrir la vérité, en procédant par élimination.

Elle pouvait mentir effrontément et s'assurer une sécurité plus grande encore mais, contrairement à ce que Matteo avait dû s'imaginer, mentir n'était, pour elle, ni facile ni naturel.

Elle hésita un instant de plus et fut sauvée par le gong.

— Venez ! demanda le photographe. Maintenant, je vais immortaliser les invités.

— Qu'est-ce que c'est ? demanda Luke en scrutant le petit canapé que Matteo tenait dans la main.

— Il me semble que c'est du saumon, avec une crème au raifort. C'est délicieux.

— Hum ! dit Kate en se penchant par-dessus l'épaule de son mari. Nous avons été bien inspirés, n'est-ce pas ? Vous avez goûté le bœuf écossais à la moutarde ? J'en ai mangé trois !

Luke lui sourit et l'embrassa.

Matteo mordit dans le canapé tout en jetant un coup d'œil autour de lui.

Où était-elle passée ?

Il l'aperçut, qui parlait avec l'homme à la barbe.

Georgia lui avait-elle dit la vérité ? Elle avait hésité un peu trop longtemps à lui répondre. Il aurait parié que le père de l'enfant se trouvait là, parmi les convives.

Mais l'idée ne le réjouissait pas. La sensation qu'il éprouvait était plus profonde que de la jalousie. C'était presque la sensation d'avoir été trahi, dépossédé de quelque chose qui lui appartenait.

Étrange. Il connaissait à peine Georgia, ils n'avaient passé que quelques heures ensemble. Mais il ne parvenait pas à se défaire de la conviction que c'était la femme de sa vie.

Il l'aimait, en dépit de la malhonnêteté dont elle avait fait preuve.

Il déglutit et avala le canapé.

— Qui est le père de son bébé ? s'entendit-il dire. Du bébé de Georgia ?

Kate et Luke tournèrent la tête vers lui dans un même mouvement.

— Elle ne veut pas le dire, dit Luke avant de jeter un coup d'œil à Kate.

— J'ai ma propre hypothèse sur le sujet, souligna cette dernière. Je pense que c'est un ambulancier néo-zélandais qu'elle avait rencontré en République tchèque, pendant la compétition de secourisme.

— Néo-zélandais ? répéta-t-il.

À entendre Kate, cet homme ne faisait plus partie du tableau. Ce qui signifiait que Georgia n'était plus avec lui. La place était donc libre…

Mais serait-il capable de la prendre ? De non seulement passer sur le fait que Georgia lui avait menti mais aussi de jouer le rôle de père pour cet enfant ?

Sì, lui chuchota son cœur. Il pourrait alors passer le restant de ses jours avec la femme qu'il aimait.

No, répliqua sa tête. *N'y pense même pas. Parle d'autre chose. Ce pays à l'autre bout de la planète est un sujet de conversation tout trouvé.*

— Mais c'est bien en Nouvelle-Zélande que vous partez en voyage de noces ?

— Oui. Et nous n'avons pas encore eu l'occasion de t'en

parler, mais nous pensons même aller nous installer là-bas. Nous avons déjà des rendez-vous pour passer des entretiens, la semaine prochaine.

— Quoi ? Vous êtes sérieux ? dit-il avec une pointe d'envie.

L'idée de se lancer dans une nouvelle aventure le titilla. L'excitation d'un nouveau défi à relever.

Plusieurs personnes s'approchèrent pour féliciter les jeunes mariés, interrompant leur conversation sur la Nouvelle-Zélande. Matteo s'éloigna et se dirigea vers Georgia qui parlait toujours avec son chef.

Lorsqu'elle le vit arriver, elle prétexta avoir une autre personne à saluer et le laissa seul avec l'homme barbu.

— Dougal, c'est ça ?

L'homme opina.

— Et vous, c'est Matteo ? Luke parle souvent de son ami et ambulancier extraordinaire de Milan.

Matteo sourit.

— C'est lui qui le dit.

— Mais je veux bien le croire, répondit l'homme chaleureusement. D'ailleurs, si vous avez envie de changer d'air, passez me voir. Nous allons avoir besoin d'un ambulancier en hélicoptère. Autant que ce soit quelqu'un d'extraordinaire !

— Vraiment ?

— L'équipe est composée de personnes de toutes les nationalités. De gens qui aiment voyager, partir à l'aventure. Alors, si cela vous tente…

— Pourquoi pas, répondit-il poliment sans être certain d'avoir envie de travailler dans cette équipe.

Mais un détail avait attiré son attention. Le mot « international ».

— Vous avez déjà travaillé avec des Néo-Zélandais ? s'entendit-il demander.

Dougal réfléchit.

— Oui, il y a bien eu un jeune homme, il y a quelque temps déjà. Il est parti il y a six mois. Pourquoi ?

— Comme ça. La Nouvelle-Zélande est à la mode, en ce moment.

Dougal sourit.

— Oui. C'est là que Luke et Kate veulent aller vivre, n'est-ce pas ?

— Mmm, répondit Matteo.

Mais son esprit était déjà ailleurs.

Dougal suivit son regard.

— Vous connaissez Georgia ? Elle m'a dit que vous vous étiez rencontrés à Rakovi.

— Georgia ? Ah, oui. C'était la coéquipière de Kate, déclara-t-il comme s'il devait faire un effort pour se souvenir d'elle.

— Oui. C'est Georgia qui m'a présenté Kate, qui est venue donner une formation sur les traumatismes en pédiatrie au Centre d'intervention médicale d'urgence que je dirige. Depuis, nous sommes devenus amis. Je suis ravi d'être là ce soir et de la voir si heureuse.

Matteo hocha la tête. Puis il sourit en comprenant que le supérieur de Georgia avait une bonne raison d'être là ce soir. Une *autre* bonne raison que celle d'accompagner sa compagne enceinte. C'était un ami de la mariée, tout simplement.

Pendant ce temps, le père de l'enfant devait être à l'autre bout du monde, ignorant probablement que Georgia attendait un bébé.

Il but une gorgée de champagne et se détendit.

— Voudriez-vous m'en dire un peu plus sur le poste d'ambulancier en hélicoptère qui est à pourvoir ?

7.

La fête était terminée.

Les invités suivirent le couple de mariés jusqu'à l'entrée du château où un taxi les attendait pour les emmener dans le luxueux hôtel où ils passeraient leur nuit de noces.

Apparemment, Matteo devait loger dans l'appartement de Luke avant de reprendre l'avion, le lendemain, pour Milan.

Georgia, elle, rentrait dans la maison qu'elle avait jusque-là partagée avec Kate mais… sans Kate.

Kate ne s'absentait pas seulement pendant ses trois semaines de lune de miel. Elle déménageait définitivement. Et elle changeait non seulement de logement, mais de continent. Et, même si Luke et elle renonçaient à l'idée de s'installer en Nouvelle-Zélande, c'est avec Luke qu'elle vivrait désormais — et avec les enfants qu'ils finiraient sans doute par avoir.

Georgia était vraiment heureuse pour eux. Pourtant, elle sentit la tristesse s'emparer d'elle quand Kate la prit dans ses bras avant de monter dans le taxi.

— Tu vas me manquer.

— Toi aussi, répondit Kate, laissant couler ses larmes.

— Tu penses ! dit Georgia en souriant. Tu seras bien trop occupée à être une épouse comblée.

— C'est faux et tu le sais très bien.

— Qu'est-ce qui est faux ? demanda Luke en s'approchant.

Le moment était venu de monter dans le taxi.

— Kate pense qu'elle ne sera pas une épouse comblée, dit Georgia, espiègle.

— Ah ? C'est ce que nous verrons, dit Luke en adressant un regard empli d'amour et de promesses à sa femme.

Kate regarda Georgia d'un air triste.

— Je t'appelle bientôt, d'accord ?

Elles se serrèrent une fois encore dans les bras l'une de l'autre, puis le taxi emmena les jeunes mariés. Les exclamations des invités couvrirent presque le boucan des casseroles attachées derrière la voiture.

Puis le silence retomba peu à peu et les invités se séparèrent.

— Où êtes-vous garée, Georgia ? demanda Dougal McGregor. Je vous raccompagne jusqu'à votre voiture.

— Laissez, je vais l'accompagner moi-même, intervint Matteo.

— Ce n'est pas la peine, s'empressa de dire Georgia. Je ne suis pas loin et il y a encore plein de monde dans la rue. Mais merci à tous les deux.

— Alors, à demain, dit Dougal.

— À demain, répondit-elle avant de se tourner vers Matteo, prête à le congédier de la même manière.

— Luke ne t'a rien dit ? demanda-t-il.

— À quel propos ?

— Il m'a dit que tu pourrais me raccompagner. Que son appartement était sur ta route.

Elle nota le petit sac de voyage qu'elle n'avait pas remarqué quand il était arrivé.

— Ne t'en fais pas, s'empressa-t-il d'ajouter. J'appelle un taxi.

Ils jetèrent un coup d'œil à la rue désormais déserte. Georgia ferma les yeux un instant. Trop consciente de la présence de Matteo, elle avait passé son temps à l'éviter et à mettre le plus de distance possible entre eux. Comment allait-elle réagir une fois enfermée avec lui dans sa petite voiture ?

Mais elle ne pouvait pas refuser de rendre ce service à Luke et à Kate. Que répondrait-elle quand ils lui demanderaient pourquoi cela lui avait posé problème ?

— Non, viens. Ma voiture est garée là-bas.

Cela ne lui posait aucun problème, en réalité. Matteo ne resterait que quelques minutes dans sa voiture, après quoi il disparaîtrait de son horizon.

Elle eut cependant l'impression que son corps était immense dans le petit habitacle. Il prenait trop de place et trop d'oxygène pour qu'elle puisse respirer normalement. Et son corps était trop près de celui de Matteo — sa chaleur, son odeur l'empêchaient d'être totalement concentrée sur sa conduite.

Mais le pire restait à venir. Lorsqu'ils arrivèrent devant chez Luke, Matteo ne bougea pas d'un cil. Il demeura immobile et silencieux, le regard fixé sur le pare-brise.

Au bout d'un moment qui lui parut interminable, il rompit le silence.

— Il faut que je te dise quelque chose.

Oh ! non…

Georgia eut l'impression que toutes les barrières qu'elle avait érigées autour d'elle venaient de s'écrouler d'un coup. Elle se tenait au bord d'un précipice et le moindre faux mouvement pouvait se révéler catastrophique.

Mais Matteo poursuivit sans la regarder.

— Tu savais que tu étais enceinte, quand tu m'as rencontré ? C'est pour ça que tu m'as dit que nous ne risquions rien ?

Sans le savoir, Matteo lui donnait l'opportunité de ne pas dire la vérité. Et d'être sûre qu'il ne chercherait pas à interférer dans sa vie.

Elle n'avait qu'à répondre « oui ».

Mais le pouvait-elle ?

Si elle répondait oui, elle ternirait le souvenir des plus beaux moments de sa vie. Matteo aurait pour elle encore moins de considération qu'il n'en avait depuis qu'il était persuadé qu'elle avait trompé son petit ami avec lui.

— Non, je ne savais pas.

— Mais tu l'étais.

Des images lui revinrent à l'esprit. Elle était dans ses

bras et ils faisaient l'amour comme jamais elle n'avait fait l'amour jusque-là.

La réponse qu'elle donnerait n'avait aucune importance, en réalité. Car *elle* connaissait le moment précis où cet enfant avait été conçu.

— Oui, répondit-elle.

Ce n'était pas son genre de pleurer mais elle sentit une boule se former dans sa gorge.

— Et tu es contente ?

Elle eut l'impression que Matteo se retenait de pleurer, lui aussi.

— Oui. J'ai toujours voulu avoir un enfant.

— Mais tu n'es plus avec le père.

— Non.

— Ta famille va pouvoir t'aider ?

— Non.

Le silence retomba dans l'habitacle, mais cette fois il n'avait plus rien de menaçant.

C'était un silence triste.

Comment affronter l'avenir quand on était dans la situation de Georgia, sans le soutien de sa famille ?

Rien que l'idée lui brisait le cœur.

Matteo admirait le courage de Georgia mais il demeurait persuadé que c'était injuste. Georgia était une femme adorable.

Et il l'adorait.

Il était persuadé que sa mère et ses sœurs l'apprécieraient beaucoup, elles aussi. Il s'imaginait déjà avec elle au milieu d'une tribu de cousins, lors des fêtes de famille. Qui se douterait que cet enfant n'était pas le sien ? Lui, en tout cas, l'aimerait comme s'il en était le père, il en était persuadé.

Car cet enfant était une partie de la femme qu'il n'avait jamais cessé d'aimer.

Il lui prit la main.

— Je vais t'aider, Georgia. Je peux être un père pour ton bébé.

Elle le regarda, les yeux écarquillés. Sa bouche s'entrouvrit mais aucun son n'en sortit. De toute évidence, elle était trop surprise pour pouvoir dire quoi que ce soit. Ou pour retirer la main quand il la porta à ses lèvres.

Dio mio !

Cette fois, son cœur prenait le dessus. Il rêvait d'agrandir le clan joyeux des Martini. Il serait très fier de leur présenter Georgia et tous les enfants qu'ils auraient ensemble.

Il n'avait pas prévu de prononcer les mots qui suivirent mais, d'une certaine manière, ils prouvaient que sa proposition de l'aider était sincère.

— Épouse-moi, Georgia.

8.

Voilà, il était en train de faire…

… la chose la plus dingue de sa vie.

Matteo Martini s'arrêta en haut de l'escalier qui menait de l'immense hangar à hélicoptères aux bureaux et autres locaux pour le personnel.

Son uniforme rouge vif était un peu raide. Il se frotta la nuque à l'endroit où le tissu l'irritait et jeta un coup d'œil sur la paroi de verre, à côté de lui.

Le Centre d'intervention médicale d'urgence d'Édimbourg était un complexe impressionnant. Le hangar et le tarmac où étaient entreposés les hélicoptères jouxtaient la section terrestre du service d'ambulances qui abritait des dizaines d'ambulanciers. Le nombre de véhicules alignés — ambulances et autres utilitaires sportifs de la même couleur et équipés de gyrophares — était impressionnant. Ils avaient les mêmes véhicules, à Milan, qui étaient envoyés soit seuls, soit en renfort des ambulances.

Le portail automatique s'ouvrit pour laisser sortir une voiture qui, une fois la barrière passée, accéléra en allumant sirène et gyrophare.

Il prit une profonde inspiration.

Ce pouvait être Georgia. Luke lui avait dit qu'elle conduisait ce genre de véhicule.

Elle ignorait probablement qu'il avait accepté le poste. Les services aériens et les services terrestres travaillaient ensemble mais leurs bases étaient des entités séparées. Il ne la croiserait donc pas tout le temps. Ce qui était une bonne chose, étant donné qu'elle n'avait certainement pas envie de le voir.

Finalement, accepter ce poste n'était peut-être pas la chose la plus dingue qu'il ait réalisée. Ce prix revenait à la demande en mariage qu'il avait faite à une femme avec qui il avait passé quelques heures dans sa vie et qui lui avait clairement fait comprendre qu'elle n'avait pas besoin de lui.

Pourtant, il était là, à des milliers de kilomètres de l'Italie, disponible comme il n'aurait jamais pu l'être pour une autre femme.

Pourquoi ?

Il n'avait pas pu faire autrement. Cela lui avait paru être la solution la plus évidente.

Au pire, il acquerrait une belle expérience professionnelle qui lui permettrait de découvrir d'autres facettes du métier, impossibles à mettre en œuvre dans une ville comme Milan. Du sauvetage en montagne ou par temps de neige, peut-être.

Dans tous les cas, une nouvelle aventure commençait. Et il n'avait trouvé que ce moyen pour que Georgia change d'avis.

Il se remit à marcher. La veille, Dougal lui avait fait faire une visite complète des installations. À présent, il devait le présenter à l'ambulancier et au pilote avec qui il ferait équipe.

Sa première journée de travail commençait. Le pager accroché à sa ceinture pouvait sonner d'un instant à l'autre.

Il sentit son rythme cardiaque augmenter. C'était ce qu'il aimait particulièrement dans ce métier. On ne savait jamais ni ce qui allait se passer ni quand.

En tout cas, il était prêt.

Prêt à tout.

Jamais le bruit d'un hélicoptère à l'approche ne fut aussi attendu.

Georgia comprit que quelque chose n'allait pas dès qu'elle arriva sur les lieux de l'accident et aperçut l'attroupement au pied de la colline, dans un parc réservé aux VTT, en périphérie d'Édimbourg.

Une équipe d'ambulances terrestres était déjà sur place. Le soulagement qu'elle lut dans le regard des ambulanciers à son arrivée lui indiqua que la situation était grave.

Elle remarqua, près d'un arbuste, un vélo à la roue complètement tordue près duquel gisait un petit garçon, manifestement inconscient. D'autres enfants étaient regroupés plus loin, avec des adultes portant des polos bleus dont le logo montrait un vélo en l'air comme s'il venait de sauter par-dessus un obstacle. Il s'agissait sans doute d'une sortie scolaire.

D'autres adultes en polo et un couple se tenaient près du garçon blessé, dont un ambulancier prenait le pouls. Ce qui signifiait que le petit garçon était en vie, même si les visages présents autour de lui semblaient exprimer le contraire.

Le silence était oppressant.

Elle ne perdit pas de temps à se présenter à l'équipe de jeunes ambulanciers qu'elle ne connaissait pas. Elle posa son sac de matériel et voulut s'accroupir avant de prendre conscience que la taille de son ventre rendait la chose impossible. Elle finit par s'agenouiller à côté du patient.

— Quelle est la situation ? demanda-t-elle en cherchant le pouls du patient dont une secouriste tenait les épaules pour l'immobiliser.

— Il s'appelle Toby et il a onze ans, expliqua cette dernière. Il a fait une chute en dévalant la colline.

Georgia observa le casque que le garçon avait toujours sur la tête et ne décela aucune trace visible de choc.

Son pouls était léger et rapide, mais légèrement irrégulier. Une artère avait-elle été endommagée, provoquant une hémorragie ? Pas de signe d'hémorragie externe en tout cas.

— Il a heurté cet arbre et…

La secouriste s'interrompit au moment même où Georgia comprit ce qui s'était passé.

Une branche avait été arrachée de l'arbre et se trouvait par terre. Mais seule une extrémité était visible car l'autre était cachée par un repli du vêtement du blessé.

Elle souleva très doucement le tissu.

Comment la branche avait-elle pu pénétrer aussi profondément dans le thorax du petit garçon ? L'irrégularité de son pouls était-elle due à sa proximité avec le cœur ?

La situation était critique.

Les personnes présentes attendaient ses instructions. Elles eurent l'air d'être rassurées par le calme avec lequel elle parla. C'était une qualité que des années d'expérience avaient affinée. Même si elle avait été prise de panique, personne ne l'aurait remarqué.

— Appelez le central et demandez un hélicoptère, dit-elle à l'un des secouristes. Et prévoyez une place pour l'atterrissage.

Elle se tourna vers un autre.

— Il me faut du rembourrage pour stabiliser cette branche. Puis vous sortirez de mon sac de quoi faire une perfusion et poserez des électrodes pour l'ECG. Avec beaucoup de précautions.

Puis elle leva la tête.

— Il faudrait que quelqu'un tienne les épaules de Toby. Et quelqu'un d'autre pour tenir ses jambes. Il ne faut surtout pas qu'il bouge, ne serait-ce que d'un centimètre.

Lorsqu'elle entendit l'hélicoptère arriver, Toby était sous perfusion et sous oxygène et un moniteur enregistrait son rythme cardiaque et sa pression sanguine. Georgia tenait le coussin en forme de bouée autour de l'extrémité de la branche, consciente que le moindre mouvement pouvait s'avérer fatal.

Elle était tellement concentrée qu'elle ne remarqua pas consciemment la tache rouge vif qui se déplaçait dans son champ de vision périphérique. Mais son cerveau enregistra l'information. C'était l'uniforme des secouristes en hélicoptère. Elle jeta un bref coup d'œil et, en dépit de toute son expérience et de tout le sang-froid qu'elle avait acquis au cours des ans, ce fut un miracle que ses mains restent stables lorsqu'elle découvrit le visage sous le casque.

Matteo ?

Mais l'heure n'était ni à la joie des retrouvailles ni aux explications.

— Signes vitaux ? demanda-t-il, professionnel.

— La pression sanguine et la saturation en oxygène diminuent depuis cinq minutes. La différentielle s'est élargie. Le rythme respiratoire augmente et le rythme sinusal est régulier mais l'augmentation des battements ectopiques ne me rassure pas. Je pense à une tamponnade cardiaque.

Matteo prit le stéthoscope accroché autour de son cou.

— Je vais me placer ici pour l'ausculter. Ne bouge pas.

Elle ne risquait pas de bouger, de toute façon.

Pourtant, la partie reptilienne de son cerveau lui intimait de se lever et de partir en courant. De s'éloigner de cet homme qui l'avait demandée en mariage et qui voulait élever l'enfant qu'il pensait être d'un autre.

On disait que les Italiens étaient des hommes passionnés et impulsifs, mais c'était malgré tout la proposition la plus dingue qu'elle ait jamais entendue. Dingue et dangereuse, parce qu'elle était aussi attrayante qu'effrayante.

C'était sous l'effet de la peur qu'elle avait formulé sa réponse quand il lui avait proposé qu'ils se marient. C'était la peur qui lui avait fait dire qu'elle ne voulait vivre ni avec lui ni avec aucun autre homme.

Il avait fini par sortir de sa voiture, sans un mot, comme il était sorti de sa chambre, le soir où ils avaient fait l'amour. Elle était certaine qu'elle ne le reverrait plus.

Mais elle s'était trompée. Et un coin de son cerveau — le traître ! — semblait en éprouver… de la joie ?

Non, il devait s'agir du soulagement de voir arriver une équipe qualifiée en renfort pour sauver ce petit garçon dont la vie était en danger.

Matteo lui adressa un coup d'œil confirmant qu'elle avait fait ce qu'il fallait en attendant le renfort.

— On ne peut pas retirer la branche ? demanda une femme sur un ton angoissé. Elle va le tuer !

— Non, au contraire, répondit-elle calmement. Pour l'instant, c'est peut-être ça qui le maintient en vie.

— Si un corps étranger touche une veine ou une artère, la pression qu'il exerce sur ce vaisseau peut éviter une hémorragie, renchérit Matteo.

Puis se tourna vers elle.

— Tiens la branche pendant que j'essaie de faire une échographie. Il faut qu'on sache s'il s'agit d'une tamponnade ou d'un hémothorax avant de le déplacer.

Le coéquipier de Matteo scruta la branche.

— Il faut trouver le moyen de la couper avant d'embarquer. Je vais chercher une scie.

Matteo posa l'échographe portable sur les lambeaux du polo de Toby que Georgia avait soigneusement découpé et, avec une infinie précaution, fit glisser la sonde autour de la compresse qu'elle maintenait autour du point d'entrée de la branche dans son torse. Puis il scruta l'image sur l'écran.

— Regarde. La paroi du ventricule fonctionne. Et il n'y a pas d'hémorragie péricardique.

Georgia sentit le contact réconfortant de la main de Matteo sur la sienne. Il lui fit soudain prendre conscience qu'elle n'était pas seule face à l'urgence de sauver la vie de Toby. S'ils œuvraient ensemble, les chances d'y parvenir étaient multipliées.

— C'est donc un hémothorax ?

— Un hémopneumothorax, probablement. La circulation d'air a diminué de ce côté, le temps de l'échographie.

— Tu vas faire une exsufflation à l'aiguille ?

— Oui. Mieux vaudrait poser un drain mais la priorité, c'est de l'emmener au bloc. Le trajet dure dix minutes, je pense qu'une exsufflation peut suffire.

Pendant quelques minutes, Georgia observa les gestes précis de Matteo et de son coéquipier Shane sans cesser de maintenir la branche aussi stable que possible, en particulier quand Shane la coupa pour faciliter le transport de Toby.

Matteo travaillait avec une rapidité remarquable. Dès qu'il s'aperçut que Toby n'était pas suffisamment inconscient pour être insensible à la douleur, il lui administra un antalgique par perfusion. Puis il inséra une aiguille entre ses côtes, mais la décompression qui s'ensuivit n'améliora pas la respiration. Aussitôt, avec l'aide de Shane, il lui posa un drain pour retirer une partie du sang entravant le fonctionnement du poumon.

C'était impressionnant.

Ils furent enfin prêts à embarquer le jeune patient.

— Tu viens avec nous ? demanda Matteo à Georgia qui tenait toujours la compresse.

Mais c'était une affirmation plus qu'une question.

— On rapportera votre voiture au centre, proposa l'un des jeunes ambulanciers.

Georgia hocha la tête. Puis se laissa aussitôt gagner par l'inquiétude. Comment allait-elle se relever sans lâcher ni faire bouger la compresse ? En temps normal, cela n'aurait pas posé de problèmes mais, avec ce gros ventre, elle n'avait plus le même équilibre.

Matteo lui décocha un regard entendu. Comme s'il avait lu dans ses pensées, il demanda à l'un des ambulanciers de porter le brancard à sa place. Puis il vint se poster derrière elle et, plaçant ses mains sous ses aisselles, la souleva avec autant de douceur que de force.

Elle s'efforça d'ignorer le contact rapproché de leurs deux corps mais sentit que les battements de son cœur devenaient chaotiques.

Mais elle avait d'autres priorités, notamment continuer à surveiller le bout de bois dans le corps de son patient pendant que tout le monde s'affairait autour d'eux, tout en gardant un œil sur le moniteur cardiaque, la saturation en oxygène et la pression sanguine.

Du coin de l'œil, elle vit la terre s'éloigner à mesure que l'hélicoptère prenait de l'altitude. C'était peut-être la dernière fois qu'elle vivait ce genre de mission aussi excitante que stressante. Son gros ventre risquait désormais de l'empêcher de travailler correctement.

Elle avait tenu le plus longtemps possible mais le moment était venu de lever le pied et de vivre dans un environnement moins risqué pour tout le monde, que ce soient les patients, les bébés ou elle.

Cela lui permettrait aussi de ne pas évoluer directement dans l'orbite de Matteo.

Plus tard, une fois rentrée chez elle, elle se remémora son apparition. Comment allait-elle gérer sa présence ?

En serait-elle seulement capable ?

Quelle journée !

Comme il l'avait imaginé, ce nouveau poste allait lui permettre de vivre de nouvelles expériences et d'élargir ses compétences.

Matteo traversa le petit appartement de Luke, au centre d'Édimbourg, et ouvrit le réfrigérateur dans l'espoir d'y trouver une bière.

Le cas de ce petit garçon empalé avait été éprouvant, mais le fait qu'ils aient réussi à l'emmener jusqu'à l'hôpital et au bloc opératoire sans détérioration de son état était un succès. Demain, il appellerait les soins intensifs pour demander des nouvelles. Avec un peu de chance, il pourrait parler directement au médecin qui s'occupait de lui.

Pourquoi voulait-il de ses nouvelles ? N'était-il pas en train de chercher un prétexte pour rappeler Georgia ?

Non. Il voulait simplement suivre l'évolution de l'état de

son jeune patient. Mais si, en plus, il pouvait rentrer en contact avec Georgia, ce serait du bonus. Mais rien n'était moins sûr.

Il soupira en décapsulant la bouteille.

Quelle tête elle avait faite en le voyant ! On aurait dit qu'elle avait eu peur. Mais de quoi ?

Comment pouvait-on s'entendre aussi bien avec une personne et ne pas passer tout son temps en sa compagnie ? Comment pouvait-on faire l'amour avec elle et ne pas avoir envie de recommencer ?

Peut-être l'expérience n'avait-elle été à ce point merveilleuse que pour lui ?

Il en doutait. Au-delà de leurs différences, au-delà de leurs origines, leurs corps et leurs âmes avaient parlé le même langage, ce soir-là.

Non, il avait dû l'effrayer avec sa demande en mariage.

C'était compréhensible. Il s'était emballé et, si elle avait accepté, il aurait tout fait pour que cela fonctionne. Désormais, il faudrait faire preuve de patience pour conquérir son cœur.

Peut-être avait-elle été choquée qu'il parte en claquant la porte en apprenant qu'elle n'était pas célibataire. Pourtant, il n'avait pas élevé la voix. Il s'était contenté de partir.

Craignait-elle la colère à ce point ? Avait-elle subi les foudres d'un autre homme, un petit ami ou un père violent ? La pensée lui donna la nausée.

En tout cas, le courage dont elle faisait preuve dans cette situation que, d'évidence, elle n'avait pas délibérément choisie était impressionnant.

Le jour même, elle avait exercé son métier avec beaucoup de sang-froid et de professionnalisme. À aucun moment elle ne s'était montrée distraite par sa présence. Même quand il l'avait aidée à se relever. La moindre résistance, le moindre tressaillement ne lui aurait pas échappé.

Elle avait sans doute apprécié son aide. Ce qui soulevait un autre problème. Pourquoi travaillait-elle encore sur le terrain alors que sa grossesse était déjà bien avancée ?

Elle avait besoin d'être protégée, quoi qu'elle en dise. Il pourrait discuter avec Dougal et se renseigner discrètement. Loin de lui l'idée de contrarier Georgia.

Elle avait été vexée que personne ne l'ait prévenue de son arrivée en Écosse et de son embauche au Centre d'intervention médicale d'urgence. Et, quand ils en avaient parlé, après avoir remis le petit Toby entre les mains de l'équipe de chirurgie, il avait été déçu.

— Pourquoi avoir choisi l'Écosse ? Pourquoi ici ? avait-elle demandé, sans croiser son regard.

— Parce que j'avais envie de changement et qu'on m'a proposé un poste.

— Luke savait que tu venais ici ?

— Bien sûr. Il m'a proposé de m'installer chez lui.

— Mais ils vont revenir. Tu ne vas pas vivre avec eux, tout de même !

— Ils ne vont pas rester. Ils viennent faire leurs cartons. Et Kate m'a dit qu'elle connaissait un endroit où je pourrais vivre pendant ce temps.

— Kate était au courant ? s'était-elle écriée, manifestement blessée. Elle ne m'a rien dit.

— C'est moi qui lui ai demandé de ne pas t'en parler. Je voulais que ce soit une surprise.

— C'est réussi ! avait-elle commenté avec sarcasme.

— Kate pensait que c'était une bonne idée.

— Quoi ? Que tu viennes travailler à Édimbourg ?

— Que je sois là pour toi, *cara*. Que tu ne te retrouves pas totalement seule.

Elle lui avait décoché un coup d'œil méfiant.

— Sauf, bien sûr, si tu préfères être seule.

— Nous ne pouvons pas être amis, Matteo.

— Pourquoi ?

— Parce que…

Elle avait détourné le regard.

— Pourtant, avait-il répondu, un grand sourire sur les

lèvres alors qu'ils étaient sur le point de se séparer devant l'ascenseur, chacun devant retourner à son poste, je suis sûr que ce serait une bonne chose.

Quelques jours plus tard, Georgia se rendit à l'aéroport pour accueillir Kate et Luke de retour de voyage de noces. La perspective de revoir son amie après des semaines de séparation lui mit du baume au cœur.

Les derniers jours avaient été éprouvants.

Une lutte permanente entre sa raison et son cœur. D'un côté ses pensées des moments passés avec Matteo, et d'un autre sa tête qui la ramenait aux complications qu'impliquerait sa présence éventuelle dans sa vie. Ainsi qu'à la réaction qu'il aurait s'il découvrait la vérité.

Car une partie d'elle hésitait toujours à la lui révéler. Par culpabilité.

Elle ne pouvait s'empêcher de penser qu'elle avait mal agi et qu'elle continuait à mal agir vis-à-vis de lui. Ce qui la mettait dans une situation très inconfortable. Il aurait sans doute été plus facile d'ignorer ce sentiment si le père de sa progéniture était resté dans son pays, loin d'elle et de sa vie écossaise.

Elle était triste, aussi, de devoir renoncer à ses journées sur la route et s'efforçait de trouver des avantages à travailler dans un bureau. On lui proposait de faire une collecte de données visant à identifier les accessoires respiratoires les plus efficaces à utiliser lors d'un arrêt cardiaque qui pouvait avoir un impact sur les protocoles. Voilà qui devait être intéressant. Plus intéressant, en tout cas, que faire un inventaire, même si occuper ses mains empêcherait peut-être son cerveau de divaguer.

Et de revenir systématiquement à ce qui avait mis sa vie sens dessus dessous.

Jamais elle n'avait envisagé que Matteo recroise un jour sa route.

Et elle n'avait pas imaginé non plus apercevoir sa grande silhouette dans le hall des arrivées de l'aéroport d'Édimbourg.

— Matteo ? dit-elle en s'approchant de lui. Qu'est-ce que tu fais là ? Kate m'a demandé de venir les attendre.

— Luke m'a envoyé un texto avant leur décollage de Dubaï. Ils sont peut-être très chargés ?

Georgia jeta un coup d'œil au tableau des arrivées. L'avion avait atterri à l'heure. Kate et Luke passeraient la douane d'une minute à l'autre.

— À moins qu'ils t'aient prévenu mais que tu ne sois pas au courant. Tu ne réponds pas souvent au téléphone.

Georgia sentit ses joues s'empourprer. De fait, elle avait délibérément ignoré la sonnerie de son portable quand il l'avait appelée, le lendemain du sauvetage de Toby. Et elle avait même effacé le message pour ne pas être tentée d'écouter sa voix sexy et son accent irrésistible.

Un acte d'une grossièreté impardonnable vis-à-vis du meilleur ami de Luke, qui était désormais le mari de *sa* meilleure amie. Et, à présent, Matteo faisait non seulement partie de son cercle de relations proches, mais également du service d'intervention d'urgences dans lequel elle travaillait.

D'une manière ou d'une autre, elle allait devoir passer du temps avec lui, au moins dans un avenir proche. Il fallait qu'elle se ressaisisse, sans quoi elle finirait par faire n'importe quoi.

Présenter ses excuses pour son manque de courtoisie pourrait être un premier pas.

— Je suis désolée, murmura-t-elle. J'ai été très occupée. Qu'est-ce que tu voulais me dire ?

— C'était à propos de Toby. J'ai eu de ses nouvelles. Il va bientôt pouvoir rentrer chez lui. Il a eu de la chance. La branche avait effectivement pénétré le ventricule mais l'hémorragie a été maîtrisée, notamment parce qu'on a maintenu le bout de bois en place jusqu'à son arrivée au bloc, et ils ont pu réparer les tissus endommagés. On lui a administré des antibiotiques pour prévenir toute infection et il n'a dû passer que quelques jours dans le service de soins intensifs.

— Quelles bonnes nouvelles ! s'exclama-t-elle. Tu t'es vraiment dépassé dès ton premier jour !

— Je n'étais pas seul, corrigea Matteo en plongeant son regard dans le sien.

Il lui sourit et, l'espace d'un instant, elle eut l'impression de revivre le moment où ils s'étaient rencontrés et parlé pour la première fois. Elle avait été totalement conquise. Et troublée au point d'avoir dit n'importe quoi.

— Coucou ! C'est si bon de vous voir tous les deux !

— Luke ! dirent-ils à l'unisson en se retournant presque dans un sursaut.

— Kate ! s'exclama Georgia en se jetant au cou de son amie, ravie de la voir mais aussi de pouvoir détourner son attention de Matteo. Je suis tellement contente de te voir !

— Moi aussi, Georgia ! On a plusieurs semaines devant nous. Il faut que je te raconte la Nouvelle-Zélande. Tu n'imagines pas à quel point c'est beau. J'ai fait plein de photos. Ça va peut-être te donner envie de nous rejoindre.

— Qui sait, murmura-t-elle tandis que Luke et Matteo se dirigeaient vers la sortie avec le chariot des bagages. Tu montes avec moi ? Luke peut rentrer avec Matteo. Chacun son chauffeur ! ajouta-t-elle, réjouie de profiter d'un moment seule avec Kate.

Mais Kate s'arrêta net et la regarda d'un air contrit.

— Quoi ? Qu'est-ce qu'il y a ? demanda Georgia, soudain inquiète.

— En fait, j'ai dit à Matteo que je lui avais trouvé un autre logement pour tout le temps où nous serons là. J'espérais que tu le ramènerais à la maison.

Elle la regarda sans comprendre. Puis le sourire plein d'espoir que lui adressa Kate lui mit la puce à l'oreille.

— Kate ! Tu n'imagines tout de même pas que…

— Cela m'a paru évident. Et rationnel. Matteo pourra

même utiliser ma voiture, le temps que je la vende. Et puis, vous avez l'air de bien vous entendre, non ? Et Luke m'a parlé de lui. C'est vraiment un type super, tu sais…

Si son amie cherchait à la caser, elle ne s'y prendrait pas autrement. Mais c'était pire que cela. Kate et Luke avaient carrément échafaudé un plan pour que Matteo et elle passent du temps ensemble. Pire : pour qu'ils vivent ensemble — du moins pendant quelques semaines.

— Ce n'est pas possible, Kate. Et Matteo n'en a certainement pas plus envie que moi.

Kate baissa la tête.

— Désolée, dit-elle. On va trouver une autre solution. Mais c'est un peu tard pour ce soir, à moins de l'expédier à l'hôtel, ce qui me paraît un peu cavalier. Si tu ne veux pas qu'il s'installe dans mon ancienne chambre, il pourra dormir sur le canapé.

Luke ouvrit le coffre pour y placer les bagages. De son côté, Matteo était en train de prendre un sac de voyage sur la banquette arrière. Il la regarda et sourit, comme pour reprendre les choses là où ils les avaient laissées avant que Kate et Luke surgissent. Son sourire fit fondre instantanément ses résistances.

— Cela ne te dérange pas de me déposer dans mon nouveau logement ? demanda-t-il le plus naturellement du monde.

Quoi ? Il n'avait pas l'air de savoir qu'elle allait le ramener *chez elle*. Kate ne lui avait-elle pas dit qu'il dormirait dans son ancienne chambre, dans la maison qu'elles partageaient avant qu'elle se marie ?

Comment allait-il réagir quand il comprendrait la situation ?

Elle recommençait à jouer avec le feu.

Une partie diabolique en elle eut envie de tisonner les braises. Comme la première fois qu'elle avait adressé la parole à Matteo, elle s'entendit prononcer des mots qu'elle risquait de regretter.

— Pas du tout. C'est sur mon chemin.

9.

— Je suis vraiment désolé, Georgia. Je ne savais pas.

En effet, il avait eu l'air étonné quand Georgia avait ouvert la porte de la maison avec son propre trousseau. Puis sincèrement stupéfait quand il avait compris la situation.

Elle haussa les épaules.

— J'ai l'impression que Kate et Luke aimeraient bien nous voir… Enfin que nous…

Matteo se passa la main dans les cheveux.

— Ramène-moi en ville, je vais trouver un hôtel.

Étrangement, le fait que Matteo ait envie de quitter les lieux lui donna soudain envie qu'il reste. La bataille entre sa tête et son cœur ne se jouait plus dans son esprit, désormais, mais dans la vie réelle. Et, pour l'heure, son cœur avait l'avantage.

— Ne t'inquiète pas, dit-elle. Comme dit Kate, c'est une solution rationnelle. Tu as besoin d'un logement et il y a une chambre libre ici. Reste au moins cette nuit. Ensuite, nous aviserons.

— Je ne veux pas te forcer à quoi que ce soit. Tu sais que je ne me le permettrais pas.

Aussi curieux que cela puisse paraître, elle le savait, en effet. Cet homme intègre ne ferait jamais de mal à qui que ce soit — encore moins à une femme.

Cette situation aurait dû plus que jamais lui faire peur. Mais étrangement, elle la rassura.

De plus, elle n'avait pas envie de vivre avec la culpabilité pour le restant de ses jours. Habiter sous le même toit que

Matteo allait la forcer à trouver une solution. Laquelle ? Elle n'en avait pas la moindre idée.

L'idée d'émigrer avec Kate et Luke en Nouvelle-Zélande commença à lui paraître moins aberrante.

Quand Georgia se leva, le lendemain matin, Matteo avait déjà quitté les lieux. Une tasse dans l'égouttoir suggérait qu'il était passé par la cuisine. D'ailleurs, elle *sentait* qu'il était passé par là.

L'atmosphère qui régnait dans la maison était différente. Comme si le vide qu'elle ressentait depuis le départ de Kate s'était rempli.

Comment avait-il fait pour être si ordonné et si silencieux ? Et s'il était parti en pleine nuit pour trouver une chambre d'hôtel ?

Loin de la soulager, l'idée la fit presque frémir. Elle remonta à l'étage, ce qui, avec son gros ventre, commençait à exiger d'elle un effort certain, et jeta un coup d'œil par la porte entrebâillée de la chambre de Kate.

Le sac de voyage en cuir de Matteo était posé par terre, devant la chaise sur laquelle il avait jeté les vêtements qu'il portait la veille.

Elle poussa un soupir de ce qui ressemblait à du soulagement.

Matteo allait donc revenir…

Son regard glissa sur le lit. Le dessus-de-lit avait été tiré mais il n'était pas aussi lisse que lorsque Kate faisait son lit. On voyait la marque qu'avait laissée son corps.

Elle déglutit et tira la porte.

Elle redescendit et, profitant de son nouvel emploi du temps, elle s'assit au soleil avec son thé et ses tartines.

L'image de Matteo revint occuper son esprit. Ses yeux noirs qui captaient beaucoup de choses. Ce mélange d'intérêt sincère et d'inquiétude sur lequel s'affichait parfois un sourire scandaleusement séduisant.

Cet homme débordait de charme.

« Je ne veux pas te forcer à quoi que ce soit. Tu sais que je ne me le permettrais pas. »

Il avait un code moral solide. Il était incapable de mentir. Ou de tromper quelqu'un. Il préférait s'éloigner des personnes qui ne partageaient pas les mêmes valeurs. Il s'était éloigné d'elle.

Pourtant, il était revenu.

Avait-elle compté dans sa décision de venir s'installer en Écosse ? Ce qu'ils avaient trouvé l'un chez l'autre était-il suffisamment important pour qu'il revienne sur les règles morales qu'il s'était fixées ?

Voulait-il vraiment faire la paix et renouer des liens avec elle ? Allaient-ils, comme il l'avait suggéré, être amis ?

Il avait souhaité partager plus que cela avec elle. Il avait voulu l'épouser et être le père de son enfant.

À présent, il était là, mais il s'était éloigné afin de la laisser libre de se rapprocher ou non. Libre de choisir.

Pas étonnant qu'elle soit troublée. Aucun autre homme ne s'était jamais comporté de cette manière. Aucun homme ne lui avait jamais laissé le choix. À commencer par son père.

Que se serait-il passé si son père avait employé la douceur plutôt que la violence ? S'il avait été simplement présent tout en lui laissant le choix de décider qu'il s'approche ou non ? Si elle avait vu dans ses yeux un souci sincère de son bien-être et de son bonheur, et dans son sourire la confirmation qu'elle était la personne la plus importante au monde ?

La vie aurait été différente, non ?

Elle aurait pu grandir sans avoir ni peur ni mal — ni physiquement ni psychologiquement. Elle aurait pu être comme les enfants qu'elle enviait tellement, dont le père les taquinait parfois mais les protégeait toujours.

Elle prit une profonde inspiration et s'efforça de freiner la pensée qui déferla dans son esprit, aussi implacable qu'un tsunami.

Avait-elle vraiment envie que ses enfants grandissent sans père ?

Qu'attendait-elle encore pour dire la vérité à Matteo ?

— Hum ! Ça sent bon ! Qu'est-ce que c'est ?

— Des lasagnes. Mais pas n'importe quelles lasagnes. J'ai suivi la recette qu'on se transmet de génération en génération dans ma famille.

— Tu cuisines ?

— Quiconque porte le nom des Martini sait faire les lasagnes. Demande à mes sœurs.

Georgia laissa échapper la pochette emplie de papiers qu'elle avait rapportée à la maison. Elle était sortie tard du travail mais arriver à la tombée de la nuit dans une maison déjà éclairée lui avait donné un coup de fouet. Entrer dans la cuisine où flottait une bonne odeur de lasagnes lui donna presque le vertige.

Ses pieds étaient particulièrement gonflés. Elle avait mis tellement de cœur à l'ouvrage, depuis une bonne semaine, qu'elle était épuisée. Mais cela avait porté ses fruits. Cela lui avait permis de mettre de côté tout ce qui la tracassait.

De plus, Matteo travaillait beaucoup, lui aussi. Il partait très tôt le matin et rentrait souvent très tard le soir, si bien qu'ils ne se croisaient que rarement.

Ce qui rendait ce scénario d'autant plus surprenant.

— Tu travailles trop, lui reprocha Matteo en ramassant sa pochette. Et je n'ai pas été très prévenant, ces derniers temps. Entre une sortie avec les collègues, une avec Luke, quelques heures à la salle de sport… Ces lasagnes, c'est ma manière de te remercier. Alors va t'asseoir sur le canapé, tu seras plus à l'aise. Veux-tu que je t'apporte quelque chose à boire ?

Il y avait une bouteille de vin rouge ouverte sur la table basse, entre une corbeille de pain frais et un saladier de salade verte.

Tout était tentant mais ses mains se posèrent instinctivement sur son ventre, où elles reçurent en réponse un petit coup de pied.

— Je veux bien un verre d'eau.

— Plate ou gazeuse ?

— Gazeuse, s'il te plaît. Cela me donnera l'impression de boire du champagne.

— C'est exactement pour cette raison que j'en ai acheté, dit-il en souriant. Je connais tes goûts.

Elle se rappela la bouteille de champagne qu'il avait achetée à la fin de la compétition de Rakovi. Parce qu'il se souvenait qu'elle aimait cela. C'était la première étape d'une soirée qui avait pris un tour inoubliable.

Elle se laissa tomber sur le canapé. L'émotion menaçait de l'engloutir mais elle était trop fatiguée pour lutter. Il fallait qu'elle se détende. Elle se débarrassa de ses chaussures trop serrées.

Le dîner fut délicieux, et pas seulement à cause des lasagnes divines de Matteo.

Ce qui la touchait plus que tout était que quelqu'un s'occupe d'elle. Elle sentit les larmes lui monter aux yeux et but une grande gorgée d'eau.

Par chance, le téléphone de Matteo se mit à gazouiller.

— Ah ! s'exclama-t-il en ouvrant le message. *Che bel bambino !* Regarde.

Il lui tendit l'écran montrant un bébé tout brun et tout sourires dans son bain.

— C'est Arlo, le bébé de Siena. Adriana, elle, attend son troisième enfant. Elle a déjà des jumelles. J'imagine que cela va rendre Allegra jalouse et qu'elle va bientôt vouloir agrandir la famille.

— Combien de neveux et nièces as-tu ?

Matteo se concentra, les sourcils froncés, et Georgia perdit le compte des prénoms italiens qu'il énumérait tout en faisant défiler des photos sur son écran. Puis son visage changea d'expression. Son sourire s'évanouit et elle eut l'impression que ses yeux étaient devenus humides.

— Tout va bien ? demanda-t-elle doucement.

— Oui, répondit-il en souriant malgré tout. Regarde, ce sont mes nièces, Mita et Lia, le jour de leur troisième anniversaire.

Il mit la vidéo en marche et les rires des jumelles emplirent le salon. Vêtues de robes blanches à volants, des fleurs dans les cheveux, elles se jetaient sur un homme allongé dans la pelouse.

C'était Matteo, hilare, qui finit par se relever et prendre une fillette dans chaque bras, avant de les embrasser à tour de rôle. L'une d'elles se libéra de son bras, cueillit une pâquerette qu'elle revint tendre à son oncle, l'air triomphant.

« *Grazie mille, tesoro. Ti amo…* »

Pas besoin de traduction. Elle sentit son cœur se serrer.

— Tu aimes les enfants, murmura-t-elle quand la vidéo se termina.

— Je les adore. J'espère pouvoir en avoir bientôt. Et j'espère aussi que j'aurai la chance d'être grand-père, pour que ma famille ne connaisse pas le chagrin que nous avons connu.

— Tu as perdu ton père ?

— Oui. Il y a des années, déjà. Mais je pense à lui tous les jours.

— Et ta mère ?

— *La mamma* est la grand-mère la plus fière du monde. Pour elle, chaque nouvel enfant est un cadeau inestimable. À chaque naissance, elle va s'installer chez celle de ses filles qui accouche et elle y reste au moins un mois.

Il se rembrunit soudain.

— Je suis désolé que ta maman ne soit plus là pour t'aider… Comment vas-tu faire, Georgia ?

— Je me débrouillerai.

Mais plus la date de l'accouchement approchait, plus sa mère lui manquait. Elle sentit son menton trembler.

Matteo dut sentir sa détresse car il tendit la main et lui caressa la joue.

C'était le geste le plus tendre qu'on lui ait jamais adressé.

— C'est pour bientôt, non ?

— Mmm…

Elle était trop fatiguée pour calculer mais, Matteo étant persuadé qu'elle était enceinte d'un mois de plus que ce qu'elle était en réalité, cela lui laissait officiellement…

Oh non… Une semaine !

Par chance, Matteo ne lui demanda pas de préciser. Il ne la regardait même plus. Il fixait son ventre qui bougeait sous la pression des petits êtres qui y grandissaient. Elle était tellement habituée aux coups de pied et de poing qu'elle avait presque oublié à quel point c'était extraordinaire de les *voir*.

— Je peux ? demanda Matteo d'une voix douce en tendant les mains au-dessus de son ventre.

Elle avait renoncé depuis longtemps à son uniforme médical et portait un jean de maternité et une chemise légère.

Elle hocha doucement la tête, bouleversée par l'intensité de son regard, et ferma les yeux lorsqu'elle sentit le contact de ses mains sur son ventre. Sous les mains de Matteo, deux bébés qui étaient les siens. Mais il ne le savait pas.

Ce n'était pas juste.

Il devait savoir la vérité.

Elle rouvrit les yeux, s'apprêtant à révéler enfin l'information qu'elle lui devait depuis des mois.

Le visage de Matteo était plus près du sien qu'elle ne le pensait. Il la fixait, les yeux emplis de larmes.

Il suffit d'un mouvement infime pour que ses lèvres effleurent les siennes.

Ils échangèrent un baiser léger, fugace. Mais aussi tendre que la caresse qu'il lui avait faite sur la joue.

Elle sentit son souffle sur sa peau quand il se détacha d'elle.

— *Ti amo, tesoro mio*, dit-il dans un souffle.

Une fois encore, la traduction était inutile. Ses yeux confirmaient les mots qu'il avait murmurés.

Comment lui avouer ce qu'elle avait à lui dire, à présent ? Elle mourait d'envie de lui dire qu'elle l'aimait, elle aussi. Mais était-ce envisageable alors qu'elle lui avait menti ?

Non. C'était inconcevable.

Toute cette situation était bancale. Il ne manquait pas grand-chose pour qu'elle soit parfaite, cependant. Mais plus le temps passait, plus il était difficile d'arranger la situation.

— Tu as le droit de ne pas faire la vaisselle, dit-il en souriant. Va te coucher, *cara*. Tu as l'air épuisée.

Elle s'éclaircit la gorge, espérant que cela ferait passer la grosse boule qui s'y était formée.

— Merci, Matteo.

— Pour quoi ? Pour le repas ? Ce n'est pas grand-chose.

— Si, justement. C'était parfait.

Il se leva et ramassa les assiettes.

— Je suis heureux que tu aies apprécié. J'en referai. Nous avons tout le temps d'ici à ce que je retourne vivre chez Luke.

Tout le temps…

C'était une expression de sa mère.

« On a tout le temps, ma chérie. »

« Laisse faire le temps. »

« Le temps résout beaucoup de choses. »

Entendre la voix de sa mère lui procura un grand réconfort. Et peut-être aussi de l'espoir.

Les lasagnes de Teresa Martini, sa mère, étaient le plat préféré de Matteo depuis toujours mais, ce soir, elles étaient devenues encore plus importantes dans sa vie.

Ce soir, il s'était rapproché de ce qui lui tenait le plus à cœur. Georgia lui avait permis d'exprimer une partie de ce qu'il éprouvait vis-à-vis d'elle. De partager, l'espace d'un instant, l'émerveillement suscité par la vie qui grandissait en elle.

Il l'avait même embrassée. Et, même si elle n'avait rien répondu quand il lui avait avoué qu'il l'aimait, il était persuadé qu'elle éprouvait les mêmes sentiments, qu'elle sentait autant que lui à quel point ils étaient faits l'un pour l'autre, qu'elle pensait exactement la même chose.

Elle était amoureuse de lui.

Mais il ne fallait pas lui faire peur en lui imposant des choses vis-à-vis desquelles elle n'était pas encore prête. Il ne fallait pas qu'il l'étouffe par trop de présence ou de contact. Et encore moins en la demandant de nouveau en mariage.

Cela lui demandait beaucoup d'efforts mais il était prêt à relever le défi, à se montrer patient. Jusqu'à ce qu'il la sente prête à accepter davantage de lui.

10.

— Kate et Luke doivent être arrivés chez eux, à l'heure qu'il est.

— Sans doute. Comment te sens-tu ?

— Bien, pourquoi ? demanda Georgia, un torchon à la main, en prenant un plat dans l'égouttoir.

Matteo était en train de récurer une casserole.

— C'était émouvant, hier, à l'aéroport. Kate a beaucoup pleuré.

Il lui jeta un coup d'œil.

— Toi, tu es plus solide, on dirait.

— Je ne pleure pas, c'est tout, répondit-elle dans un haussement d'épaules.

— Jamais ? Cela me paraît incroyable. Mes cinq sœurs et ma mère pleurent tout le temps. Cela m'arrive, à moi aussi. Il n'y a pas de honte à cela.

C'est vrai qu'elle avait vu, à plusieurs reprises, des larmes faire briller ses yeux. Des larmes de bonheur à l'évocation de sa famille qu'il aimait tant.

Cet homme était capable d'un amour sans limites. Lorsqu'il avait posé les mains sur son ventre, il avait peut-être éprouvé de l'amour pour les enfants qu'il ignorait être les siens.

Son cœur se serra. Le temps passait et elle n'avait toujours rien dit.

— Ce n'est pas parce que je ne pleure pas que je ne ressens rien. Et je crois que Kate s'en voulait un peu. Elle avait prévu d'être là pour mon accouchement, mais elle déménage et commencera un nouveau travail en même temps.

— Cela ne devrait pas tarder, maintenant, dit Matteo en regardant son ventre.

— Je n'ai plus les bras assez longs pour tenir le volant de ma voiture. Mais je suis autorisée à travailler à la maison, ça tombe bien.

— C'est *quand* ?

Georgia déglutit. La pression était de plus en plus forte. Comment avait-elle pu imaginer qu'elle avait encore du temps devant elle avant d'avouer la vérité à Matteo ? Comment trouver une excuse à chaque fois que l'occasion de lui parler se présentait ?

Ils étaient en train de faire la vaisselle ensemble. N'était-ce pas une occasion idéale ? Matteo avait déclaré qu'il ne la forcerait en rien et les deux semaines qui venaient de s'écouler en sa compagnie l'avaient prouvé. Il s'était révélé être un colocataire idéal.

Un ami.

Mais elle perçut, au ton de sa voix, que cela allait changer.

— Georgia, je ne peux pas retourner vivre chez Luke, poursuivit-il.

Elle n'avait pas spécialement envie qu'il parte, mais la fermeté avec laquelle il s'était exprimé était assez troublante. Était-il sur le point de lui dire qu'il ne partirait pas de chez elle ?

Et, si c'était le cas, aurait-elle envie de l'en dissuader ? Pour être honnête, l'idée de vivre avec Matteo n'était pas loin de ressembler à un idéal.

— Pas pour le moment, en tout cas. Tu ne peux pas rester seule. Tu as besoin d'aide, pour porter les choses, pour faire les courses. Surtout si tu ne peux plus conduire.

— Je peux faire mes courses sur Internet.

— Et si tu as besoin d'aller à l'hôpital ?

Un vent de panique se mit à souffler à l'idée que Matteo l'emmène à l'hôpital et soit mis devant le fait accompli. Finalement, l'idée de vivre avec lui n'était pas si pertinente.

— J'ai un téléphone. Je t'appellerais.

— Et en cas d'urgence ?

— J'appellerais une ambulance. Avec le nombre de personnes que je connais dans mon travail, ce ne serait pas très compliqué.

— Tu as *envie* que je parte ? demanda-t-il en se tournant vers elle.

Elle sentit son cœur se serrer. Si elle répondait oui, allait-il faire son sac et décamper sur-le-champ ?

C'était une éventualité à laquelle elle n'était pas du tout préparée. De plus, s'il partait, quand trouverait-elle le bon moment pour lui dire la vérité ?

Elle se mordit la lèvre. Le terrain était de plus en plus glissant et une petite voix haussait le ton derrière le tourbillon de ses pensées.

Dis-lui ! Allez, dis-lui !

— Pas forcément maintenant. Mais quand je… Enfin quand…

— Quand le bébé sera là, j'ai compris.

Mais il n'avait pas tout compris, et pour cause. Elle avait demandé à Kate de garder le secret au sujet des jumeaux. Il s'imaginait encore qu'elle n'attendait qu'un enfant.

Dès qu'il apprendrait qu'elle attendait des jumeaux, ce serait terminé. Il comprendrait qu'elle lui avait aussi menti sur le terme et qu'elle accoucherait bien plus tard qu'elle le prétendait.

— Quel est le terme « officiel » ? demanda-t-il.

Elle eut l'étrange impression qu'il lisait dans ses pensées.

— C'est toujours difficile à dire pour les premiers bébés, répondit-elle, évasive. Ils n'arrivent pas souvent exactement à la date prévue. En général, plus tard.

Elle se dépêcha de ranger le dernier couvercle dans le placard et voulut replier l'égouttoir. Mais Matteo l'attrapa doucement par le poignet.

— Il faut que je sache, Georgia. Je veux poser quelques jours pour aller voir ma mère et mes sœurs en Italie. Ce serait possible d'ici quinze jours mais cela risque de tomber exactement au moment de ton accouchement. Or je veux être là pour t'aider.

Le contact de sa main l'embrasa et lui fit perdre totalement le fil déjà embrouillé de ses pensées.

De son pouce, il se mit à caresser doucement son poignet.

Les femmes enceintes étaient-elles censées avoir du désir ?

Qui d'autre que le père d'un enfant pouvait être attiré par une femme qui ressemblait plus à une baleine qu'à un humain ? Et, si c'était le cas, comment cela se passait-il ?

Matteo cessa brusquement de caresser son bras.

— C'est quoi, cette cicatrice ? demanda-t-il.

Georgia se figea.

C'était le moment ou jamais de lui dire la vérité, non seulement au sujet de sa grossesse, mais aussi de son enfance. Ainsi, il comprendrait peut-être ce qui l'avait poussée à mentir, à raconter qu'elle avait un petit ami, à ne pas lui dire qu'elle était enceinte de jumeaux ni qu'il en était le père.

Mais comment jeter cette bombe sans craindre les dégâts collatéraux qui ne manqueraient pas de se produire et qui risquaient d'éloigner Matteo à jamais ?

La mémoire était un phénomène étrange. Le simple contact d'un pouce sur une cicatrice pouvait vous ramener à des décennies en arrière et vous faire ressentir la douleur d'un bras coincé dans une portière de voiture.

Elle se dégagea brusquement.

— Je n'ai pas envie d'en parler. Je ne peux pas.

Il ne pouvait pas s'en tenir là.

Certes, il respectait le besoin d'intimité de Georgia et n'avait aucune intention de la forcer à dire quoi que ce soit, mais le malaise qu'il éprouva à ce moment-là lui parut révélateur de quelque chose d'important. Il était suffisamment aguerri devant les signes et les symptômes de ses patients pour se rendre compte que la situation présente était grave. Critique, même.

Il la suivit dans le salon. Elle prit une liasse de papiers et s'assit sur le canapé pour les lire. De toute évidence, elle considérait que la discussion était close.

Il s'assit à côté d'elle sur le canapé, réfléchissant en silence au moyen de la reprendre.

— Si tu veux regarder la télévision, je peux aller travailler dans ma chambre, dit-elle d'une voix tendue.

— Non merci. Je n'ai pas envie de regarder la télévision. J'ai besoin de te parler.

Elle demeura silencieuse, sans lever le nez de ses papiers.

— Tu n'es pas obligée de tout me raconter, mais tu sais que je suis attaché à toi, *cara*. Or j'ai l'impression que cette cicatrice est la marque d'une blessure qui n'est pas seulement physique. Si je te pose la question, c'est parce que je tiens à toi et que j'ai envie de te connaître mieux. De comprendre...

Ce dernier mot sembla ouvrir une brèche dans son armure.

Elle reposa ses papiers sur ses genoux et ferma les yeux. Puis elle prit une grande inspiration et se mit à parler.

— Je me suis cassé le bras quand j'avais cinq ans. Une fracture ouverte. J'ai toujours dit que j'étais tombée d'un poney mais c'est faux. En réalité, on a claqué la portière d'une voiture sur mon bras tendu.

— *Dio mio*... Qu'est-ce qui s'est passé ? dit-il en imaginant la douleur qu'elle avait dû endurer.

— C'est mon père qui a claqué la portière alors que je tendais le bras vers ma mère. Il l'avait poussée et elle était tombée. Quand il a démarré, je l'ai vue, par terre, par la vitre arrière...

Georgia Bennett ne pleurait jamais mais il lui sembla entendre les sanglots de la petite fille qu'elle était alors.

Il tendit le bras et la prit par l'épaule. Elle n'opposa aucune résistance et posa sa tête sur lui. Les papiers glissèrent sur le sol, mais elle n'eut pas l'air de s'en apercevoir et se remit à parler.

— Il m'a emmenée à l'hôpital puis la police est venue et m'a ramenée chez ma mère. Mais ça a été le début de la terreur. Nous nous sommes mises à vivre, la peur au ventre. Mon père était devenu très croyant. Il pensait devoir racheter son péché, c'est-à-dire le fait d'avoir couché un soir avec ma mère et de m'avoir conçue. Pourtant, il ne s'était jamais soucié de mon sort depuis ma naissance. Il avait préféré fuir…

— Et maintenant ? Où est-il ? demanda-t-il en contenant sa colère.

— Il est mort. Il a été tué au cours d'une bagarre avec un type qui n'était pas d'accord avec ses sermons.

Elle soupira.

— Ma mère disait que c'était son karma. Il était mort mais la peur est restée. Puis ma mère a commencé à faire des crises d'épilepsie. Les médecins ont pensé que cela avait un rapport avec la commotion cérébrale qu'elle avait eue en tombant le jour où mon père l'a poussée. Mais, sur le moment, elle n'avait pas fait d'examen poussé. Et elle a sûrement eu une absence épileptique le jour où elle s'est arrêtée au milieu de la route, au moment où un bus arrivait… C'était juste après mon diplôme. Je venais de commencer à travailler en ambulance.

— Mais ce n'est pas toi qui as été appelée sur les lieux de l'accident ? demanda Matteo, le cœur brisé.

L'histoire pouvait-elle être plus dramatique encore ?

— Non, répondit-elle en levant la tête vers lui.

Elle afficha un sourire triste.

— Je n'avais jamais pensé à ça. C'est vrai que ça aurait pu être le cas.

Il resserra son bras autour d'elle et déposa un baiser sur son front. Son intuition ne l'avait pas trompé. Cette cicatrice recelait une blessure profonde. Mais jamais il n'aurait imaginé ce que Georgia avait vécu.

— J'ai autre chose à te dire, reprit-elle.

Il perçut une tension, comme si une lutte se livrait en elle.

— Tu n'es pas obligée. Tu pourras me le dire plus tard. Nous avons tout notre temps, *cara*. Je n'ai pas l'intention de te laisser. Je t'aime.

La tension s'accentua dans le corps de Georgia. Il eut même l'impression qu'elle tremblait. Avait-elle toujours peur ?

Il ne bougea pas et attendit qu'elle se détende. Puis, quand elle leva les yeux, il l'embrassa de nouveau.

— Il faut que tu ailles te coucher, *tesoro*. Que tu dormes.

— Je n'ai pas envie de quitter tes bras, murmura-t-elle. Moi aussi, je t'aime.

— Alors je te garde dans mes bras, dit-il en se demandant s'il n'avait pas rêvé ce qu'il venait d'entendre.

Venait-elle de lui dire qu'elle l'aimait ? Il eut envie de lui poser la question, de vérifier si elle avait vraiment enlevé son armure. Mais ce serait parler de lui plutôt que d'elle.

Si elle l'aimait, elle le lui redirait à un moment ou à un autre. Il suffisait d'être patient, comme il l'avait été jusque-là.

— Mais tu peux aller te coucher et rester dans mes bras, si tu veux.

Toute tension déserta le corps de Georgia. Elle était calme et détendue.

Elle se redressa et se leva. Puis lui tendit la main en signe d'invitation.

11.

Georgia Bennett pensait ne jamais avoir vécu de moments aussi extraordinaires que lorsqu'elle avait fait l'amour avec Matteo Martini, ce soir de pleine lune dans les montagnes tchèques.

Elle se trompait.

La tendresse qu'ils avaient partagée lorsqu'ils étaient allés se coucher le soir où elle avait parlé de sa cicatrice était si émouvante qu'elle ne s'en était toujours pas remise une semaine plus tard.

Révéler pour la première fois à quelqu'un le traumatisme majeur de son enfance avait eu un puissant effet cathartique. Après quoi elle avait pu se blottir dans les bras de Matteo et s'y sentir en sécurité.

Elle avait vraiment failli enchaîner les confidences et lui révéler la vérité sur sa grossesse. La fatigue l'empêchait d'avoir les idées claires. Matteo était intervenu comme s'il percevait à quel point parler lui était difficile. Elle l'avait laissé faire et était restée dans le cocon protecteur de ses bras.

Juste pour cette nuit, s'était-elle promis.

Elle lui dirait tout le reste le lendemain.

Mais les lendemains s'étaient enchaînés et elle n'avait toujours rien dit.

Le bruit de la porte d'entrée la réveilla. Elle éprouva aussitôt un sentiment d'urgence. Elle se leva et descendit les marches aussi rapidement que le lui permettait son état, la main fermement accrochée à la rampe.

Elle ouvrit la porte en espérant pouvoir appeler Matteo avant qu'il ne démarre.

— Trop tard, murmura-t-elle. Qu'est-ce que je vais faire ?

Elle rentra dans le salon et se mit à faire les cent pas.

Il n'était pas trop tard. Elle pourrait lui parler quand il rentrerait. Elle préparerait le dîner et lui répéterait combien elle l'aimait.

Il allait bientôt passer quelques jours en Italie. Cela lui laisserait le temps de digérer la nouvelle.

Sa décision prise, elle se sentit apaisée. Pas suffisamment cependant pour se plonger dans son travail et se mettre à rédiger les premières conclusions de sa recherche. Elle était nerveuse. À peine fut-elle assise à sa table qu'elle se mit à penser à tout ce qu'elle avait à faire en dehors de son travail : sortir la poubelle, passer un coup d'éponge sur le plan de travail ou des choses aussi saugrenues que nettoyer le réfrigérateur à fond.

Elle se mit à dépoussiérer le salon, ce qu'elle n'avait pas fait depuis si longtemps qu'elle aurait pu graver son nom dans la poussière couvrant les étagères de la bibliothèque.

Maintenant qu'elle était enfin prête à parler, Matteo n'était pas là et le temps passait au ralenti. Elle piaffait d'impatience.

Elle passa la majeure partie de l'après-midi dans le garage qui servait d'entrepôt. Y étaient entreposés des meubles, un congélateur trop grand pour entrer dans la cuisine, mais aussi, depuis quelques semaines, des affaires de bébé… en double. Deux berceaux, deux sièges auto, une montagne de couches et de vêtements.

Il était temps de trier ce capharnaüm, ne serait-ce que pour savoir ce qu'il lui restait à se procurer.

Lorsque le jour tomba, la maison n'avait jamais été aussi impeccable. Le dîner ne sentait pas aussi bon que les lasagnes de Matteo mais les steaks et les pommes de terre au four constitueraient un dîner honorable.

Georgia était fourbue après toute l'activité de la journée.

Un bruit de moteur lui fit aussitôt oublier qu'elle avait mal au dos et aux jambes. Elle entendit la voiture de Matteo se garer dans l'allée puis la porte d'entrée s'ouvrir.

Lorsqu'il arriva dans le salon, elle ne ressentait plus rien à part une immense douleur au ventre, telle une crampe géante qui lui coupa le souffle.

Elle s'agrippa au dossier d'un fauteuil pour ne pas s'écrouler.

— Georgia ? s'écria Matteo en accourant. Oh…

Il dut voir ce qu'elle ne put que ressentir : un flot chaud coulant entre ses jambes. Elle était en train de perdre les eaux.

La douleur était insoutenable et s'amplifia quand Matteo la prit sous les bras pour l'aider à s'asseoir par terre.

— Ne bouge pas, lui dit-il.

Elle n'aurait pas pu bouger même si elle l'avait voulu. Comment cela pouvait-il arriver aussi vite, sans prévenir ?

La première contraction s'estompa, aussitôt suivie d'une deuxième.

Elle entendit la voix claire et résolue de Matteo qui appelait une ambulance.

Elle ne pouvait pas prétendre qu'elle n'avait pas été prévenue, cela dit. Toute cette agitation de la journée n'était pas due seulement à l'impatience de parler à Matteo. Et ces douleurs dans le dos n'étaient pas vraiment des courbatures dues au ménage de l'après-midi. Son médecin l'avait avertie, la semaine précédente, lors de la visite de contrôle.

« Ce sont des jumeaux, ils peuvent arriver un peu plus tôt que prévu. Il n'y a plus beaucoup de place là-dedans. »

Matteo s'accroupit à côté d'elle avec une pile de serviettes qu'elle avait pliées quelques heures plus tôt.

— L'ambulance est en route, dit-il.

— Je ne sais pas si elle arrivera à temps, dit-elle, un peu affolée par ce qui se passait en elle. J'ai l'impression que… Oh ! il faut que je pousse…

— Vas-y, ne t'inquiète pas…

Elle replia les jambes et sentit les mains de Matteo lui retirer ses vêtements et… Que faisait-il ?

Il semblait chercher à retenir le bébé.

Elle s'efforça de ralentir sa respiration avec l'espoir que cela freinerait le processus mais son corps n'écoutait plus. Les contractions s'enchaînaient, l'incitant naturellement à pousser jusqu'à ce qu'elle ait des étoiles devant les yeux et un bourdonnement dans les oreilles. Ce qui ne l'empêchait pas d'entendre la voix posée de Matteo.

— C'est bien… Voilà, tu y es presque…

Puis un autre son couvrit la voix de Matteo.

Les pleurs d'un nouveau-né.

Elle tenta de se redresser.

— C'est une petite fille, annonça Matteo. Elle est magnifique, regarde !

Il tenait le bébé dans ses mains nues. Le petit visage tout plissé se contracta pour émettre un autre cri.

— Tu as réussi, Georgia ! C'est fini, tout va bien…

— Non, dit-elle en reposant la tête sur le sol. Ce n'est pas fini. Oh…

Elle poussa un cri à son tour.

— J'attends des jumeaux, Matteo.

— Quoi ? Des jumeaux ? Mais tu le savais ? Pourquoi ne m'as-tu rien dit ?

Ce qu'elle avait dit ou pas dit à Matteo était le cadet de ses préoccupations, à présent. Les contractions et la douleur étaient toujours aussi intenses. La voix de Matteo se fondit dans les pleurs du bébé, les cris qu'elle-même poussait, la sirène d'une ambulance à l'approche…

Jamais Matteo n'avait eu aussi peur de toute sa carrière.

Il avait déjà accouché des femmes mais jamais il n'avait vécu la situation de ce point de vue. Il avait l'impression de ne pas savoir ce qu'il faisait. De voir ses mains bouger toutes seules, comme si elles appartenaient à quelqu'un d'autre.

Il était sous le choc.

Des jumeaux ?

Comment Georgia avait-elle pu garder cela pour elle ?

Il avait pourtant l'impression qu'ils étaient proches l'un de l'autre, surtout depuis qu'elle lui avait raconté l'histoire sordide de sa cicatrice.

L'arrivée d'un bébé était toujours un miracle. À plus forte raison quand il y en avait deux, comme Mita et Lia, ses adorables petites nièces. C'était un événement à célébrer, pas à dissimuler.

C'est vrai qu'elle avait voulu lui dire autre chose, ce soir-là. Mais quoi ? Et pourquoi l'avait-il arrêtée ?

Ses mains continuèrent à s'activer. Le premier bébé était petit mais apparemment en bonne santé, tout rose. Il l'enveloppa bien au chaud dans une serviette et se concentra sur l'arrivée du second qui, lui, se présentait par le siège.

Il fallait manœuvrer en douceur, sans précipitation.

Il entendit la sirène de l'ambulance. On frappa à la porte et les ambulanciers entrèrent dans la maison avec un brancard.

— Ne pousse plus, dit-il à Georgia. C'est très important.

Il se tourna vers le premier ambulancier.

— Passez-moi des coussins, dit-il en indiquant le canapé d'un signe de tête. Il faut que ses hanches soient plus hautes que ses épaules.

— C'est un siège ?

— Oui.

— Bravo, championne, tu te débrouilles bien, dit un deuxième ambulancier en déposant une bouteille à oxygène et un sac de matériel sur le sol. Tu aurais pu nous attendre ! Si je comprends bien, on va juste te servir de taxi jusqu'à l'hôpital.

Mais elle n'écoutait pas.

— Il faut que je pousse, gémit-elle.

— Allez, dit Matteo en attrapant les petites fesses qui se présentaient.

Un garçon, cette fois, dont les jambes se mirent à gigoter dès que la tête fut sortie. Son petit torse se souleva dans un immense effort pour prendre sa première inspiration.

— Des jumeaux ! Je n'en reviens pas ! dit l'ambulancier qui semblait bien la connaître. Tu as bien gardé ton secret, championne !

Matteo prit le petit garçon et le déposa sur le buste de sa mère tandis que l'autre ambulancier coupait le cordon. Il croisa le regard de Georgia.

C'est vrai qu'elle avait bien gardé le secret.

— Ils sont nés à terme ? demanda l'ambulancier.

— Non, répondit-elle d'un ton calme. Ils ont pratiquement cinq semaines d'avance.

Matteo eut l'impression que le sol se dérobait sous ses pieds. Son cerveau s'emballa.

Voilà pourquoi Georgia ne lui avait rien dit. Voilà pourquoi il l'avait peut-être empêchée de parler.

Il avait beau se trouver face au miracle de la vie, il eut l'impression que quelque chose venait de mourir.

La maternité de ce vieil hôpital d'Édimbourg n'était jamais totalement silencieuse. Il était très tôt mais elle entendit le couinement de semelles souples dans le couloir, une sonnerie de téléphone et les pleurs d'un bébé affamé.

L'image des deux petits êtres qu'elle avait mis au sein pour la première fois, quelques heures plus tôt, dans le service des soins intensifs, emplit son esprit.

Ils lui manquaient. Quand elle avait demandé à passer la nuit près des couveuses, le personnel s'était montré gentil mais ferme. Il fallait qu'elle se repose. Pendant ce temps, on prendrait bien soin de ses bébés. Ses jumeaux étaient en bonne santé mais, comme ils étaient petits, il fallait simplement surveiller leur respiration.

Elle n'était pas inquiète. Elle avait seulement envie d'être près d'eux. Mais elle s'était fait une raison et les avait laissés tranquilles pour la nuit.

Elle-même était exténuée mais elle avait du mal à trouver le sommeil. Le dos calé par des oreillers, elle avait l'impression de flotter au-dessus de la nouvelle vie qui l'attendait et tentait de digérer tout ce qui venait de se produire en quelques heures.

La peur, lors des premières contractions. Le fait que Matteo ait été mis devant le fait accompli de sa grossesse multiple. Qu'il ait lui-même donné naissance à ses propres enfants et, pire, qu'il ne sache pas qu'il en était le père.

À tout cela s'ajoutait le fait qu'elle était mère, désormais. Elle avait deux bébés.

Ses bébés.

Dans sa chambre régnait un vide sidéral. Mue par l'envie de retourner les voir, elle repoussa les draps pour se lever. Mais la lumière qui apparut dans l'entrebâillement de la porte attira son regard.

Elle se figea, en partie à cause d'une contraction douloureuse de son ventre, et en partie parce qu'elle reconnut la silhouette qui entra dans la chambre.

Ils se regardèrent un long moment avant que sa vue s'acclimate à la luminosité et qu'elle perçoive la tension sur les traits de Matteo.

Il avança jusqu'à la table de chevet. C'est alors qu'elle vit son regard. Il avait l'air complètement dévasté.

— Tu m'as menti, finit-il par dire d'un ton calme, comme s'il énonçait simplement un fait.

— Pas vraiment…

Il émit un petit rire nerveux qui la rendit honteuse ne serait-ce que d'essayer de justifier l'injustifiable.

— Tu m'as dit que tu étais déjà enceinte quand nous avons couché ensemble.

— J'ai fini par l'être, tenta-t-elle.

— Je ne plaisante pas, la coupa-t-il. Je ne veux plus de tes demi-vérités. Tu m'as menti et tu le sais. À moins que tu aies couché avec quelqu'un d'autre à Rakovi et que tu ne saches pas qui, de nous deux, est le père ? Ce qui expliquerait toute cette mascarade.

— Non, il n'y a eu personne d'autre. À aucun moment.

— Ce qui signifie que je suis le père de ces jumeaux.

— Oui.

— En fait, tu m'as menti tout le temps où nous étions ensemble, si je comprends bien.

Comment lui expliquer pourquoi elle s'était comportée de la sorte ? Comment lui dire qu'elle avait l'intention de tout lui dire mais qu'elle attendait le bon moment pour lui parler ? Et qu'elle l'aimait ?

Il était trop tard pour qu'il puisse l'entendre.

— Je suis désolée, se contenta-t-elle de dire.

Matteo exhala un grand soupir de ce qui ressemblait à du désespoir. Un lourd silence tomba, pendant lequel elle le vit lutter pour ne pas craquer.

— Tu m'as volé une chose qui ne me sera jamais rendue. Jamais. La joie de la naissance de mon premier enfant. De *mes* premiers enfants.

Sa voix se brisa.

— J'ai fait naître ces bébés sans savoir que c'étaient les miens ! Tu te rends compte ?

Que répondre ? Il avait raison. Elle lui avait volé une partie si importante de sa vie qu'elle en était impardonnable. Qu'elle l'ait fait sciemment ou non n'y changeait rien. Qu'elle ait eu l'intention de tout lui avouer non plus.

Le silence était assourdissant.

— Tu es allé les voir ?

— Non, je voulais te voir d'abord. Je voulais savoir la vérité.

Il ne venait pas la voir pour prendre de ses nouvelles. Mais pour prendre la mesure des mensonges qu'elle n'avait cessé d'entretenir. Peut-être ne l'aimait-il plus.

L'émotion de ce moment, ajoutée à tout ce qu'elle venait de vivre, était oppressante. L'idée de perdre Matteo était le coup de grâce. Elle n'eut plus la force de lutter contre les picotements derrière ses paupières.

Elle ne pleurait jamais. Pourtant, une larme, ronde et lourde, se mit à couler le long de sa joue.

C'était dans l'ordre des choses que Matteo soit près d'elle pour s'occuper des bébés. De leurs bébés.

Mais ce n'était pas ce qui allait se passer.

— Comment pourrais-je avoir confiance en toi, maintenant ? demanda-t-il d'une voix lourde de tristesse, de déception et de chagrin. Tu es la mère de mes enfants et la femme que j'aime, mais je ne peux pas te faire confiance. Et, quand tu m'as dit que tu m'aimais, c'était peut-être un mensonge, ça aussi.

Elle secoua doucement la tête, mais Matteo ne la regardait pas. Déjà, il faisait demi-tour vers la porte.

— Matteo ! Ne pars pas ! s'écria-t-elle.

S'il pouvait encore lui dire qu'il l'aimait, tout n'était pas perdu, si ? Une minuscule lueur d'espoir brilla dans la noirceur de ses peurs.

Mais il secoua la tête d'un seul mouvement, bref et sec.

— Il faut que je réfléchisse. Et que je voie mes enfants.

Elle hocha la tête et essuya ses joues mouillées. Puis elle se leva.

— Matteo ! Attends ! Je viens avec toi.

Elle voulait être là quand Matteo verrait ses bébés et partager le moment où il leur dirait qu'il était son père.

— Non, rétorqua-t-il. Je veux y aller seul. Je n'ai pas les idées claires quand je suis avec toi.

Elle eut l'impression de recevoir une gifle qui la fit suffoquer.

— Tu reviendras me voir ?

Il parut surpris de la question. Il s'arrêta devant la porte.

— Je ne sais pas, dit-il sans se retourner.

Il ouvrit la porte et sortit.

La chambre qui lui paraissait vide avant son arrivée lui sembla soudain glaciale.

Une autre larme perla. Puis une autre.

C'était peut-être la dernière fois qu'ils se parlaient. Peut-être ne reviendrait-il jamais.

Elle se recoucha et passa ses bras autour de ses épaules. Elle avait vraiment besoin de serrer quelque chose contre elle.

Elle était épuisée et malheureuse.

Il fallait qu'elle se repose, qu'elle dorme. Et, avec un peu de chance, lorsqu'elle se réveillerait, elle se rendrait compte que tout cela n'était qu'un cauchemar.

Matteo fut surpris de constater que les infirmières du service des soins intensifs de néonatalité savaient qui il était lorsqu'il se présenta.

Georgia, qui lui avait menti pendant des mois, aurait-elle publiquement déclaré qu'il était le père de ses enfants ? À voir l'étiquette collée sur les couveuses, ce devait être le cas.

Bennett/Martini : jumeau 1 et jumeau 2

De toute façon, qu'est-ce que cela changeait ?

Elle lui avait caché des choses essentielles. Ce n'était pas faute d'avoir eu l'occasion de lui dire la vérité, pourtant.

— Vous pouvez les prendre dans vos bras, informa l'infirmière. On les a placés en couveuse seulement parce que les couveuses sont équipées de détecteurs d'apnée. Asseyez-vous, je vais les chercher.

Matteo prit place dans le fauteuil confortable et regarda l'infirmière lui apporter une puis deux petites créatures qu'elle déposa dans le creux de ses bras.

— Je vous laisse avec eux pour que vous fassiez connaissance. Voulez-vous que je vous prenne en photo tous les trois ?

— Non, merci. Je ne suis pas prêt.

Il savait qu'il aurait du mal à sourire. Il risquait même de pleurer si les émotions qui le submergeaient à présent ne s'atténuaient pas.

C'était un moment… incomparable avec tout ce qu'il avait expérimenté jusqu'à présent.

Cela ressemblait un peu au jour où il avait tenu Arlo dans ses bras et ressenti autant d'amour que de fierté vis-à-vis du dernier membre du clan Martini.

Mais c'était différent.

Ces deux bébés étaient *ses* enfants.

Son rêve d'être père s'était concrétisé. De manière un peu brutale, certes. Ou du moins différente de celle qu'il avait imaginée.

Mais cela ne semblait plus avoir d'importance en cet instant. L'essentiel était d'être là et de vivre ce moment incroyable.

Il scruta leurs traits, avec leur nez minuscule et leurs cheveux dépassant d'un bonnet rose pour l'un, bleu pour l'autre. Ils émettaient de petits sons, tout à leur découverte de la vie à l'extérieur du ventre de leur mère.

Ils n'avaient que quelques heures.

Et le fait qu'il les ait fait naître sans savoir qu'il était leur père semblait aussi perdre de l'importance.

Nombreux étaient les pères qui n'assistaient pas à la naissance de leurs enfants, en particulier quand ils naissaient prématurément. Aurait-il préféré savoir qu'il était leur père et manquer leur naissance à cause des embouteillages ou d'un contretemps imprévu ? Non, bien sûr. Le fait qu'il n'ait rien su avant leur naissance n'empêchait en rien de les aimer et de s'attacher à eux. Ni de vivre pleinement ces premières heures en tant que père.

Il était submergé par l'amour qu'il éprouvait pour eux. Et contrarié par une autre émotion, beaucoup moins agréable. La peur qu'il leur arrive quelque chose. Il avait toujours été protecteur avec les gens qu'il aimait mais sa volonté de veiller sur ces deux êtres était si forte que c'en était presque douloureux.

Georgia éprouvait-elle les mêmes sensations ?

Sans doute. Elle devait même probablement les éprouver depuis qu'elle savait qu'elle était enceinte.

Était-ce la peur qui l'avait retenue de lui annoncer la nouvelle ? Une peur héritée de celle qu'elle avait éprouvée toute son enfance ?

Ne serait-il pas prêt, lui-même, à enfreindre les règles qu'il s'était fixées pour protéger ses enfants ?

Si, sans hésiter.

C'est ce qu'avait fait Georgia. Elle avait menti pour protéger ses enfants.

Dans ce cas, pouvait-il la pardonner ?

L'image de Georgia sur son lit d'hôpital lui revint à l'esprit. Elle était pâle, épuisée, apeurée. Le visage baigné de larmes.

Pourquoi ne l'avait-il pas prise dans ses bras au lieu de ne penser qu'à lui-même ? À son ego blessé, à sa colère d'avoir été dépossédé ?

Il se pencha et déposa un baiser sur la tête de son fils puis sur celle de sa fille.

Mais dépossédé de quoi ? On ne lui avait rien volé. Au contraire, il avait reçu le plus beau cadeau qu'un homme puisse recevoir.

Il tourna la tête vers l'infirmière. À présent, il se sentait prêt pour la photo. Ensuite, il retournerait à la maternité pour la montrer à Georgia et lui dire qu'il la comprenait et la pardonnait.

Restait à savoir si elle l'aimait suffisamment pour lui pardonner l'égoïsme dont il avait fait preuve. Et à espérer qu'ils pourraient tourner la page et former ensemble la famille dont ils rêvaient l'un et l'autre.

À la maternité, on le reconnut aussi mais l'infirmière qui l'intercepta ne lui facilita pas la tâche.

— Elle dort, dit-elle. Il ne faut pas la déranger. Elle a vraiment besoin de reprendre des forces.

— Je ne la dérangerai pas, promit-il. Je veux juste être là quand elle se réveillera.

Mais l'infirmière secoua la tête.

— Rentrez chez vous et allez vous reposer, vous aussi. Revenez demain matin.

À contrecœur, il se dirigea vers les portes battantes. Puis il bifurqua vers la salle d'attente située près des ascenseurs.

Il s'assit, son portable à la main, et scruta la photographie. Il avait l'air profondément heureux, avec ses bébés dans les bras. Son sourire exprimait à lui seul tout ce qu'il ressentait. Tout l'amour qu'il avait à offrir.

Et s'il l'envoyait à Georgia ? Même s'il n'était pas là à son réveil, elle saurait, en voyant la photo, qu'il avait l'intention de revenir la voir. Elle comprendrait sans doute qu'il l'avait pardonnée.

Mais l'envoi du message échoua.

Il scruta son téléphone et compris pourquoi la communication ne passait pas. Il désactiva le mode avion qu'il avait activé en entrant à la maternité et entendit aussitôt le signal d'un message. Puis celui d'un appel manqué. Puis…

Cinq appels en absence !

Que se passait-il ?

Il appela sa messagerie.

— Matti, qu'est-ce que tu fabriques ? Pourquoi ne réponds-tu pas quand on t'appelle ? demandait l'une de ses sœurs sur un ton désespéré. Il faut que tu viennes. *Mamma* est à l'hôpital… On pense qu'elle a fait une crise cardiaque…

Cette fois, il poussa les portes battantes sans hésiter et quitta la maternité en courant.

12.

— Tu rentres chez toi ? Déjà ? dit Kate à l'autre bout de la ligne.

— Les jumeaux vont bien. Sean va venir nous chercher cet après-midi.

— Mais rien n'est prêt à la maison, si ?

— Si. J'ai trié toutes les affaires et astiqué le moindre recoin avant de partir à la maternité. J'ai tout ce qu'il faut : des sièges auto, des vêtements…

— Et où est Matteo ? demanda Luke. Il pourra t'aider.

— Il est en Italie, répondit-elle sur un ton dégagé.

Mais déjà les larmes perlaient à ses paupières. Étaient-ce les hormones qui lui donnaient envie de pleurer sous n'importe quel prétexte ? On aurait dit qu'elle versait toutes les larmes qu'elle n'avait pas versées depuis ses cinq ans.

— Sa mère est à l'hôpital. Je ne sais pas pourquoi. Il m'a juste envoyé un texto de l'aéroport pour me dire qu'il rentrait en Italie.

Luke se mit à rire près de Kate.

— Je le reconnais bien là ! Il utilise son portable comme un pager. Des informations succinctes sans fioritures ni rien de personnel.

Le message de Matteo correspondait parfaitement à cette définition.

Rentre en Italie. Mère à l'hôpital. Reviens quand je peux.
Il faut que je te parle.

— Cela dit, il se sert volontiers de Skype, ajouta Luke. Tu pourrais essayer.

Loin d'elle l'idée d'imposer à Matteo une conversation alors qu'il avait besoin de temps pour réfléchir. Ce qu'il ne pouvait pas faire en sa présence, manifestement.

« Je n'ai pas les idées claires quand je suis avec toi. »

Ce constat la désolait mais lui donnait aussi un peu d'espoir. Matteo devait toujours avoir quelque sentiment pour elle si sa seule présence lui brouillait les idées, non ?

— Tu nous enverras d'autres photos des bébés, dit Kate. Tu as déjà trouvé des prénoms ?

— Oui pour les photos, mais pour les prénoms je n'ai pas encore trouvé. J'ai le cerveau en compote.

Pour être exacte, ce n'étaient pas les prénoms qui manquaient, c'était plutôt la faculté de trancher. En son for intérieur, elle n'était pas certaine d'être la seule à devoir décider.

Elle ne pouvait pas envoyer à Kate et à Luke la photo qu'elle avait reçue de Matteo, les deux bébés dans les bras, tant qu'ils n'étaient pas au courant de sa paternité.

Et le choix de le leur dire appartenait à Matteo, pas à elle. Si Kate avait été seule au téléphone, peut-être lui aurait-elle avoué toute l'histoire. Mais il fallait croire que Kate n'était plus tout à fait seulement Kate. Elle faisait désormais partie du couple Kate et Luke.

Plus vite Matteo le leur annoncerait, mieux ce serait. Elle en avait assez des secrets. Elle ne voulait pas être la personne que Matteo avait décrite, une personne malhonnête en qui on ne pouvait avoir confiance.

Ses larmes se remirent à couler.

— Bon, je vais raccrocher, dit-elle promptement. Ce doit être le milieu de la nuit, chez vous.

— Ne t'inquiète pas. Rappelle quand tu veux. Et bon courage !

— Merci. Mais je vais m'en sortir.

— J'en suis sûre, mais j'aimerais tellement être là pour t'aider !

Comme j'aimerais moi aussi que tu sois là pour m'aider, Kate ! se dit Georgia deux jours plus tard.

La personne qui venait l'assister à la maison quelques heures par jour, dans le cadre de son congé maternité, venait de partir, et elle se retrouva, une fois encore, seule avec les bébés. Elle avait encore des dizaines de choses à faire, comme plier le linge entassé dans un coin du salon, ranger les courses qu'elle s'était fait livrer, lire ses mails, écouter ses messages téléphoniques…

Debout au milieu du salon, elle berçait les bébés couchés dans leur poussette double en leur chantant une berceuse en mode automatique, tandis que son cerveau tentait de refaire sa liste par ordre de priorité.

Dès qu'ils seraient endormis, la première chose à faire serait de… manger. Elle mourait de faim.

Mais l'un des jumeaux se mit à pleurer. Sa fille, en l'occurrence, qui n'avait toujours pas de prénom.

Lucy ? Katy ? Bella ?

Bella lui plaisait beaucoup. Mais Bella Bennett un peu moins.

Bella Martini sonnait beaucoup mieux.

Ses pensées revinrent tout naturellement à Matteo, accompagnées d'une sensation de vide dans la poitrine.

Sa fille pleurait toujours, cherchant fébrilement le sein dès qu'elle la mit contre elle.

Georgia s'assit sur le canapé et la nourrit tout en continuant à basculer la poussette d'avant en arrière, le pied coincé sur l'essieu. Le silence retomba enfin.

— Il va revenir, murmura-t-elle en caressant du doigt la joue de sa fille. Ton papa t'aime, il va revenir.

Elle en était convaincue. Sur la photo qu'il lui avait envoyée, il avait l'air heureux et fier d'être père. Et, curieusement, le fait qu'il n'ait plus confiance en elle ou même qu'il se batte pour avoir la garde des enfants ne lui faisait pas peur. Plus autant qu'elle l'aurait cru.

Car la photographie de Matteo révélait autre chose. Il semblait éprouver le même amour absolu et bouleversant qui l'avait submergée dès qu'elle avait tenu ses bébés dans ses bras.

Elle voulait qu'il fasse partie de la vie de ses enfants et de la sienne, selon ce sur quoi ils parviendraient à s'accorder.

C'était étrange, totalement à l'opposé de ce projet que Kate avait justement défini comme « abracadabrant » et dont l'homme, au-delà de la conception, était exclu.

Qu'est-ce que sa mère aurait dit de tout cela ?

Probablement quelque chose du genre : « Fais attention à tes rêves, ils pourraient bien se réaliser… »

Elle prit une profonde inspiration. Étaient-ce les hormones qui la faisaient pleurer ? Les premières larmes dataient du soir où Matteo lui avait posé des questions sur sa cicatrice. C'était comme s'il avait ouvert une brèche dans un barrage et que plus rien ne pouvait empêcher l'eau retenue pendant des années de couler.

Si seulement elle avait eu le courage de lui dire la vérité à ce moment-là !

Pour être honnête, la vie était un peu injuste avec elle. Elle avait vraiment renoncé au projet de faire une enfant toute seule ! Mais elle s'était retrouvée enceinte. Et seule. Et, à présent, elle avait deux enfants, et elle était toujours seule.

Elle se souvint du jour où elle avait appris sa grossesse. Après un instant de désarroi, la nouvelle l'avait rendue vraiment heureuse. Elle était persuadée qu'elle s'en sortirait très bien et qu'elle n'aurait pas besoin d'un père qui, plus qu'autre chose, constituerait une menace pour elle comme pour les enfants.

Mais le père de ces enfants était Matteo et cela changeait tout.

Elle l'aimait comme elle n'avait jamais aimé aucun autre homme. Un tel amour se fondait sur une confiance inébranlable. Son cœur avait toujours su cela. Mais sa tête avait décidé de l'ignorer.

Dès qu'elle cessa le bercement, les gémissements de son petit garçon se transformèrent en pleurs déchirants.

Non sans culpabiliser, elle détacha sa fille de son sein. Cette dernière était calme et avait les yeux fermés. Avec un peu de chance, elle dormirait suffisamment pour que Georgia ait le temps de faire téter son frère. Mais, lorsqu'elle la déposa dans le petit nid qu'elle avait aménagé avec les coussins du canapé, elle rouvrit les yeux. Georgia sentit que sa couche était lourde. À moins qu'elle n'ait pas mangé suffisamment ?

Elle avait vu des images de femmes allaitant des jumeaux en même temps, un à chaque sein, mais cela lui semblait appartenir à une autre dimension. Comment s'y prenaient-elles ? Il fallait se faire aider par quelqu'un qui positionne les bébés et les reprend une fois la tétée terminée. Seule, c'était impensable.

Les deux bébés s'étaient remis à pleurer. Georgia aussi.

Elle avait besoin d'aide. Sa mère lui manquait à un point que c'en était douloureux.

Kate aussi lui manquait.

Mais, plus que quiconque encore, elle avait envie que Matteo soit là.

Les pleurs avaient atteint un niveau sonore tel qu'il était étonnant qu'un autre son parvienne à ses oreilles. Pourtant, il lui sembla entendre le claquement d'une portière.

Était-ce Sean ? Ou un autre collègue ?

Qui qu'elle soit, cette personne était la bienvenue.

Elle passa la main dans ses cheveux ébouriffés et essuya ses joues ruisselantes. Elle n'avait pas le courage de faire comme si tout allait bien mais elle pouvait au moins s'efforcer d'être présentable.

Elle entendit des voix.

Un homme qui parlait fort. En italien ?

Son cœur bondit dans sa poitrine.

Matteo était revenu !

Mais il n'était pas seul. Elle perçut des voix de femmes, tout aussi sonores. Étaient-ils en train de se disputer ?

Sa gorge se serra.

Voilà que son pire cauchemar était sur le point de se réaliser. Elle allait devoir affronter une famille entière d'Italiens en colère venue revendiquer ses droits sur les enfants.

Elle parvint tant bien que mal à prendre les deux enfants dans ses bras. Comme s'il pressentait la gravité de la situation, ils cessèrent de pleurer dès que la porte d'entrée s'entrouvrit et que leur père entra dans la maison.

Un coup d'œil sur sa posture lui indiqua qu'il était aussi tendu que la dernière fois qu'elle l'avait vu, dans la chambre de la maternité. Et à en juger par l'expression de son visage, il venait effectivement revendiquer ses droits de père.

Mais une question restait en suspens : avait-il l'intention de l'inclure, elle, dans ses calculs ?

— Il faut que tu me dises quelque chose, dit-il d'un ton calme.

Ce n'était pas la première fois qu'il avait des questions à lui poser. Le cas s'était déjà présenté dans la voiture, après la cérémonie de mariage de Kate et Luke. Il avait voulu savoir si elle savait qu'elle était enceinte le soir où ils avaient fait l'amour.

Elle avait eu l'impression que toutes les barrières qu'elle avait érigées autour d'elle s'étaient effondrées. Et qu'elle se retrouvait, au bord d'un précipice, dans un équilibre très précaire.

Elle eut de nouveau cette sensation-là. De nouveau, elle se trouvait au bord d'un précipice. De nouveau, le moindre mouvement pouvait la faire chuter.

Mais cette fois, elle ne redoutait pas que Matteo lui demande de vivre avec elle mais plutôt qu'il lui annonce qu'il disparaissait de sa vie.

— Disais-tu la vérité quand tu m'as dit que tu m'aimais ?

Son cœur se mit à battre la chamade. Y avait-il meilleure opportunité pour lui dire ce qu'elle ressentait ?

Cette fois, elle ne laisserait pas filer sa chance.

— Oui, répondit-elle sans hésiter. Je t'aime de tout mon cœur, Matteo. Je t'ai aimé dès que je t'ai vu et j'ai su alors que je t'aimerai toujours.

Il demeura immobile et la fixa longuement.

Puis un sourire apparut sur ses lèvres et, à cet instant, Georgia sut que tout irait bien. Elle sentit son cœur s'alléger. Son cœur, qu'il lui faudrait apprendre à écouter. Il fallait qu'elle se fie à ses sensations.

Matteo l'aimait toujours. Il lui souriait comme s'il l'avait pardonnée.

C'est le moment que les deux bébés choisirent pour se remettre à pleurer. Matteo se tourna vers l'entrée.

— Je t'ai dit d'attendre dehors, mamma. Georgia et moi devons parler.

— On ne peut plus attendre, dit une voix avec un fort accent.

Une femme passa devant Matteo et entra dans le salon. Puis elle se dirigea directement vers elle. Elle était grande, brune, avec une grosse masse de cheveux bouclés et un petit ventre arrondi.

— Bonjour, dit-elle, la main tendue, un sourire chaleureux sur les lèvres. Je suis Adriana, la sœur de Matti. Je suis contente de vous rencontrer enfin. Il nous a tellement parlé de vous !

Son regard glissa sur les deux petites créatures blotties dans les bras protecteurs de Georgia.

— Oh ! mamma ! Viens voir ces merveilles ! Des jumeaux, comme Mita et Lia !

— Il faut que je pose ces lasagnes quelque part. Matteo, où est le four ?

— Je suis désolé, Georgia, dit-il d'un air contrit. J'ai essayé de les arrêter. Je leur ai dit que nous devions d'abord parler, je voulais aussi te demander si tu étais d'accord.

Adriana regardait toujours les jumeaux, les yeux emplis de larmes.

— Ils sont parfaits ! s'exclama-t-elle.

Peu de personnes pouvaient regarder des bébés hurlants qui avaient besoin de téter et d'être changés et les trouver parfaits. Adriana leva les yeux vers Georgia.

— Je vais vous aider. Je peux ?

Elle sut que la sœur de Matteo avait tout compris de sa détresse.

— Et moi, je peux voir ces merveilles ? demanda la mère de Matteo en s'approchant.

On aurait dit une version plus âgée et plus petite d'Adriana. La même chaleur dans le regard, le même sourire débordant d'amour.

— J'étais désolée quand Matteo m'a dit que votre maman n'était plus là pour vous aider. Alors nous sommes venues. N'en veuillez pas à Matteo, c'est nous qui avons insisté. Nous ne pouvions pas le laisser repartir tout seul.

— Mais vous étiez à l'hôpital. Vous avez eu un problème ?

— Pff, ce n'était rien du tout, répondit Teresa en balayant l'air d'un geste de la main.

— Ils ont d'abord cru que c'était une crise cardiaque, dit Matteo qui s'était approché. Puis que ce devait être une angine de poitrine. Ils l'ont gardée pour lui faire passer des examens mais, finalement, tout va bien. C'était peut-être un problème musculaire.

Mais il avait l'air soucieux.

Adriana et Teresa portaient chacune un nouveau-né.

— Je craignais que cela fasse trop d'agitation, trop de bruit, murmura-t-il en se rapprochant d'elle. J'ai essayé de les dissuader mais…

Elle savait que, si elle le lui demandait, Matteo dirait à sa mère et à sa sœur de s'abstenir. Mais ce n'était pas nécessaire.

Elle n'avait plus peur.

Au contraire, elle avait l'impression d'avoir une famille.

Et, maintenant que ses bébés étaient dans les bras de leur tante et de leur grand-mère aimantes, rien ne l'empêchait plus, elle, d'être dans les bras de Matteo…

— Donc, on dit Isabella Kate ? Bella pour les intimes ?

— *Sì.*

Ils avaient attendu qu'un taxi emmène Adriana et Teresa à leur hôtel pour pouvoir se parler seule à seul. Ils avaient tellement de choses à se dire : combien ils s'aimaient, combien ils étaient désolés que la situation se soit compliquée à ce point et, bien sûr, quels prénoms ils allaient donner à leur précieuse progéniture.

Ils avaient perdu beaucoup de temps mais pouvait-il se plaindre en voyant les membres de sa famille accueillir Georgia et les jumeaux aussi chaleureusement et partager avec eux leur amour, leurs lasagnes, leurs éclats de rire et leurs larmes ?

Apparemment, Georgia ne s'était pas sentie totalement envahie et dépassée par leur arrivée, y compris quand sa mère et sa sœur avaient entrepris de ranger les courses et de plier le linge en attendant que les lasagnes, qui avaient fait le voyage d'Italie dans le sac de Teresa, soient bien chaudes.

Ils avaient pu dîner sous la treille, dans le petit jardin à l'arrière de la maison, tandis que les bébés, épuisés par les pleurs et la tétée, dormaient dans un coin comme des chatons.

Un petit peu d'Italie dans la campagne écossaise. Le meilleur de ses deux univers : l'Italie était son pays d'origine et l'Écosse, son pays d'adoption et le pays natal de la femme qui était au centre de sa vie.

Il cligna des yeux pour chasser une larme qui lui brouillait la vue. Il se baissa pour déposer un baiser — le plus léger possible — sur le petit corps emmitouflé dans le berceau.

— À tout à l'heure, Bella, murmura-t-il. Dors bien.

Puis il se releva et repassa son bras autour de la taille de Georgia. Leurs regards glissèrent vers le berceau voisin.

— Et son frère ?

— C'est moi qui ai choisi Bella. Tu peux choisir le prénom de notre fils.

— Tu t'es inspirée du prénom de ta meilleure amie. Je pourrais faire de même. Que penses-tu de Luca ? Et de Pietro comme deuxième prénom, comme mon père ?

— J'adore ! s'exclama-t-elle dans un souffle qui ressemblait à un soupir de soulagement.

Elle suivit l'exemple et se pencha pour embrasser tout aussi délicatement le petit garçon.

— *Ciao, Luca !* dit-elle. Dors bien, toi aussi.

Elle se releva et lui sourit.

— Ils ne vont pas y croire.

— Qui ?

— Kate et Luke. Que nous ayons appelé nos bébés comme eux.

Elle se rembrunit.

— D'ailleurs, ils vont avoir du mal à croire le reste. Kate risque d'être vexée que je ne l'aie pas mise au courant.

Matteo la regarda sans être certain de comprendre.

— De quoi n'est-elle pas au courant ?

À en croire ses sœurs, les femmes disaient absolument tout à leur meilleure amie.

— Elle sait que j'attendais des jumeaux. Mais elle ignore qui est le père. Je crois qu'elle s'imagine que c'est un Néo-Zélandais avec qui nous avions sympathisé à Rakovi.

— C'est ce qu'elle m'a dit, effectivement, dit-il en la prenant dans ses bras. Et elle sait, pour ta cicatrice ? Et pour ton père ?

— Non, répondit-elle d'un ton calme. Tu es le seul à qui j'en aie jamais parlé.

Il la serra un long moment contre lui. Il était honoré qu'elle ait eu suffisamment confiance en lui pour tout lui révéler. Et flatté d'être le seul.

— Je ne crois pas que je vais lui en parler maintenant, dit-elle.

— Rien ne t'y oblige. Pour l'instant, cela peut rester un secret entre nous. Personne n'a besoin de savoir quand ni comment j'ai appris que j'allais avoir des enfants. Ni que notre relation a été compliquée pendant un moment. Tout ce que les gens ont à savoir, c'est que les choses sont comme elles devraient être. Ainsi que la date de notre mariage, évidemment.

Georgia leva la tête.

— Tu veux toujours qu'on se marie ?

Il planta son regard dans le sien.

— J'ai su que tu étais la femme de ma vie et que j'allais t'épouser dès que je t'ai vue.

Il pouffa de rire.

— Cela dit, je pensais que ce serait plus simple. Je n'imaginais pas que j'aurais à faire preuve d'autant d'assiduité. Vis-à-vis de moi-même autant que vis-à-vis de toi.

Elle le regarda d'un air contrit.

— J'ai fichu un beau bazar, n'est-ce pas ?

— *Sì*… Mais j'ai compris pourquoi tu avais fait ça. Du moins, je pense. La première fois que j'ai pris nos enfants — que j'ai pris Bella et Luca dans mes bras —, j'ai compris quelle force pouvait avoir l'amour. J'ai compris que l'amour pouvait nous faire faire des choses que nous n'aurions jamais imaginées. Cela m'a fait comprendre que la sécurité des autres comptait parfois beaucoup plus que la nôtre.

Il posa son front sur celui de Georgia.

— J'ai découvert cet amour grâce à toi, Georgia. Je t'aime tellement, moi aussi. Je veux vivre avec toi, t'aimer et te protéger toute ma vie.

Il marqua une pause et la fixa droit dans les yeux.

— Alors, tu veux bien m'épouser ?

— Oui, Matteo. Ou devrais-je dire *sì* ?

Tout son visage souriait.

— Il va falloir que je me mette à l'italien. J'ai déjà trouvé que Bella Martini sonnait mieux que Bella Bennett.

— On pourra aussi aller vivre en Italie. Oh ! Georgia, j'ai encore tellement de choses à te dire ! Mais, pour l'instant, j'ai envie de m'allonger avec toi et de te garder dans mes bras. Je ne veux plus te lâcher.

— Il faudra bien me lâcher à un moment ou à un autre. Tu n'as pas idée de la fréquence à laquelle ces petits êtres ont besoin de se nourrir.

— C'est normal qu'ils aiment manger : ils sont à moitié italiens. Dans pas si longtemps, ils goûteront aux lasagnes de leur grand-mère.

— Hum ! J'en reprendrais bien une part, dit Georgia d'un air gourmand.

— Je vais l'appeler. Elle doit être impatiente de savoir comment ses derniers petits-enfants s'appellent.

— Il faudra qu'on appelle Kate et Luke, aussi.

Ils se regardèrent et il comprit que Georgia pensait la même chose que lui.

Ce moment était leur moment à eux. Une parenthèse unique pendant laquelle ils savouraient pour la première fois la perspective d'être heureux, ensemble.

C'était un moment trop précieux pour être interrompu.

Ils s'enlacèrent et se serrèrent l'un contre l'autre tout en prononçant les mêmes mots au même moment :

— On verra demain.

HARLEQUIN BLANCHE

Cette inoubliable étreinte, de Charlotte Hawkes - N°1648

Alors qu'elle effectue une mission à la base de Heathston en tant que pilote d'hélicoptère, Piper y retrouve le Dr Linc Oakes, l'homme qui hante ses rêves. Cinq ans plus tôt, elle l'a connu dans l'armée de l'air, au cours d'une mission périlleuse. Dans ce contexte de danger permanent, ils ont tissé des liens très forts, partageant leurs joies et leurs peines. Revoir Linc bouleverse Piper : aussitôt affluent les souvenirs, parmi lesquels ce moment où ils ont manqué s'embrasser...

Conquise par un patron, d'Ann McIntosh

Parce que sa famille lui a tourné le dos, Kendra se concentre sur son métier d'infirmière et protège son cœur en évitant de s'attacher aux autres. Lorsque, à la faveur d'une mission à Positano, sa rencontre avec le magnifique Massimo aboutit à une nuit passionnée, elle n'a donc aucun regret de mettre un terme à cette folie. Jusqu'à ce que son amant se révèle être... son nouveau patron ! Exposée chaque jour à la tentation, Kendra voit ses résolutions vaciller...

Charmée par son ennemi, d'Amy Ruttan - N°1649

SÉRIE : COUP DE FOUDRE À LA SAINT-VALENTIN - 1/2

« Je vous préviens : entre nous, c'est la guerre... » Ébahie, Esme ne peut s'empêcher de fixer son confrère et nouveau voisin, le Dr Carson Ralston. En venant installer son cabinet à Crater Lake, un petit village du Montana, elle ne s'attendait pas à un accueil chaleureux de la part du médecin, dont elle est désormais la concurrente, mais de là à ce qu'il se montre si hostile ! D'abord désemparée, Esme se révolte bientôt : pas question pour elle de se laisser intimider par cet homme trop sûr de lui...

Par une nuit de neige, d'Amy Ruttan

SÉRIE : COUP DE FOUDRE À LA SAINT-VALENTIN - 2/2

Fuir les femmes : depuis son divorce, c'est la devise du Dr Luke Ralston. Aussi, quand il apprend qu'il devra travailler en tandem avec le Dr Sarah Ledet dans le nouveau complexe pour skieurs de Crater Lake, sent-il une colère sourde le gagner. Que vient faire ici cette pimbêche arrogante, avec qui il a eu maille à partir cinq ans plus tôt ? Et pourquoi a-t-elle accepté un poste de simple médecin généraliste, alors qu'elle est une chirurgienne réputée ? Luke est résolu à le découvrir...

-ur mission : sauver des vies.
-ur destin : trouver l'amour.

BLANCHE

HARLEQUIN

Son tendre secret, d'Emily Forbes - N°1650

Ainsi, le Dr Xavier O'Donnell va travailler avec elle... Lorsqu'elle découvre son nom sur la liste des remplaçants de l'hôpital où elle exerce, Brighde est frappée de stupeur. Elle ne devait plus jamais revoir cet homme, avec qui elle a partagé la plus exquise des nuits quelques mois plus tôt ! Mais, maintenant qu'elle va le côtoyer jour après jour, doit-elle l'éviter ou au contraire lui révéler qu'elle porte son enfant ?

Un prince pour patient, d'Annie Claydon

Veiller au rétablissement du prince Hugo DeLeon, c'est la mission qui a été confiée à Penelope et qu'elle entend mener à bien... quelles que soient les réticences du patient. Le statut de malade semble en effet si insupportable au prince qu'il use de tous les stratagèmes à sa disposition – de la menace à la séduction – pour la détourner de sa tâche. Mais Penelope n'est pas devenue une excellente cardiologue en se laissant si facilement distraire...

Leur mission : sauver des vies.
Leur destin : trouver l'amour.